Kurt Lehmkuhl: Tödliches Roulette

Kurt Lehmkuhl

Tödliches Roulette

Kriminalroman

Bibliografische Information der Deutschen Nationalbibliothek: Die Deutsche National-bibliothek verzeichnet diese Publikation in der Deutschen Nationalbibliografie; detaillierte bibliografische Daten sind im Internet über www.dnb.de abrufbar.

Dieser Roman wurde 2002 unter dem Titel „Das Dürener Roulette" im Betzel Verlag, Nienburg veröffentlicht. Der Abdruck erfolgt mit freundlicher Genehmigung des Gmeiner-Verlags, Meßkirch. Er veröffentlicht diesen Roman in seiner Reihe „E-Book only".

Text: © by Kurt Lehmkuhl
Cover: © by Kurt Lehmkuhl
©2020

Herstellung und Verlag: BoD – Books on Demand, Norderstedt.
ISBN 978-3-7526-8683-8

1. Helmut Bahn fühlte sich gut, als er kurz vor Mitternacht die Haustür aufschloss. Er freute sich aufs Bett und einen tiefen, ruhigen Schlaf. In den Stunden in der Muckibude und anschließend in der Sauna hatte er den Stress abgebaut, der sich in den letzten Tagen langsam und unaufhaltbar in ihm aufgestaut hatte.

Und er hatte in der letzten Zeit verdammt viel Stress in der Redaktion gehabt. Da war der Besuch im Fitnesscenter der richtige Ausgleich zum Arbeitstag gewesen.

Aber nicht nur wegen des Stressabbaus hatte sich Bahn von Notizblock und Computer gelöst und zu den Kraftmaschinen und Schwitzkästen aufgemacht. Es gab noch einen zweiten Grund, weswegen er nicht den direkten Weg zu seiner Doppelhaushälfte in der Boisdorfer Siedlung nahm. Seine Frau Gisela hatte eine Freundin eingeladen, besser gesagt, die Plaudertasche Anne hatte sich selbst eingeladen und wollte mit Gisela über ihre Sorgen und Nöte reden. Annes Nachnamen fand Bahn nicht nur unaussprechlich, er hatte ihn auch vergessen. Irgendwas mit Schibulski oder so war er wohl.

Dieses Weibergetratsche würde ihm nur auf die Nerven gehen, hatte Bahn am Telefon gestöhnt, als ihn Gisela am Nachmittag warnte. Er konnte diese plötzliche Störung seiner Tagesplanung so wenig leiden wie Bauchschmerzen. Er hatte sich nach der nervigen Arbeit auf einen gemütlichen Abend mit Gisela gefreut. Nun wollte er seine Zeit sinnvoller nutzen, als sich neben die beiden Frauen zu setzen oder sich von ihrem Gerede stören zu lassen.

Gisela hatte mitbekommen, wie er den Focus in die Garage gefahren hatte. Bahn würde es nie lernen, das Tor geräuschlos zu schließen. Das Scheppern würde die Nachbarschaft garantiert aufwecken. Aber darauf nahm er keine Rücksicht.

Sie stand schon im Flur, als Bahn das Haus betrat.

„Gottfried hat angerufen." Sie überfiel ihn sofort mit der Mitteilung, die nichts Gutes verheißen konnte. „Ich habe ihm gesagt, dass du zurückrufst. Es gibt wohl einen Mord in Düren."

Bahns Hochstimmung war auf der Stelle verflogen. Wütend funkelte er seine Frau an und schleuderte dann die Sporttasche fluchend in die Garderobenecke.

„Hat das nicht Zeit bis morgen", fauchte er. „Meinst du, ich habe Lust, jetzt noch in die Eiseskälte rauszufahren?"

Gisela verzichtete auf eine Erwiderung. Sie hätte darauf wetten können, dass Bahn derart gereizt reagieren würde. Dafür kannte sie ihn schon zu lange. Hätte sie ihm erst am nächsten Morgen von dem Anruf des Informanten berichtet, hätte er ebenfalls aufgebracht reagiert, wahrscheinlich sogar noch wütender. Das tat er immer, wenn etwas Unvorhergesehenes passierte, das ihm nicht passte. Da war der jetzige Wutausbruch das kleinere aller Übel.

Schweigend beobachtete Gisela Bahn, der nachdenklich und unentschlossen durch den Hausflur lief.

Sollte er Jansen anrufen oder nicht? Wenn's tatsächlich ein Mord gab, musste er raus. Wenn Jansen vielleicht einer Fehlinformation aufgesessen war, schlug er sich für nichts die eiskalte Januarnacht um die Ohren.

„Helmut, es sollen sogar schon Fernsehteams draußen sein", hörte er seine Frau leise sagen.

„Schon gut, ist ja schon gut", schnaubte er. Er stapfte in sein Arbeitszimmer und tippte schnell die Rufnummer seines Informanten in das Telefon.

Gottfried Jansen war unbestritten die beste Quelle in Düren, wenn es galt, Neuigkeiten aus Polizeikreisen, von der Feuerwehr oder den Rettungsdiensten zu erhalten. Bahn kannte Jansen schon seit Jahren. Zufällig hatten sie sich in einer Kneipe kennengelernt und Jansen hatte ihm ungeniert seine Dienste angeboten. Seitdem Bahn als Redakteur beim Dürener Tageblatt tätig war, hatte ihn der Informant prompt und meistens zuverlässig mit Wissenswertem und Hintergründen versorgt. Woher der unscheinbare Jansen seine Informationen bezog, war Bahn einerlei; wahrscheinlich hörte Jansen sämtliche Funkgeräte ab und hatte einige Freunde in den Behördenstuben sitzen, die ihm gegen Bares Wissen verkauften. Aber so lange Jansen ihn als ersten und einzigen Journalisten in Düren informierte, so lange würde Bahn nicht nach dem Ursprung der Informationen fragen. Er bezahlte Jansen, dessen Beruf er noch nicht einmal kannte, gutes Geld aus dem Redaktionsetat und erhielt dafür in der Regel gutes Material.

Nur, wie lange noch? Das war die Frage. Mit der anstehenden Digitalisierung des Polizeifunks, der im Aachener Grenzland bereits erfolgreich getestet wurde, war es mit dem illegalen Abhören wohl endgültig vorbei. Aber daran jetzt schon Gedanken zu verschwenden, war müßig. Es gab momentan Wichtigeres. Wenn Jansen doch endlich abheben würde.

Nervös trommelte der Journalist mit den Fingern auf der Schreibtischplatte, während er darauf wartete, bis sich der Informant meldete. Mitternacht war kein Grund, auf den Anruf zu verzichten. Er würde läuten lassen, bis selbst die größte Schlafmütze wach würde.

„Ich bin's", sagte er endlich schroff, „was gibt's, du Penner?"

Jansen ließ sich von dieser beleidigenden Bemerkung nicht aus der Ruhe bringen. Er, der nie um einen lockeren Spruch verlegen war, blieb sachlich und informativ, was das untrügerische Zeichen dafür war, dass er die Sache ernst nahm.

„Vor 'ner knappen Stunde haben die Bullen einen Garagenhof im Grüngürtel abgeriegelt. Dort soll 'ne Leiche liegen. RTW, Leichenwagen und Feuerwehr sind draußen. Es kommt keiner ran."

„Nur die Fuzzis vom Fernsehen", unterbrach ihn Bahn barsch, „die sind alle da."

„Die auch nicht, die stehen alle mindestens hundert Meter vom Fundort der Leiche weg."

„Woher weißt du das?"

Jansen fiel in einen säuselnden Tonfall, der andeutete, dass er darauf nicht antworten wollte und das Thema für ihn abgehandelt war. „Helmut, mein Bester. Die wollen alle von mir Informationen und klagen mir alle ihr Leid. Aber ich sage ihnen nichts. Ich rede nur mit dir." Er kicherte. „Weil du immer so gut zu mir bist, mein Bester. Vergiss nicht mein Honorar und viel Spaß in der Kälte."

Bahn zögerte nicht lange. Er griff im Flur nach seiner Lederjacke und schaute kurz durch die Tür zum Wohnzimmer.

„Ich bin wieder weg", sagte er hastig.

Nur flüchtig blickte er in das Gesicht von Giselas Freundin. Anne hatte wohl geweint. Krach mit dem Alten vielleicht oder Ärger im Beruf. Aber das war nicht sein Problem. Er konnte die Schibulski oder so ohnehin nicht leiden.

Problemlos hatte der Journalist bei seiner langsamen Fahrt durch das nächtliche Viertel den Einsatzort gefunden. Die Polizei hatte mit drei Streifenwagen den Bereich in einer wenig beachteten Nebenstraße der Nachkriegssiedlung abgesperrt und ließ niemanden durch. Hier im Grüngürtel waren in dem vom Krieg massiv zerstörten Düren Ende der Vierziger, Anfang der Fünfziger die ersten Wohnblocks hochgezogen worden, um Unterkünfte für Arbeitskräfte zu schaffen. Auf soziales Klima oder

Gemeinschaftsbewusstsein wurde dabei keine Rücksicht genommen. In der Siedlung fristete man üblicherweise seinen Lebensalltag und wurde allenfalls bei Wahlen als Stimmvieh beachtet.

Erstaunt registrierte Bahn, dass zwar drei Männer mit Kameras vor dem rot-weißen Flatterband hinter den Fahrzeugen postiert waren, mit dem der Zugang zu der Garagenanlage verhindert wurde, dass aber kein Schaulustiger und keiner seiner Kollegen von den Dürener Konkurrenzblättern anwesend war. Es war beklemmend still, als er aus seinem Kleinwagen stieg und dabei nach dem Fotoapparat auf dem Beifahrersitz griff. Und es war lausig kalt, wie er feststellte, einige Grade unter Null. Kein Wunder, dass sich hier niemand länger aufhielt, als es sein musste und dass niemand freiwillig einen Mitternachtsspaziergang machte. In einiger Entfernung erkannte er die von der Feuerwehr aufgebauten Scheinwerfer, die offensichtlich einen nicht einsehbaren Platz erhellten. Bahn hatte sich noch nicht den wartenden Männern und den Polizisten genähert, als die Straßenbeleuchtung ausgeschaltet und die punktuelle Nachtbeleuchtung eingeschaltet wurde. Nur eine schwach schimmernde Lampe am Ende eines Peitschenmastes gab etwas Licht; zu wenig, um in die abgesperrte Straße hineinzublicken, aber ausreichend, um die Männer zu erkennen, die mit tief in den Jacken eingegrabenen Händen auf der Stelle trippelten, um sich ein wenig Wärme zu verschaffen. Bahn grüßte nur flüchtig die

Sensationsgeier, wie er die vermeintlichen Journalisten bezeichnete, die glaubten, mit dem Besitz einer Videokamera das schnelle Geld bei einem der Privatsender machen zu können, und wandte sich einem der frierenden Polizisten zu.

„Was gibt's?", fragte er lässig.

„Nichts", antwortete der Grüne nicht minder lässig.

Bahn kannte den Streifenpolizisten nicht. Der Junge, der ihn herablassend musterte, war wohl neu im Städtchen.

„Und warum stehen Sie dann hier herum und sperren halb Düren ab?", knurrte der Journalist gereizt.

„Weil wir nichts Besseres zu tun haben", erhielt er prompt und pampig zur Antwort.

Bahn wollte aufbrausen und sich den arroganten Schnösel vorknöpfen, als er eine Hand schwer auf seiner Schulter spürte.

„Nichts für ungut, Helmut", hörte er eine vertraute Stimme, während er zur Seite geschoben wurde.

Die Stimme gehörte einem der Polizisten, die schon seit Jahren an der Rur ihren Dienst schoben und mit denen Bahn es immer wieder zu tun hatte.

Freundlich schüttelte der Journalist dem älteren Grünen die Hand.

„Was gibt's?", fragte er erneut.

„Mein Kollege hat es dir doch schon gesagt. Nichts." Der Polizist lächelte schwach, während er sich eine Zigarette in den Mund schob. „Absolute Nachrichtensperre", murmelte er fast nicht hörbar.

„Auskünfte erteilt nur der Pressesprecher", fügte

der Routinier betont laut und für jedermann hörbar hinzu.

„Wo ist euer Märchenerzähler?"

„Irgendwo dahinten. Er wird wohl gleich kommen", antwortete der Polizist gelassen. „Aber er wird dir auch nicht viel sagen können." Er zog heftig an seinem Glimmstengel, als könne er sich damit innere Wärme verschaffen. „Am besten verziehst du dich wieder. Morgen gibt's garantiert eine Pressekonferenz."

„Worüber?", fragte Bahn schnell. „Etwa über nichts?" Er sah den Alten an. „Stimmt's etwa, dass es da hinten eine Leiche gibt?"

„Kein Kommentar."

„Mord?"

„Kein Kommentar." Der Polizist warf die angerauchte Zigarette hastig auf die Erde und trat sie aus. „Tote Frau, die hier wohnte", flüsterte er. Er rieb sich zitternd die Hände und deutete in die dunkle Nebenstraße, in der schemenhaft jemand zu erkennen war.

„Da kommt übrigens unser Pressesprecher, Kommissar Mager."

Neugierig betrachtete Bahn den Mann in Zivilkleidung, der sich ihm langsam aus der Dunkelheit näherte. Er kannte ihn nicht. Musste wohl auch ein Neuer sein. Sein Alter, vielleicht Mitte 30.

Höflich gab sich Bahn als Redakteur des Dürener Tageblatts zu erkennen, und höflich erwiderte der Mann den Gruß.

Sofort waren auch die Geier zur Stelle.

„Wenn Sie wissen wollen, was ich für Sie tun kann, muss ich Sie leider enttäuschen", sagte Mager bestimmend, bevor Bahn eine Frage stellen konnte. „Es gibt momentan keine Informationen für die Presse."

Ein Streifenwagen fuhr an den Rand, das Flatterband wurde für einige Sekunden zur Seite genommen und ein Rettungswagen passierte im grellen Scheinwerferlicht der sofort aktivierten Handkameras langsam die Gruppe der Wartenden. Der DRK-Wagen war abgedunkelt, wie Bahn erkannte.

Offenbar wurde das Fahrzeug hier nicht gebraucht.

„Ich habe von Anwohnern gehört, dahinten soll eine Leiche liegen. Es soll sich um eine Nachbarin handeln. Sie soll ermordet worden sein. Stimmt's?"

Bahn beobachtete den Pressesprecher, der für einen Moment die Mundwinkel verzog.

„Wenn Sie es wissen, warum fragen Sie dann noch?", antwortete der Mann, um dann abzuwinken. „Es ist in der Tat so, dass wir eine weibliche Leiche haben. Aber wir wissen weder Name noch Alter. Wir wissen nicht, ob die Frau eines natürlichen Todes starb, ob sie ermordet wurde oder ob sie in der Dunkelheit von einem Auto angefahren wurde. Mehr gibt es beim besten Willen nicht zu berichten." Anscheinend glaubte der Pressesprecher, damit ausreichend informiert zu haben.

Aber Bahn gab sich mit diesen Angaben nicht zufrieden. „Worauf warten wir dann noch? Sie hätten die Leiche doch längst wegbringen können."

„Die warten auf den Staatsanwalt", mischte sich lautstark einer der Geier ein, „habe ich eben mitbekommen."

„Und auf die Mordkommission", fügte ein zweiter hinzu. „Die Sache stinkt doch zum Himmel und Sie wollen uns die Geschichte als bedauerlichen Unfall verkaufen", schimpfte er mit Mager. „Wer hat denn den Leichenfund wann gemeldet?"

Der Pressesprecher hob bedauernd die Schultern. „Ich kann Ihnen nicht mehr sagen als ich getan habe. Weitere Informationen gibt es heute im Pressebericht oder bei einer PK." Er wollte sich abwenden.

Doch hielt ihn Bahn zurück.

„Weiß Kommissar Küpper schon Bescheid?", fragte er lautstark.

Die misstrauischen Blicke der anderen Medienvertreter kümmerten ihn nicht. Sie hatten schon oft vermutet, dass Bahn und Küpper ihr eigenes Spiel betrieben, aber sie konnten es nicht beweisen und sie würden es niemals beweisen können. Denn in der Öffentlichkeit verhielt sich Küpper allen Journalisten gegenüber gleich.

Bahn konnte mit diesem Misstrauen der Kollegen gut leben, solange es ihm seinen Informationsfluss nicht verbaute. In der Tat war Küpper sein väterlicher Freund. Der Leiter der Mordkommission würde ihm schon vertraulich die Informationen verschaffen, die er haben wollte und die ihm der Märchenerzähler vorenthielt.

„Küpper weiß nicht Bescheid und wird auch nicht Bescheid bekommen", antwortete Mager mit scharfer Stimme. „Er ist nämlich überhaupt nicht im Dienst. Ich weiß nicht, wer die Ermittlungen leitet, wobei ich Ihnen noch nicht einmal definitiv sagen kann, ob es überhaupt Ermittlungen wegen eines Gewaltverbrechens gibt."

Bahn fluchte vor sich hin. Das hatte ihm noch gefehlt. Da gab es wahrscheinlich einen handfesten Mord und sein Polizistenfreund, mit dem er schon machen Kriminalfall geklärt hatte, war nicht an Bord.

Was wollte er hier noch? In der Dunkelheit herumstehen und sich die Zehen abfrieren? Zusehen, ob und wann der Staatsanwalt oder die Kripo kamen? Warten, bis die Leiche weggebracht wurde?

Das konnte Stunden dauern. Stunden, die ihm an Schlaf fehlten, wenn er morgen in der Frühe wieder in die Redaktion musste.

Gisela hatte auf ihn gewartet.

Schnell berichtete Bahn von der unbefriedigenden Situation im Grüngürtel, dann verkroch er sich unter die wärmende Bettdecke und wartete, bis sie sich an seine Seite kuschelte.

Am Pech von Anne, von dem Gisela ihm noch erzählen wollte, war er nicht interessiert.

15

2. In den Lokalnachrichten des Radios, mit denen Bahn sich am Morgen vom WDR-Studio Aachen wecken ließ, fehlte jegliche Information über den nächtlichen Zwischenfall in Düren.

Insgeheim atmete er auf.

Die Rundfunkfuzzis waren ihm jedenfalls nicht zuvorgekommen. Sie würden zwar tagsüber berichten, wenn es die angekündigte PK tatsächlich geben sollte, aber er hatte die Möglichkeit, am nächsten Tag ausführlich zu informieren. Insofern würden die Elektrojungs indirekt für die ausführlichere Berichterstattung in den Tageszeitungen sogar noch Werbung machen.

Anders wäre es gewesen, wenn der Rundfunk jetzt schon eine Meldung losgelassen und die Leser im Tageblatt nichts über den nächtlichen Polizeieinsatz gefunden hätten. Dann hätte er als vermeintliche Schlafmütze dagestanden.

Zwangsläufig ging der erste Blick in die Blätter der Mitbewerber, nachdem Bahn schon kurz vor Neun in die noch leere Redaktion gekommen war. Er war fast immer der Erste am Platz und hatte damit die Ruhe, sich ungestört auf das Tagwerk vorbereiten zu können.

Auch die beiden örtlichen Konkurrenten, die Dürener Zeitung und die Dürener Nachrichten, hatten verständlicherweise keine Nachricht absetzen können. Schließlich war die Tote erst nach dem Andruck der aktuellen Ausgabe entdeckt worden.

Aber die beiden Lokalzeitungen machten mit einer anderen spektakulären Geschichte auf, die am Tageblatt voll und ganz vorbeigegangen war. Sie berichteten von einem Hausarzt in Langerwehe namens Dr. Waldemar Kuhlmann, der in einen unbefristeten Hungerstreik getreten war, so musste Bahn jedenfalls lesen.

Anscheinend hatte der Internist aus der benachbarten Kleinstadt die beiden anderen Blätter zu einem Pressegespräch gebeten und auf seine Aktion hingewiesen.

Bahn hatte es längst aufgegeben, sich darüber zu ärgern, wenn DN und DZ zu Gesprächen eingeladen wurden, das DTB hingegen nicht. Sein Blatt war halt das Kleinste an der Rur mit den wenigsten Abonnenten und wurde außerhalb der Dürener Stadtgrenzen im Landkreis oft gar nicht beachtet. Klein, aber fein, so gab sich das Tageblatt in dem Wissen, dass es in der Kreisstadt seine Stammleser hatte.

Dennoch fuchste es Bahn, dass die Geschichte nicht in seiner Zeitung abgedruckt war. Er würde einen freien Mitarbeiter darauf ansetzen, nahm er sich vor.

Aus Protest gegen die Gesundheitsreform der Bundesregierung werde er so lange das Essen einstellen, bis die Gesundheitsministerin reagiere, hatte der Mediziner behauptet, der, nach den Fotos zu urteilen, durchaus einige Fastenwochen verkraften konnte. Die unsoziale Politik des Bundes mit den immer neuen Quoten und Deckelungen würde ihn und seine Kollegen in den finanziellen Ruin treiben, lamentierte Kuhlmann. Mit seinen 55 Jahren sei er nicht mehr in der Lage, jetzt noch Mittel für die Altersversorgung aufzubringen, jammerte der Arzt Solidarität erheischend.

Wenn's weiter nichts ist, dachte sich Bahn. Lieber hungrig als tot. Er würde sich zunächst um die Tote aus dem Grüngürtel kümmern. Gesundheitspolitik und Altersvorsorge, das waren nicht seine Themen. Die machen da in Berlin sowieso, was sie wollen, meinte er in Einklang mit den meisten Bürgern.

Der Griff zum Telefon und das Wählen geschahen mechanisch.

„Gibt's was Neues?", fragte er Jansen, den er mit seinem Anruf aus dem Bett geklingelt hatte.

„Bahn, du bist ein Arsch", brummte der Informant ungehalten statt einer Antwort. Dann bequemte er sich doch, die Bänder abzuhören, auf denen er den Funkverkehr der Nacht aufgezeichnet hatte.

„Die haben das Mädchen noch bis vier in der Kälte liegen lassen", berichtete er. „Staatsanwalt und Kripo waren da. Man geht wohl von einem Mord aus und sucht nach einem Messer."

Jansen gähnte ungeniert ins Telefon. „Für diese Informationen kriege ich aber Nachtzuschlag."

„Schlaf weiter", bemerkte Bahn trocken und legte grußlos auf, um den nächsten Anruf vorzunehmen. In der Leitstelle der Berufsfeuerwehr kannte er einige Mitarbeiter, die ihm gerne und zuvorkommend Auskünfte erteilten, weil er ihnen im Gegenzug kostenlos Fotos von Bränden und anderen Einsätzen überließ. Das Geschäft auf Gegenseitigkeit, das Bahn auch mit dem Rettungsdienst und der Polizei praktizierte, funktionierte üblicherweise.

Doch heute stieß er auf Granit.

„Ich kann dir nichts sagen, Helmut", bedauerte der Wachhabende in der Telefonzentrale. „Wir dürfen nichts sagen, sonst sind wir den Job quitt."

So etwas gebe es nicht, protestierte der Journalist. „Seit wann seid ihr denn in der Maurer-Gewerkschaft?"

Er versuchte es auf eine Tour, mit der er seinen Gesprächspartner am wenigsten in Nöte bringen würde. „Ihr seid gestern herausgerufen worden, um den Liegeplatz einer Leiche auszuleuchten und abzusichern. Richtig?"

„Ja."

„Bei der Leiche handelt es sich um eine Frau?"

„Ja."

„Sie wurde identifiziert?"

„Ja?"

„Und wohnt in der Nachbarschaft?"

„Ja."

„Ihren Namen hat man euch nicht gesagt?"

„Ja."

„Sie wurde ermordet?"

„Ja."

„Wie?"

„Kann ich dir nicht sagen und würde ich dir nicht sagen."

Er habe einen Alarm auf der anderen Leitung, entschuldigte sich der Beamte schnell mit einer Notlüge, wie Bahn vermutete, und beendete das Gespräch.

Das Telefonat mit dem Roten Kreuz nahm einen ähnlichen Verlauf. Die Frage nach dem Mord blieb ohne Antwort. Nur einen Hinweis nahm Bahn mit. Die Kripo würde im Laufe des Tages die Spurensicherung fortführen, sagte ihm der DRK-Mann.
Damit erklärte sich auch die Mitteilung der Kripo, die per Fax den Medien mitteilte, es gebe erst am späten Nachmittag eine Presseerklärung wegen eines Todesfalles im Grüngürtel. Nachfragen seien zwecklos und würden von der Pressestelle zurückgewiesen.
‚Dann werde ich mal rausfahren‘, sagte Bahn zu sich und seufzte. Seinem Kollegen würde es nicht schmecken, wenn er allein mit der Sekretärin im Büro bleiben müsste. Bahn sprach lieber von einem Büro als von der Redaktion, denn diese umgebauten Wohnräume im ersten Stock eines Mietshauses entsprachen keinesfalls der Vorstellung einer modernen, lichtdurchfluteten Redaktion. Sie waren nicht mehr auf dem neuesten Stand der Technik, über den die Kollegen der anderen Zeitungen längst verfügten. Zwar gab es Rechner und Scanner, aber einen ISDN-Anschluss oder gar eine Zugriffsmöglichkeit aufs Internet, davon konnten Bahn und seine Tageblatt-Mitstreiter nur träumen. Vorsorglich hatten sie noch die alten mechanischen

Schreibmaschinen deponiert. Da die Wartung und der Austausch der elektronischen Geräte mehr als dürftig waren und nur erfolgten, wenn sich einer der verlagseigenen Techniker ausnahmsweise einmal bequemte, vom Rhein zur Rur zu fahren, hinkte die weit vom Mutterhaus gelegene Lokalredaktion in ihrer Ausstattung von Jahr zu Jahr mehr der Konkurrenz, aber auch der eigenen Zentralredaktion hinterher. Nicht minder heruntergekommen waren das einfache Büromobiliar, die Tapeten, die dunklen Vorhänge an den Fenstern und der abgetretene Teppichboden. Seit knapp 15 Jahren war nicht mehr renoviert worden. Vergilbt, muffig, altbacken und wenig anziehend waren die Räume, in die Bahn nur ungern Gäste einlud. Die DTB-Redaktion war für ihn ein abschreckendes Beispiel, wie eine Redaktion nicht aussehen sollte.

Und zum unattraktiven Äußern, mit dem er sich abfinden musste, kam jetzt noch das personelle Problem.

„Ausgerechnet jetzt, wo was los ist, muss unser Chef auf Hochzeitsreise", lästerte Bahn, als er den Kollegen informierte. Der vierte Mann, der üblicherweise in der Redaktion des Tageblatts arbeitete, hatte sich eine Gelbsucht eingefangen und lag krank zu Hause herum. Die Zentrale des Tageblatts in Köln hatte allerdings keine Anstalten gemacht, den personellen Engpass durch einen Vertreter zu beheben. Sie müssten halt mit zwei Leuten sehen, wie sie über die Runden kämen, hatte der Chef vom

Dienst lakonisch zu Bahn gesagt, als dieser um Unterstützung nachgefragt hatte. „Glauben Sie denn im Ernst, Kollege, einer unserer Jungs würde freiwillig von Köln nach Düren in die Lokalredaktion gehen? Die bleiben lieber hier, wo das Leben pulsiert."

Bahn hatte sich nicht die vergebliche Mühe gemacht, dem überforderten Planungsstrategen zu widersprechen. Die Erfahrung hatte ihn gelehrt, dass ein Widerspruch zwecklos war. Sein Lokalchef und Freund Fritz Waldhausen hatte vor seinem Urlaub ebenfalls vergeblich um eine Aushilfe gebeten. Brüllen, Drohen, Fluchen, nichts hatte geholfen.

Wenn's in Köln so gewollt war, dann war es eben so, redete Bahn sich schicksalsergeben ein. Die Schnarchsäcke würden schon sehen, wohin das führte. Er konnte nicht mehr als arbeiten, und was er nicht schaffte, musste halt liegenbleiben oder wurde als Termin nicht wahrgenommen.

Aber den Mord, den ließ er sich nicht entgehen. Da war er in seinem Element.

Die Schwärze der Nacht hatte viel verdeckt. Im matten Licht des feucht kalten Tages sah die Nebenstraße im Grüngürtel trübe und heruntergekommen aus. Dieser Bereich des Wohnviertels war unbestritten sanierungsbedürftig. Zu lange hatten zu viele Menschen in der Siedlung gelebt, ohne dass die Wohnungsvermieter sich um die Substanzerhaltung der Häuser gekümmert hätten. Jetzt war es fast schon zu spät für eine Rundumerneue-rung, war längst der Lack an den Häusern ab und auch bei den Bewohnern.

Die Polizei hatte das zweifarbige Plastikband ent-fernt. Zwei grüne Mannschaftswagen und ein Strei-fenwagen standen am Ende der Straße in einem Wendehammer, um den sich einige Wohnblocks gruppierten. Die privaten Pkw hatten die Grünen wohl in die Garagen vertrieben.

Auf dem schwarzen, regennassen Asphalt erblickte Bahn einige Kreidestriche. An dieser Stelle hatte vermutlich die Leiche gelegen. Er machte ein Foto mit seiner alten bewährten Spiegelreflex, die er je-der Digital-Kamera vorzog, und sah sich weiter um. Die Tür zu einem der alten, ungepflegten Mehrfa-milienhäuser stand offen. Bahn beobachtete die Polizisten, die eintraten oder herauskamen. In die-sem Haus hatte das Mordopfer gewohnt, folgerte er und griff wieder zu seinem Fotoapparat.

„Hier wird nicht fotografiert!", hörte er eine herri-sche Stimme in seinem Rücken. Sie konnte nur zu dem feisten Wenzel gehören, dem immer noch auf eine Beförderung wartenden Kriminalkommissar, der als langjähriger Assistent von Kriminalhaupt-kommissar Küpper versuchte, seinen Teil bei der Aufklärung von Morden zu leisten, der aber das sel-tene Geschick hatte, im falschen Moment etwas Falsches zu tun.

Er und Bahn mochten sich nicht, was nicht nur da-rauf zurückzuführen war, dass Bahn erfolgreicher war als Wenzel und bei Küpper mehr Sympathie besaß. Sie hatten sich noch nie gemocht. Schon bei der ersten Begegnung vor einigen Jahren war eine spontane Antipathie geboren worden, die unaufhörlich weiterwuchs.

„Wer will mir das verbieten?", bellte Bahn zurück, ohne sich umzudrehen, und knipste ungeniert weiter. „Hier gibt's kein Verbotsschild."

„Sie behindern unsere Arbeit. Verschwinden Sie!", fauchte ihn der übergewichtige Kommissar an, der wahrscheinlich wegen seines üppigen Rettungsringes in Bauchnabelhöhe nicht mehr eine Aufnahmeprüfung zum Öffentlichen Dienst bestehen würde. Er entwickelte sich langsam zur Tonne. Der Dicke hatte sich vor Bahn gepflanzt und starrte ihn mit wütenden Blicken an. Trotz des Winterwetters standen ihm die Schweißperlen auf der Stirn.

„Ich gehe, wann ich will", sagte Bahn betont gelassen. „Ich will sehen, ob ihr tatsächlich die Tatwaffe findet. Oder habt ihr das Messer etwa schon?"

Wenzel schoss die Zornesröte ins Gesicht und Bahn musste grinsen.

Es freute ihn jedes Mal, wenn Wenzel auf einen Bauerntrick hereinfiel. Dieses Mal war es offensichtlich. Wenzels Mimik und die Hautveränderung machten deutlich, dass Bahn richtig lag. Die Frau war wahrscheinlich mit einem Messer ermordet worden.

„Weg! Weg! Weg von hier!", brüllte der Kommissar erregt und zerrte Bahn am Arm zur Seite. „Verschwinden Sie oder ich lasse Sie festnehmen wegen Behinderung der Justiz!"

Beschwichtigend hob der Journalist die Hände. „Ist ja schon gut, ich gehe." Er erinnerte sich an einen Polizeieinsatz nach einem Brandanschlag in Birgel, als er tatsächlich einmal, unter dem Hohngelächter von Kollegen, vorübergehend eingebuchtet worden war.

„Wir sehen uns heute Nachmittag bestimmt bei der Pressekonferenz wieder."

Es war weniger die Frage als vielmehr der Tonfall, der Bahn auf die Palme brachte, als er, aus dem Fotolabor kommend, gerade an seinem Schreibtisch Platz genommen hatte.

„Was macht eigentlich Ihr hungerstreikender Arzt?", fragte ihn am Telefon eine Kollegin aus der Zentralredaktion in Köln mit einer hochnäsigen Arroganz, die nicht mehr zu überbieten war.

„Was kriegen wir wann von Ihnen darüber? Bild und Text?"

Für einen Augenblick blieb Bahn die Luft weg, dann platzte es aus ihm heraus. „Sie kriegen überhaupt nichts", brüllte er in den Hörer. „Wenn Sie was haben wollen, dann holen Sie es sich."

Ob die Kollegin die letzte Bemerkung mitbekommen hatte, wusste er nicht. Sie hatte pikiert mitten im Gespräch den Hörer aufgelegt.

Erwartungsgemäß klingelte einige Minuten später das Telefon erneut. Der Chef vom Dienst Waldmann wünsche ihn zu sprechen, warnte die Redaktionssekretärin Bahn vor. Darauf hätte er wetten können.

„Sie sind in den Streik getreten, Herr Kollege?", fragte Waldmann mit spitzer Stimme.

„Wer erzählt so einen Schwachsinn?", entgegnete Bahn gereizt. Das fehlte noch, dass der unangenehme Sesselfurzer, der seinen Arsch nicht vom Sessel hochbekam, ihn auch noch attackierte und der Tucke beistand, statt ihn zu unterstützen.

„Sie wollen nichts über den Arzt machen, über den in allen anderen Zeitung und in den Rundfunkanstalten fortlaufend berichtet wird?", fuhr der CvD bissig fort. „Ihre Weigerung ist für mich eine Art Streik, das ist Arbeitsverweigerung. Oder wie würden Sie das bezeichnen?"

„Für mich ist es ein Streik, wenn Sie sich weigern, unsere Redaktion personell vernünftig zu bestücken", hielt Bahn zornig dagegen. „Ich häng mittendrin in einer Mordgeschichte, der Kollegen hat die Manuskripte stapelweise vor sich auf dem Schreibtisch liegen und Sie verlangen, dass wir alles stehen und liegen lassen und uns um einen dämlichen Arzt kümmern, der abnehmen will. Dafür haben wir keine Zeit und kein Personal."

Bahn ließ nicht zu, dass ihn Waldmann unterbrach. „Ich möchte Ihr Gesicht sehen, wenn wir morgen nichts über den Mord in Düren schreiben, aber dafür umso mehr über den Doktor, über den alle schon berichtet haben. Ich kann mich nur um eine Sache kümmern, und das ist für mich der Mord."

„Welcher Mord?", fragte Waldmann neugierig.

Bahn hatte sein Ziel erreicht, seine Dramaturgie war aufgegangen.

Der CvD schwenkte mit wehenden Fahnen um auf seine Seite. So kannte man ihn und so musste man mit ihm umgehen.

Bahn atmete tief durch und schilderte ausführlich das nächtliche Geschehen im Grüngürtel und seine Recherche. „Darüber schreibe ich uns ganze Seiten zu. Aber für den Medizinmann haben wir wirklich keine Zeit."

„Ich kümmere mich drum", versicherte Waldmann ausgesprochen höflich. „Sie sind bekanntlich unser Mordexperte. Da bleiben Sie am Ball."

Mordexperte war gut, dachte sich Bahn. Was konnte er dafür, dass er gelegentlich in heikle Verbrechen einbezogen wurde? Er riss sich nicht darum, aber er wehrte sich auch nicht dagegen. Es schmeichelte durchaus seiner Eitelkeit, wenn sich jemand daran erinnerte, dass er schon so manchen Mörder als Helfer der Polizei zur Strecke gebracht hatte. Ein Ausspruch seines Kripo-Freundes Küpper fiel ihm ein: „Helmut, du ziehst das Verbrechen magisch an."

Sollte das jetzt wieder der Fall sein?

Nur für wenige Augenblicke konnte Bahn seinen kleinen Erfolg genießen, dann gab es schon den nächsten Anruf aus Köln.

„Wie komme ich in dieses Kaff. Wie heißt es noch mal? Langerwehe oder so?", fragte ihn die arrogante Kollegin leicht beleidigt, als müsse sie im eleganten Abendkleid aus einer Opernaufführung in der Mailänder Scala kommend sofort zu einem Zupfgeigenkonzert in einem hinterwäldlerischen Gasthofsaal eilen.

„Mit dem Zug, dem Auto, dem Fahrrad oder zu Fuß, ganz wie Sie wollen", lästerte Bahn und empfahl der Zimtziege einen konzentrierten Blick auf die Landkarte. „Heimatkunde erweitert den Horizont."

Er legte auf, um sich diese Stimme nicht länger antun zu müssen.

3. Der per Fax übermittelte Pressebericht der Polizei enthielt neben der Einladung zur Pressekonferenz um 16 Uhr nach Bahns Ansicht nur Belanglosigkeiten. Ein paar Einbrüche, einige Unfälle, aber nichts Besonderes, meinte er nach dem flüchtigen Überfliegen der Blätter zu seinem älteren Kollegen, der sich um die Berichterstattung kümmern wollte. Der altgediente Journalist schielte schon nach der Rente und machte bereitwillig Stalldienst. Artikel bearbeiten, Meldungen schreiben, damit vertrieb er sich die Zeit. Auf die Pirsch zu gehen, nach Sensationen zu angeln, das galt für ihn nicht mehr, das überließ er in einer stillschweigenden Übereinkunft bereitwillig den aus seiner Sicht jungen Hasen Bahn und dem Lokalchef.

Insofern klappte das Zusammenspiel zwischen den beiden verbliebenen Tageblattredakteuren ohne viele Worte. Die Alltagsarbeit war beim Redaktionssenior in verlässlichen Händen, er hielt Bahn den Rücken frei für Geschichten, nunmehr für den merkwürdigen Mord.

„Was willst du denn hier?" Verunsichert schaute Bahn seine Ehefrau an, die überraschend an seinen Schreibtisch getreten war. „Waren wir etwa verabredet?"

Statt einer Antwort erhielt er einen satten Kuss. Dann holte sie aus einer Einkaufstüte eine kleine Zellophanverpackung mit zwei Pralinen. Leonidas mussten es sein, eine helle für ihn, eine dunkle für sie. Oft brachte Gisela bei einem Einkaufsbummel die Pralinen mit, um damit mit Bahn anzustoßen, wie sie das Ritual nannte, wenn sie die Kalorienbömbchen verspeisten.

Schon seit Jahren hielt es Gisela an seiner Seite aus, wie Bahn es sich ab und zu eingestand. Sie hatte es gewiss nicht leicht mit ihm, wenn er wieder einmal mit dem Kopf durch die Wand wollte, er unbeherrscht aufbrauste oder übereifrig zu Werke ging. Sie hätte jeden Kerl kriegen können, dachte sich Bahn, sie war schön, schlank, groß und intelligent. Er konnte sich ein Leben ohne sie nicht mehr vorstellen und war froh, sie als Frau zu haben. Nur zu selten würdigte er ihre Bereitschaft, seinetwegen auf einen eigenen Beruf zu verzichten, um ihm als Hausfrau und ruhender Pol zu helfen. Sie wäre bestimmt eine gute Lehrerin geworden, doch sie hatte entschieden, einen einzigen Menschen zu erziehen. Denn Bahn war oft genug noch ein Kindskopf.

Gisela schmunzelte. „Ich wollte nur kontrollieren, ob du überhaupt arbeitest."

Bevor Bahn aufbrausen konnte, fuhr sie fort. „Ich hätte gerne einmal den Pressebericht der Polizei gelesen", bat sie lächelnd.

„Warum? Wegen des Mordes?", fragte Bahn. Er betrachtete irritiert seine Frau.

Gisela schüttelte den Kopf und schob mit der Hand ihr langes, blondes Haar aus der Stirn. „Nein. Mir geht es um einen Verkehrsunfall. Mich würde interessieren, ob der Unfall mitgeteilt wurde, den Anne verursacht hat."

Obwohl Bahn nicht nachvollziehen konnte, was Gisela beabsichtigte, holte er das Polizeifax vom Schreibtisch des Kollegen zurück. Darüber hatten die beiden Frauen also am Abend gesprochen. „Was soll's denn sein?"

„Etwas mit einem Radfahrer", antwortete Gisela.

Schnell hatte Bahn das Fax überflogen. Dann schüttelte er den Kopf. „Davon gibt's nichts. Wann soll das denn gewesen sein?"

„Letzte Woche Freitag", antwortete seine Frau und Bahn seufzte theatralisch auf.

„Das interessiert doch keinen mehr. Wir sind eine Tageszeitung und kein Wochenblättchen." Er ging ins Zimmer der Sekretärin und langte im Regal nach dem Ordner mit den abgehefteten Polizeiberichten.

Rasch wurde er fündig: Am Freitagmittag hatte eine 33-jährige Autofahrerin einen 41-jährigen Radfahrer, beide aus Düren, schwer verletzt. Die Frau hatte in Gürzenich an einer Kreuzung von einer Hauptstraße rückwärts nach rechts abbiegen wollen und dabei den Radfahrer übersehen, der gerade auf der Hauptstraße in ihre Richtung fuhr. Der Mann war zur stationären Behandlung ins Krankenhaus gebracht worden, so hatte die Polizei gemeldet.

Bahn erinnerte sich flüchtig. Irgendetwas war mit der Meldung gewesen, etwas Belangloses, das ihm im Moment nicht einfiel.

„Ist es das?"

„Wird wohl sein", bestätigte Gisela. „Aber warum steht hier nicht, in welches Krankenhaus der Mann gebracht wurde?"

„Tut doch nichts zur Sache. Schreiben die nie. Anne hat den Mann angefahren und er ist verletzt. So etwas kommt immer wieder vor."

Bahns Frau schien mit dieser Antwort nicht zufrieden. „Anne würde den Mann gerne besuchen. Wie kann sie ihn finden?"

„Ist doch ganz einfach. Anne hat den Namen des Mannes, der steht auf dem Protokoll der Unfallaufnahme. Sie braucht nur die drei Krankenhäuser in Düren anzurufen."

„Das geht so einfach?"

„Das geht in der Tat so einfach, mein Schatz." Bahn war aufgestanden, umarmte seine Frau und schob sie in Richtung Ausgang. „Und jetzt gehst du."

Nach dem Blick auf die Uhr hatte er es eilig. Die Polizei würde mit ihrer Pressekonferenz nicht warten, bis er gekommen war.

Als Bahn den Konferenzraum in der Polizeiinspektion an der Aachener Straße betrat, stutzte er für einen Augenblick. Es herrschte Hochbetrieb. Tatsächliche und vermeintliche Journalisten hatten sich um den großen Holztisch gruppiert, an dessen Kopf zwei Stühle freigeblieben waren. Am anderen Ende des Tisches hatten drei Kameramänner ihre Geräte postiert. Mehrere Scheinwerfer sorgten für gleißendes, heißes Licht. Die vermaledeiten Kettenraucher hatten bereits die Luft verpestet.

Bahn lag schon ein Fluch auf den Lippen, weil er keinen Platz fand, dann erkannte er den winkenden DZ-Kollegen Krupp, der den Stuhl an seiner Seite freigehalten hatte.

„Ich weiß doch, dass ihr vom Tageblatt immer etwas später kommt", flachste dieser kameradschaftlich. „Du bist bekanntlich immer der Letzte."

Bahn nahm den Kollegenspott mit Gleichmut hin und bot Krupp sogar an, den Inhalt einer Mineralwasserflasche mit ihm zu teilen. Neugierig griff er nach dem vor ihm liegenden Blatt, während er trank.

Die Polizei hatte bereits einen Bericht über den Todesfall verfasst. Danach hatte am gestrigen Abend gegen 22.15 Uhr eine Fußgängerin die Leiche der 29-jährigen Cornelia B. in einem Garagenhof am Grüngürtel entdeckt. Die alarmierte Polizei stellte unzweifelhaft fest, dass die Frau Opfer eines Verbrechens geworden ist. Die Ermittlungen liefen in Richtung Mord. Die sofort eingeleitete Fahndung war erfolglos geblieben.

„Das ist weniger, als ich weiß", bemerkte Bahn trocken zu seinem jungen Nachbar, der ihn argwöhnisch anschaute.

„Was weißt du denn schon wieder, was wir nicht wissen?", wollte der DZ-Mann erstaunt wissen.

„Stell die richtigen Fragen und du wirst die richtigen Antworten bekommen", entgegnete Bahn grinsend. Es tat gut, den Seitenhieb von eben kontern zu können.

Die murmelnden Gespräche stoppten auf der Stelle, als die Tür geöffnet wurde und zwei Männer eintraten.

„Kennst du die?", flüsterte Krupp.

Bahn schüttelte ahnungslos den Kopf. „Die sind nicht aus Düren."

Der ältere der beiden Männer stellte sich als Staatsanwalt Frings von der Staatsanwaltschaft Aachen vor, was Bahn aufstöhnen ließ. Wenn die Staatsanwaltschaft Regie führte, hatte die Kripo nichts mehr zu sagen. Er würde nur gefilterte Informationen aus Aachen bekommen. Die Dürener Polizisten waren als Untergebene zum Schweigen verpflichtet.

Als Hauptkommissar Schmitz gab sich der zweite Fremdling zu erkennen, ein stämmiger breitschultriger Mann mit einem kantigen Gesicht, vielleicht 40 Jahre alt.

„Ich leite die Ermittlungen in diesem Mordfall", erklärte er den überraschten Journalisten im schneidigen Kommandoton, „und bin Staatsanwalt Frings unterstellt, der Ihnen alle Auskünfte erteilt." Damit lehnte er sich bequem in den Stuhl zurück und kaute grinsend am Flügel seiner Nickelbrille.

Der Staatsanwalt, der den wahrscheinlich trügerischen Eindruck eines gutmütigen Familienvaters vermittelte, hatte die Ellenbogen auf die Tischplatte gestützt und die Hände gefaltet.

„Die Tatsachen haben wir Ihnen bereits in schriftlicher Form mitgeteilt", sagte er mit leiser Stimme, mit der er die Journalisten zur Ruhe zwang, „mehr gibt es derzeit nicht. Oder haben Sie etwa noch Fragen?"

Bahn und Krupp sahen sich verdutzt an. Was sollte das? Da fehlte doch alles, was einen Kriminalfall ausmachte.

„Ich hätte gerne mehr Informationen über das Opfer", meldete sich schnell ein Journalist zu Wort, von dem Bahn annahm, er arbeite für den Kölner Express. „Vollständiger Name, Beruf, Familienstand, Herkunft."

„Cornelia Bergstein, 29 Jahre alt, Hausfrau, verheiratet, keine Kinder, vor einigen Monaten nach Düren gezogen", antwortete der Staatsanwalt knapp.

Er gab flüsternd zu verstehen, dass er nicht mehr preisgeben wollte, als unbedingt sein musste.

„Wo war der Ehemann zur Tatzeit?", wollte der Express-Reporter wissen. „Die meisten Morde geschehen bekanntlich im Familienkreis oder in der Bekanntschaft."

„Der Ehemann war zur Tatzeit auswärts", gab Frings zur Antwort. „Er hat ein einwandfreies Alibi, falls Sie vermuten, er könne an der Tat beteiligt sein." Der Aufenthaltsort des Mannes tue nichts zur Sache.

„Für uns steht fest, dass er nicht als Mörder infrage kommt. Weitere Fragen?" Er sah sich ungehalten um, als missfiele ihm diese Pressekonferenz.

„War die Frau immer Hausfrau oder hatte sie einen Beruf?"

„Sie ist gelernte Friseuse."

„Raubmord?"

„Nein."

„Sexualdelikt?"

„Dafür gibt es keine Anzeichen. Wir wissen nicht, warum die Frau ermordet wurde."

„Können Sie Angaben zur Tatwaffe machen?", wollte der Kollege der Dürener Nachrichten wissen.

„Nein", antwortete der Staatsanwalt. „Wir haben die Waffe noch nicht gefunden, also können wir auch nicht sagen, womit die Frau getötet wurde."

Bahn wurde es zu bunt. Er schaltete sich lautstark in das unbefriedigende Gerede ein. „Sie können uns nicht sagen, mit welchen Tatwaffe Cornelia Bergstein ermordet wurde und Sie können uns nicht sagen, wie sie ermordet wurde. Ich habe aber durch Kommissar Wenzel erfahren, dass Sie nach einem Messer suchen."

Der Satz gefiel ihm in zweierlei Hinsicht. Zum einen konnte er Wenzel eins auswischen, ohne dass dieser sich wehren konnte, zum anderen hatte er das Messer ins Spiel gebracht. Alle Kollegen würden darauf anspringen.

„Wollen Sie diese Tatsache etwa dementieren?"

Der Hauptkommissar richtete sich aufgeregt auf. Frings hielt seine äußerliche Gelassenheit bei, während er Bahn intensiv musterte.

„Sie haben recht", sagte er fast unhörbar. „Wir suchen ein Messer als Tatwaffe."

Bahn pokerte. „Nach mir vorliegenden Informationen ist die Frau von hinten attackiert worden. Sie wurde überrascht und konnte sich nicht wehren."

„Ich will nicht wissen, warum und woher Sie Ihre Informationen haben", erwiderte der Staatsanwalt leise, „aber sie treffen zu."

Nur schwer konnte Bahn seine Genugtuung verbergen. Wenzel würde gewaltig in einen Erklärungsnotstand kommen. Aber das war ihm egal.

„Eine Frage habe ich noch an Herrn Schmitz", fuhr er fort. „Warum leiten Sie die Ermittlungen und nicht der Leiter der Dürener Mordkommission, Herr Küpper?"

Das wütende Funkeln in den Augen des Hauptkommissars nahm Bahn erstaunt zur Kenntnis.

„Weil Kollege Küpper derzeit unabkömmlich ist", antwortete Schmitz scharf. „Er bereitet sich an der

Polizeiakademie auf eine neue Aufgabe vor. Ich bin kommissarisch auf seine Position berufen worden." Die Antwort überraschte Bahn. Er konnte sich nicht vorstellen, dass sein Freund von heute auf morgen die Koffer packte und einen anderen Posten übernahm, ohne ihn zu informieren.

„Küpper ist nicht in Düren. Finden Sie sich damit ab, dass Sie es mit mir zu tun haben", sagte Schmitz gereizt.

„Hauptkommissar Schmitz hat sich in Aachen bestens bewährt. Und ich bin überzeugt, er wird auch in Düren ausgezeichnete Arbeit abliefern." Entschlossen und diesmal laut hatte Frings wieder das Wort an sich gezogen und war in die Bresche gesprungen.

„Sonst noch Fragen? Wenn nicht, möchte ich das Gespräch gerne beenden." Ohne eine weitere Wortmeldung der verblüfften Journalistenschar abzuwarten, stand er auf und eilte mit Schmitz im Gefolge aus dem Raum.

„Was hältst du von dieser Geschichte?", fragte Krupp, während er seine Unterlagen zusammenpackte. „Merkwürdig, oder?"

In der Tat, bestätigte Bahn flüchtig. Er war mit seinen Gedanken schon in der Redaktion. Einige Anrufe waren erforderlich. So leicht und schnell ließ er sich von Frings und Schmitz gewiss nicht abspeisen.

„Stimmt das eigentlich, dass Wenzel dir von dem Messer berichtet hat", wollte Krupp noch wissen.

Bahn sah ihn schmunzelnd an, als sie durch das Treppenhaus gingen. Der junge DZ-Kollege, den er sich in einigen Jahren gut als Nachfolger des Redaktionsseniors vorstellen konnte, konnte noch einiges von ihm lernen.

„Das habe ich nicht gesagt. Ich habe gesagt, ich weiß es durch Wenzel. Ich habe nicht gesagt, ich weiß es von Wenzel. Wer diesen kleinen Unterschied nicht versteht, dem kann ich nicht helfen."

4. Bahn hatte es eilig, um zur Pletzergasse in die Redaktion zu kommen. Er würde Glück brauchen, um die Anrufe, die er zu erledigen hatte, noch vor Dienstschluss der Behörden durchgeführt zu haben. Erleichtert pustete er durch, als im Einwohnermeldeamt im Dürener Rathaus der Telefonhörer abgenommen wurde und sich ein langjähriger Bekannter meldete.

„Du bist mir noch einen Gefallen schuldig, Günther", erinnerte Bahn den Verwaltungsbeamten nach der flüchtigen Begrüßung. Er hatte ihm einmal gegen das Versprechen einer Gegenleistung etliche Freifahrscheine für die Fahrgeschäfte auf der Annakirmes besorgt.

„Was soll's denn sein?" Der Mann nahm Bahns Bitte mit Gleichmut hin.

„Ich will Informationen über eine gewisse Cornelia Bergstein", antwortete Bahn schnell. Er hörte, wie auf der anderen Seite auf einer Tastatur getippt wurde.

„Alles auf einen Blick", sagte der Beamte endlich. „Die gibt's nur einmal bei uns. Cornelia Bergstein, wohnhaft im Grüngürtel, 29 Jahre alt, seit knapp vier Monaten verheiratet mit Werner Bergstein, vor drei Monaten von Kerpen nach Düren gezogen."

„Mädchenname? Beruf?" Der Journalist machte sich seine Notizen, während er fragte.

„Moment."

Bahn spürte, wie sein Bekannter stutzte.

„Kein Mädchenname. Der Mann hat ihren Familiennamen angenommen. Er hieß Schweißfuß. Kann verstehen, dass er seinen Namen gerne verändert hat."

„Keine Volksreden", knurrte Bahn. „Beruf?"

„Sie anscheinend Hausfrau, er Arbeiter. Aber frag mich nicht nach der Arbeitsstelle. Das weiß ich nicht und kriege ich auch nicht aus meinem Kollegen Computer heraus."

Bahn ließ es bei diesen Auskünften bewenden und beendete das Gespräch mit dem Hinweis, dadurch habe Günther die Hälfte seiner Schuld beglichen.

Auch das zweite Telefonat war erfolgreich. Kommissar Böhnke von der Kripo Aachen schien sich sogar zu freuen, als er Bahns Stimme vernahm. Er habe lange nichts mehr von ihm gehört, meinte der Kommissar frohgestimmt.

„Haben Sie und mein Kollege Küpper alle Mörder in Düren ausgeschaltet?" Böhnke hatte die Erlebnisse von Bahn zum Teil miterlebt, zum Teil hatte ihm Küpper davon berichtet.

„Schön wär's", entgegnete Bahn, „aber es kommen leider immer wieder neue. Jetzt haben wir einen Messerkiller, der hat gestern eine junge Frau umgebracht."

Er sei darüber informiert worden, meinte Böhnke.

„Und was soll ich tun? Soll ich etwa mit Ihnen auf Mörderfang gehen?"

Lachend verneinte der Journalist. „Das macht hier ein Hauptkommissar Schmitz und der sieht mich wohl am liebsten von hinten. Kennen Sie ihn? Er kommt aus Aachen."

„Den Kollegen Schmitz kenne ich in der Tat. Ein äußerst dynamischer und fähiger Kollege, der leider in Aachen keine Karriere machen kann, weil die Kripo hier geradezu einen genialen Leiter der Mordkommission hat", antwortete Böhnke mit einer großen Portion Selbstironie. „Im Ernst. Schmitz ist zu gut, um im zweiten Glied zu stehen. Das klappt auf Dauer nicht. Er ist prädestiniert für eine Leiterstelle. Aber ich habe nicht die Absicht, meinen Posten dran zu geben. Also muss er die Dienststelle wechseln, um auf der Behördenleiter weiter zu kommen."

„Und darum muss Küpper die Fliege machen?"

„Wie?" Böhnkes Gegenfrage zeigte Bahn, dass er ihn überrascht hatte.

„Schmitz ist an die Stelle von Küpper getreten, so heißt es jedenfalls. Küpper ist mir nichts, dir nichts verschwunden."

Der Kommissar aus Aachen schwieg lange. „Ich glaube, es ist besser, wenn ich Ihnen reinen Wein einschenke. Ich dachte, das hätte Küpper getan", sagte er schließlich langsam, „es scheint mir sinnvoller, als Sie herumfragen zu lassen. Damit verbreiten Sie nur unnötige Unruhe."

Böhnke kannte Bahns Beharrlichkeit und dessen Talent, zur falschen Zeit die richtigen Spuren zu verfolgen. „Kollege Küpper ist vor einigen Tagen abkommandiert worden, um in unserem eigenen Laden zu ermitteln. Ich weiß allerdings nicht, in welche Richtung. Er hat's mir in aller Vertraulichkeit gesagt und ich möchte Sie bitten, Ihr Wissen für sich zu behalten. Offiziell macht Küpper einen Fortbildungslehrgang." Es sei übers Wochenende alles sehr schnell gegangen, wahrscheinlich so schnell, dass Küpper sich nicht einmal verabschieden konnte.

„Das ist eine ganz heiße Sache. Er wird sich bestimmt bei Ihnen melden."

Sonderlich zufrieden war der Journalist mit dieser Auskunft nicht. Aber er gestand sich ein, dass er nicht viel ändern konnte. Anscheinend hatte er sich in diesem Fall mit Schmitz abzufinden.

„Kennen Sie übrigens Staatsanwalt Frings?", fragte er weiter.

„Kenne ich", bestätigte Böhnke. „Ist nicht unbedingt meine Kragenweite. Sein Arbeitsstil passt nicht mit meinem überein." Er hustete kurz. „Frings passt eher zu Schmitz. Machen die bei Ihnen gemeinsame Sache?"

So sei es, bestätigte Bahn.

„Ein gutes Gespann", fuhr der Kommissar sachlich fort, „denen können Sie durchaus zutrauen, dass sie den Fall schnell geklärt haben."

„Mag ja sein", räumte Bahn ein, „aber die beiden scheinen mir nicht sehr kooperativ zu sein."

Böhnke lachte auf. „Sie meinen wohl auch, zunächst muss die Presse benachrichtigt und dann der Mörder gesucht werden? Tut mir leid, mein Freund, aber in deren Informationspolitik mische ich mich nicht ein. Da kann ich Ihnen nicht helfen."

Bahn griff zum nächsten Rettungsanker. Er wählte eine Rufnummer bei der Staatsanwaltschaft in Aachen.

„Friedrich, du musst mir helfen", sagte er, als sich ein Staatsanwalt namens Banken meldete.

Der Vetter von Gisela hörte sich ruhig Bahns Schilderung an. „Helmut, was willst du eigentlich von mir?", fragte er schließlich. „Ich habe es mit Umweltdelikten zu tun. Mord ist nicht meine Baustelle."

Das wisse er selbst, brummte Bahn. „Aber du kannst vielleicht herausfinden, was es mit dem Mord bei uns auf sich hat. Ich habe noch nie eine derartige Mauertaktik der Polizei miterlebt. Und ich will wissen, was mit Kommissar Küpper ist."

„Was du willst, ist mir egal", hielt Banken streng dagegen. „Wenn ich dir gefällig sein will, dann mache ich das, weil ich es will. Aber ehrlich gesagt, ich will nicht."

Damit war das Gespräch schneller beendet, als Bahn gedacht hatte. Scheiß Verwandtschaft, fluchte er vor sich hin.

Er schaltete den Computer an seinem Arbeitsplatz aus, schwang sich in die Lederjacke und lief auf die Straße hinaus. Kurz überlegte er, ob er sich noch ein Kölsch beim Stollenwerk ums Eck genehmigen sollte, dann entschied er sich dagegen. Ohne Küpper oder Waldhausen würde ihm das Bier nicht schmecken.

Ab nach Hause!, gab er sich den Befehl.

Als er ins Wohnzimmer trat, beendete Gisela gerade ein Telefonat.

Neugierig wollte er wissen, mit wem sie gesprochen hat.

„Mit einem attraktiven Mann in deinem Alter", sagte sie lächelnd und gab ihm einen Kuss. „Ich hatte Sehnsucht nach meinem Vetter Friedrich."

War das Zufall, dass sie beide hintereinander mit Banken gesprochen hatten oder steckte mehr dahinter?

„Was wolltest du von ihm?", fragte Bahn verwundert. „Hast du mit ihm über den Mord an Cornelia Bergstein gesprochen."

Gisela löste sich aus seiner Umarmung und ging in die Küche. „Ich habe mit ihm über Wolfgang Eggerath gesprochen."

„Kenne ich nicht", sagte Bahn spontan. Er war ihr gefolgt, hatte sich rittlings auf einen Stuhl gesetzt und die Arme auf die Rückenlehne gelegt.

„Wolfgang Eggerath ist der Mann, der von meiner Freundin Anne angefahren worden ist", klärte ihn Gisela auf.

„Und was ist mit ihm?"

„Er ist verschwunden. Wir haben in den Krankenhäusern in Düren, Lendersdorf und Birkesdorf nachgefragt, aber nirgendwo ist Eggerath eingeliefert worden. Obwohl Anne gesehen hat, dass er mit einem Krankenwagen weggebracht wurde, ist der Mann in keinem Krankenhaus angekommen."

Das sei in der Tat merkwürdig, bestätigte Bahn. „Aber was hat Friedrich damit zu tun?"

„Nichts", antwortete Gisela, während sie den Tisch deckte. „Ich wollte wissen, ob er mir einen Tipp geben kann, wo ich Eggerath finde."

„Und?"

„Er hat gesagt, ich soll dich fragen. Du wüsstest garantiert, was zu tun ist."

5. Bahn sah seine skeptische Vorahnung bestätigt, als er am Morgen beim Frühstück das Tageblatt aufschlug. Die tumbe Kollegin aus Köln hatte zwar über den Hungerstreik des Arztes aus Langerwehe den Aufmacher für die Reportageseite gemacht, allerdings keine Informationen gebracht, die Bahn nicht schon in den gestrigen Konkurrenzzeitung gelesen hatte. Sie hatte mächtig auf die Tränendrüse gedrückt und unverhohlen Partei für den Mediziner bezogen. „Wann wird die Gesundheitsministerin den Mut besitzen, nach Langerwehe zu kommen?", fragte sie fordernd. Endlich besitze ein Arzt die Zivilcourage, sich öffentlich gegen die ständige Daumenschraube der Politik zu wehren.

Gisela stimmte sofort in den Tenor des Artikels ein. „Das ist wirklich eine Schweinerei", kommentierte sie.

Bahn schlürfte schweigend an seiner Kaffeetasse. Eine Diskussion mit Gisela war müßig. Er erachtete es vielmehr als Schweinerei, dass der Mord im Grüngürtel den Kollegen in der Zentrale gerade einmal eine achtzeilige Meldung in einer Meldungsspalte wert war.

Nach seiner Auffassung gab es hier eine vollkommen falsche Gewichtung der Geschehnisse.

Bei der Lektüre von DZ und DN in der Redaktion wurde Bahn in seinem krassen Urteil bestätigt, in der Kölner Zentrale seien Dilettanten am Werke. Die beiden Blätter hatten nicht nur, wie Bahn selbst, ausführlich über den mysteriösen Mord geschrieben, sie hatten obendrein mehr und besser über den Medizinerstreik berichtet.

Wie er bei der Konkurrenz lesen konnte, hatte sich inzwischen eine Patienteninitiative gegründet, die sich mit Kuhlmann solidarisch erklärte. Man werde den Doktor unterstützen, ihm bei der fortgeführten Arbeit in der Praxis Hilfe leisten und für ihn bundesweit demonstrieren. Außerdem hatten die beiden Lokalzeitungen aus Düren den Vorsitzenden des Hartmannbundes interviewt, der den Streik des Kollegen als untaugliches Mittel in der politischen Auseinandersetzung beurteilte. Man dürfe nicht auf aufsehenerregende Sensationen setzen, sondern müsse den ständigen Dialog mit der Politik suchen, um eine Gesundheitsreform zu erreichen, die sich am Wohl der Patienten orientiere, erklärte der Ärztefunktionär.

„Das können wir garantiert morgen bei uns lesen", grantelte Bahn, als er die DN seinem älteren Kollegen auf den Schreibtisch warf. „In Köln haben die halt eine lange Leitung."

Er ging langsam zurück in sein Zimmer, in dem das Telefon klingelte.

„Ich wollte dich nur daran erinnern, dass du für mich was tun musst, um Eggerath zu finden", meldete sich Gisela. Sie lachte. „Wenn du mir hilfst, helfe ich auch dir."

„Und wie?", fragte Bahn unwirsch. Es ärgerte ihn, dass Gisela ihn mit ihrer Privatangelegenheit für Anne während seiner Arbeit belästigte.

„Das sage ich dir, wenn du mir geholfen hast. Ich habe eine Überraschung für dich. Bis heute Nachmittag."

Bahn legte auf. Die Überraschung würde wahrscheinlich darin bestehen, dass sich Gisela ein Paar teure Schuhe gekauft hatte, die er bezahlen musste, grummelte er vor sich hin. Diese Art von Überraschungen kannte er zu Genüge. Er konnte an die Decke gehen, wenn seine Frau ihn auf diese mit viel Geld verbundene Weise auf die Folter spannte.

Dennoch überlegte er, wie er Eggerath finden konnte, und er hatte auch eine Idee. Er rief in der Rettungsleitstelle an und verlangte nach einem DRK-Mitarbeiter, den er mit einem kostenlosen DTB-Abonnement versorgte und der im Gegenzug Informationen liefern sollte.
„Aber nicht zum Mordfall Cornelia B.", schränkte der Informant entschieden ein. „Erstens, weiß ich nichts, und zweitens halten meine Kollegen, die etwas wissen könnten, alle die Klappe", lamentierte er.
„Wo ist Wolfgang Eggerath?", unterbrach ihn Bahn brüsk. „Was geht mich eure Geheimniskrämerei an? Der Mord an der Bergstein ist mir scheißegal. Ich will von dir wissen, wo Eggerath ist."
Verständlicherweise konnte der DRK-Mann die Details über einen stinknormalen Rettungseinsatz bei einem Verkehrsunfall nicht aus dem Ärmel schütteln. Er ließ sich von Bahn die Fakten geben und versprach, sich um die Sache zu kümmern.
Bereits fünf Minuten später meldete er Vollzug, schneller als Bahn es erwartet hatte.

„Merkwürdige Geschichte", meinte er. „Dein Freund Eggerath ist wohl von einen Auto angefahren worden und hat einen Trümmerbruch am linken Bein erlitten. Meine Kollegen haben den Verletzten ins Dürener Krankenhaus bringen wollen. Als sie unterwegs waren, erhielten sie einen Funkspruch. Sie sollten den Mann ins Krankenhaus nach Eschweiler bringen, weil die Krankenhäuser in Düren überlastet waren. Sie haben's dann weisungsgemäß auch getan, ohne sich weitere Gedanken zu machen."

„Und was soll daran merkwürdig sein?"

„Merkwürdig ist, dass sich im Nachhinein niemand in unserer Zentrale an den Funkspruch erinnern kann. Er ist zwar auf den Tonbändern aufgezeichnet worden, aber niemand will ihn abgesetzt haben."

„In der Tat merkwürdig", bestätigte Bahn nachdenklich. „Wie kann das sein?" Er witterte eine Geschichte.

„Keine Ahnung. Wahrscheinlich lügt ein Kollege. Wir wissen nur nicht wer von denjenigen, die am Funk saßen."

„Aber was hat er davon, wenn Eggerath nach Eschweiler und nicht nach Düren gebracht wird?"

„Woher soll ich das wissen?"

„Lebt Eggerath vielleicht allein in Düren und hat Verwandte in Eschweiler?", überlegte der Journalist laut. „Das wäre doch möglich gewesen." Er war gespannt, ob er mit dieser Finte die Adresse von Eggerath herausbekommen würde.

„Nach dem, was wir wissen, wohnt der Mann allein in Derichsweiler." Der Rot-Kreuzler redete hastig weiter. „Mehr kann ich dir nicht sagen. Ich muss aufhören. Es gibt einen Einsatz."
Unverzüglich rief Bahn im Eschweiler Krankenhaus aus.
Bereitwillig bestätigte ihm die Telefonistin in der Patientenannahme, dass der von ihm gesuchte Eggerath eingeliefert worden war und auf Zimmer 215 in der Orthopädie liege.
„Wenigstens etwas", murmelte Bahn zufrieden vor sich hin und widmete sich seiner Zeitungsarbeit. Gisela würde sich wundern, wenn er berichtete.

Bahn sah erstaunt auf die Uhr, als unerwartet Gisela in seinem Büro vor ihm stand und ihn in seinen Gedanken unterbrach. Er hatte konzentriert gearbeitet und darüber die Zeit vergessen. Es war schon nachmittags und jetzt spürte er auch das Magenknurren.
Gisela war nicht allein gekommen, sie hatte eine Frau in ihrem Alter mitgebracht.
„Das ist Petra, die Schwester von Anne", stellte sie die stämmige, kleine Person mit strähnigen braunen Haaren vor.
Es verwunderte Bahn immer wieder, wen seine Frau alles anschleppte. Er machte sich nicht viel aus ihrem Bekanntenkreis mit den aus seiner Sicht manchmal unmöglichen Gestalten. Gelegentlich kam es ihm vor, als sei seine pädagogisch vorgebildete Ehehälfte Sozialstation für Menschen in Not.

Wenn sie von ihren Leuten berichtete, hörte er nur halb hin. Von Anne wusste er wenig, von deren Schwester noch weniger. Petra war wohl, wie er sich schwach erinnerte, alleinerziehende Mutter zweier Kinder von unterschiedlichen Vätern; was für ihn nicht nachvollziehbar war. Offensichtlich kam die Frau gerade von einem Nebenjob. Petra sah für ihn aus wie eine Putze, die gerade den Wassereimer zur Seite gestellt, den Putzlappen ausgewrungen und die langen Plastikhandschuhe ausgezogen hatte. Sie roch förmlich noch nach Seifenlauge und Desinfektionsmittel. Wenn sie nicht die Schwester von Unfall-Anne gewesen wäre, hätte sie in seinen Augen überhaupt keine Bedeutung.

Höflich, aber distanziert begrüßte Bahn die Frau, die zu allem Überdruss auch noch eine unangenehme Schweißausdünstung von sich gab. Verwundert sah er Gisela an.

‚Kannst du mir erklären, was diese Stinkmorchel hier will?', schien sein Blick zu fragen.

„Petra wohnt im Grüngürtel und war quasi Nachbarin von Cornelia Bergstein. Sie wohnt im Haus nebenan und kann dir viel über Cornelia und ihren Mann erzählen."

Sofort wuchs bei Bahn das Interesse an der Frau. Da warteten vielleicht Informationen, die die Konkurrenzzeitungen wohl nie bekommen würden, frohlockte er insgeheim.

Noch mehr als über die Ermordete wollte er aber über die Ermittlungen der Polizei wissen.

„Lasst uns ins NT gehen", schlug er in Anbetracht seines Hungergefühls vor.

Seine bevorzugten Speiselokale hatten um diese Zeit schon wieder geschlossen. Aber auch im NT würde er satt werden. Dort würde er auch die entsprechende Sitzecke finden, um ungestört mit Annes Schwester sprechen zu können.

Petra war ihm zwar nicht unbedingt sympathisch, aber sie würde ihm vielleicht Neuigkeiten sagen können, die ihm bei der Berichterstattung über den Mord nützlich sein konnten.

Auf dem Weg zur Gaststätte informierte Bahn seine Frau über das Auffinden von Eggerath. „Willst du ihn etwa besuchen?"

„Ich nicht, aber Anne", entgegnete Gisela, die sich an Bahns Arm eingehängt hatte. „Ich bleibe lieber bei dir."

So recht glauben konnte er ihr nicht. Vermutlich würde sie Anne begleiten.

Die vielen Informationen, die Petra ihm lieferte, ließen Bahn jubilieren. Daraus konnte er einen Aufmacher schreiben, der die Konkurrenz erblassen ließ. Diese Fakten, die er nach dem Gespräch besaß, konnten sie nicht haben.

Das familiäre Umfeld von Cornelia und Werner Bergstein war dabei für ihn weniger interessant als die Ermittlungsarbeit der Polizei.

„Die haben die ganze Nacht über die Wohnung untersucht", berichtete Petra hastig.

Sie sprach sehr schnell und übersprang manche Situation, so dass Bahn mehrfach nachfragen musste, bis er das Geschehen rekonstruiert hatte und sich ein genaues Bild machen konnte. Dass er sich bei seinen Nachfragen oft im Tonfall vergriff und die Frau herrisch anfuhr als sei sie eine Delinquentin statt einer Informantin, wurde ihm nicht einmal bewusst, als ihn Gisela mehrmals mahnend ansah.

Allerdings war Annes Schwester auch nicht in der Lage, sich gegen seinen rüden Ton zu wehren.

Offenbar hatte die Polizei ununterbrochen seit dem Auffinden der Leiche das Umfeld untersucht, um Spuren zu finden. Die Wohnung der Bergsteins war versiegelt worden. Den Nachbarn war untersagt worden, Interviews zu geben und etwas über die Ermittlungen zu sagen.

„Warum sprechen Sie dann überhaupt mit mir?", hatte Bahn barsch gefragt.

Petra hatte hastig geantwortet. „Weil Anne mir gesagt hat, dass Sie und Ihrer Gattin ihr helfen, deshalb müsste ich Ihnen helfen."

Die Putze hatte bei ihren neugierigen Blick hinter den Gardinen aus dem Wohnzimmerfenster nichts Besonderes bei der Polizeiarbeit feststellen können, auch wenn sie nach ihrer Darstellung sehr aufregend gewesen sein musste.

Es war nach Bahns Ansicht die übliche Spurensuche gewesen.

„Die Feuerwehr ist sogar auf die Garagendächer ge-
klettert und hat in die Regenrohre geguckt. Als ob
der Mörder das Messer dort weggeworfen hat."
„Wieso Mörder und Messer?", hakte Gisela nach.
Bahn sah sie tadelnd an, während er an seinem Salat kaute. Er mochte es nicht, wenn andere für ihn
ein Gespräch führten.
„Bei uns in der Nachbarschaft heißt es, Cornelia ist
von hinten gepackt worden, und der Mörder hat ihr
dann die Kehle durchgeschnitten."
„Was wollte die Frau eigentlich so spät in der
Nacht?" Endlich war er wieder am Zuge.
„Das weiß keiner. Wir glauben, sie wollte zu ihrem
Auto, um dann wegzufahren. Die Polizei hat mich
auch gefragt, ob ich weiß, wohin Cornelia fahren
wollte. Vielleicht wollte sie ja ihren Mann holen."
Petra rührte schnell in der Teetasse. „Kann ja sein.
Der war ja nicht zu Hause, als das Schreckliche passiert ist." Sie schnäuzte sich mit einem feuchten Ta-
schentuch. „Die arme Frau. Kaum gesund, da ist sie
tot."
„Wieso gesund? War sie krank?"
Bereitwillig klärte Annes Schwester Bahn und Gisela auf. „Cornelia hatte wohl einen schweren Unfall und hat lange im Krankenhaus gelegen. Sie
humpelte jetzt noch. Ihr Mann hat ihr sehr geholfen. Er hat sie gestützt, ist für sie einkaufen gegangen und hat den Haushalt gemacht. Er hat sich sehr
um die Arme gekümmert." Wieder schnäuzte sie.
„Und jetzt ist sie tot."

Petra bedauerte auch den Witwer. „Der arme Mann darf noch nicht einmal in seine eigene Wohnung. Er lebt vorübergehend wieder in Kerpen. Bei seinen Eltern habe ich gehört. Die beiden waren ein Herz und eine Seele, immer höflich, freundlich und nett zueinander. Wir haben nie ein böses Wort gehört."

Kann nicht sein, brummte Bahn vor sich hin, das wäre eine Musterehe, die es nur im Film gab.

„Es sind ja nicht alle Ehemänner so wie du", hielt ihm Gisela lächelnd entgegen. „Es soll noch Gentlemen auf dieser Welt geben, auch wenn du nichts davon wissen willst."

Bahn fand es an der Zeit, die Unterhaltung zu beenden. Er wollte zurück in die Redaktion und war froh, dass auch Petra plötzlich keine Zeit mehr hatte.

Sie müsse zu ihrer Frauengruppe, entschuldigte sie ihren plötzlichen Aufbruch.

Bahn fiel sofort eine Selbsthilfegruppe für alleinerziehende Putzfrauen ein. Das wäre doch ein tolles Thema für die Frauenseite im Tageblatt, witzelte er für sich.

Damit habe sein Einsatz für Anne noch etwas Gutes gehabt, meinte Gisela, als sie Bahn zur Pletzergasse begleitete. „Sonst wärst du nie an die Informationen von Petra gekommen. War wärest du wohl ohne dein Eheweib, du ungehobelter Klotz?"

Bahn wurde nicht gerne von seiner Frau auf seinen unangemessenen Ton gegenüber anderen Menschen hingewiesen. Doch hörte über die leise Ironie hinweg. „Wer kann denn ein Interesse daran haben, ein Traumpaar zu knacken?", fragte er nachdenklich. „Da kümmert sich ein Arbeiter fürsorglich um seine kranke Ehefrau und zum Dank wird ihr die Kehle durchgeschnitten. Wenn's wenigstens noch ein Raubmord gewesen wäre. Aber der wird ja ausgeschlossen."

Auf dem Gang zum Faxgerät überlegte er, ob er noch bei der Pressestelle der Staatsanwaltschaft anrufen sollte. Aber als er das Fax gelesen hatte, konnte er darauf verzichten.

Die Staatsanwaltschaft gab zu, dass ihre Ermittlungen erfolglos geblieben waren und es keine Hinweise auf den Mörder gebe. Die Bevölkerung wurde um Mithilfe gebeten. So suchte die Polizei nach Zeugen, die eventuell zur Tatzeit irgendetwas Auffälliges im Bereich des Tatortes gesehen hatten. Nach fremden Personen oder nicht bekannten Fahrzeugen im Grüngürtel wurde gefragt.

Abschließend enthielt das Fax den Hinweis, in der Polizeiinspektion läge eine Fotografie des Mordopfers zur Veröffentlichung bereit.

Sofort hatte Bahn keinen Blick mehr für seine Frau. Er ließ sie einfach stehen und hastete durch die Stadt zur Aachener Straße in dem Wissen, dass er zu Fuß schneller war als mit dem Wagen, und traf in der Wache auf einen Schutzpolizisten, der ihn grinsend begrüßte.

„Ich dachte, du wolltest kein Foto. Deine Kollegen haben sich schon längst bedient." Er reichte Bahn einen braunen Briefumschlag, den der Journalist ungeduldig aufriss.

„Die haben wir aus dem Hochzeitsalbum", erläuterte der Polizist.

Die farbigen Fotografien zeigten das Porträt einer jungen Frau mit mittellangen, blonden Haaren. Sie hatte ein hübsches Gesicht und lächelte mit klaren, blauen Augen in die Kamera. Cornelia war bestimmt attraktiv gewesen, dachte sich Bahn und er hatte das Gefühl, sie schon einmal in Düren gesehen zu haben.

„Was macht die Kunst?", fragte er beiläufig, während er die Fotos ein zweites Mal betrachtete.

„Eigentlich ganz ruhig, wenn ich mal davon absehe, dass ununterbrochen Pressefuzzis wegen des Mordes anrufen."

„Aber ihr sagt ja nichts."

„Genau", lachte der Schutzpolizist. „Bestimmt weißt du wieder mehr als ich."

„Du wirst es morgen lesen", entgegnete Bahn lässig, „lass dich überraschen."

Er war schon auf dem Weg hinaus aus der Wache, als ihm noch ein Gedanke kam, der nichts mit dem Mord an Cornelia zu tun hatte. „Habt ihr noch etwas von dem Unfall in Gürzenich gehört, bei dem am Freitag ein Radfahrer angefahren worden ist?"

Der Polizist stutzte nachdenklich für einen Augenblick. Dann schüttelte er den Kopf. „Nein, warum sollten wir?"

Bahn winkte ab. „Ach, nichts. Das Unfallopfer ist nur verschwunden."

6. Der Artikel, den Bahn über den Mord im Grüngürtel geschrieben hatte, behagte der Kripo und der Staatsanwaltschaft überhaupt nicht. Bahn hatte alles aufgeschrieben, was ihm Annes Schwester berichtet hatte. Allerdings hatte er sich vorsichtig und im Konjunktiv ausgedrückt und seine Quelle nicht preisgegeben. Der Artikel würde zwar einmal mehr für Ärger sorgen, wie sich Bahn beim Schreiben dachte, aber daran war er gewöhnt. Diese Erwartung konnte ihn längst nicht mehr den Schlaf rauben. Zu oft schon war er in seiner langjährigen Karriere in Fettnäpfchen getreten, als dass er über jedes neue in Unruhe und Schlaflosigkeit verfallen würde.

„Wie komme ich dazu?", fragte er Frings provokant, der ihn tatsächlich schon am frühen Morgen empört in der Redaktion anrief.

Der Staatsanwalt faselte etwas von Beeinträchtigungen der Ermittlungen und Behinderung der Justiz und verlangte von Bahn den Namen der Informanten.

„Wie komme ich dazu?", wiederholte sich Bahn. „Wenn Sie so sehr an meinen Quellen interessiert sind, muss ich annehmen, dass alle Fakten in meinem Artikel zutreffen." Er grinste vor sich hin und stellte sich vor, wie Frings und neben ihm sitzend

Schmitz zusammenzuckten. „Sie können sicher sein, dass ich weiter recherchieren werde und alles veröffentliche, was ich herausbekomme. Da Sie mir die Informationen vorenthalten, muss ich sie mir halt anderswo verschaffen."

„Sie schaden nur den Ermittlungen und damit auch sich selbst", hielt der Staatsanwalt schwach dagegen.

„Wie sollte ich, wenn ich die Wahrheit berichte?", höhnte der Journalist, wissend, dass die Wahrheit meistens auf der Strecke blieb. „Es ist mein Job, die Öffentlichkeit zu informieren. Das kann ich aber nur, wenn ich Informationen haben. Und nur dann, wenn ich Informationen habe, kann ich auch entscheiden, ob sie zur Veröffentlichung geeignet sind oder nicht."

Bahn kannte die immerwährende Diskussion mit den Vertretern der so genannten Staatsorgane über Gebühr. Sie schwiegen sich am liebsten aus, und er vermutete, oftmals nicht zu Unrecht, dass ihre Zurückhaltung in erster Linie dazu diente, eigene Unzulänglichkeiten zu verbergen.

„Sie stehen in der Verantwortung der Steuerzahler", hielt er Frings vor. „Der Steuerzahler hat ein Recht darauf, zu erfahren, ob Sie in der Lage sind, den Rechtsstaat zu bewahren oder ob Sie vor der Kriminalität resignieren." Er wurde ironisch: „Insofern unterstütze ich sogar noch Ihre Arbeit, wenn ich über den Fortgang der Ermittlungen berichte. Oder?"

Bahn erinnerte Frings an ein Interview mit dem Pressesprecher der Aachener Staatsanwaltschaft, das er vor einiger Zeit in der Dürener Zeitung gelesen hatte. Der Mann hatte mit seinen Aussagen für viel Wirbel bei Rechtsanwälten gesorgt, als er zu bedenken gab, dass manche Richter auf Schauspielereien reinfallen und manche Staatsanwälte aus der Rolle fallen würden, weil sie und auch die Verteidiger in Prozessen durch bestimmte Medien in bestimmte Ecken gedrängt würden. Da werde der Gerichtssaal zur Bühne mit heldenhaften Starverteidigern und verkniffenen, verbohrten Staatsanwälten.

„Gerade diese Art Journalismus will ich vermeiden. Ich will objektiv über Tatsachen berichten und nicht um der Sensation Willen eine Story fabrizieren", behauptete Bahn. „Aber Sie enthalten mir Informationen vor, weil Sie sich nicht trauen, Entscheidungen zu treffen", sagte er spitzzüngig in der Hoffnung, Frings würde aus seiner defensiven Haltung kommen und in seiner Verärgerung Wissen preisgeben.

Zugleich hatte er eine zweite Option. Frings sollte bloß nicht auf die Idee kommen, ihn an den Pressesprecher der Behörde zu verweisen. „Dann haben Sie beide keinen ruhigen Tag mehr, denn ich werde ihn ununterbrochen mit Fragen löchern, die er an Sie weitergibt. Der direkte Draht ist der bessere."

Der Staatsanwalt schwieg lange. „Es hat keinen Zweck, mit Ihnen zu diskutieren", sagte Frings schließlich betrübt, „ich kann Sie nur bitten, zurückhaltend zu sein."

Bahn grinste vor sich hin. Jetzt war er so weit, wie er mit seiner Option kommen wollte. „Ich mache Ihnen einen Vorschlag." Er schlug einen versöhnlichen Tonfall an. „Ich sage Ihnen, was ich weiß, bevor ich etwas schreibe, und Sie geben mir im Gegenzug die Informationen, falls ich mich auf einem Irrweg befinde."

Die lange Gesprächspause mit dem abgedeckten Hörer auf der Gegenseite interpretierte der Journalist als Diskussion zwischen Frings und Schmitz. Bahn wusste längst, dass er nicht mehr viele Fakten herausbekommen würde und er in ein paar Tagen nichts mehr schreiben könnte. Da war es gut, einen besseren Draht zur Staatsanwaltschaft zu haben als die Kollegen der so genannten Mitbewerber auf dem Medienmarkt. Mit Vermutungen und Andeutungen könnte er eventuell Frings dazu bringen, ihn in den Verlauf der Ermittlungen einzuweihen.

„Also gut", hörte er den Staatsanwalt leise sagen. „Ich halte Sie auf dem Laufenden und Sie bleiben etwas zurückhaltender in der Berichterstattung." Er räusperte sich. „Aber kein Wort zu Ihren Kollegen. Die haben bei mir heute schon einen Affenaufstand gemacht nach Ihrem Bericht. Die haben sich gewaltig darüber beschwert, dass Sie angeblich mehr wissen, weil Sie von der Polizei informiert würden. Ihre Kollegen der schreibenden Zunft wollen deswegen schon einen Protestbrief an den Innenminister schreiben. Aber Sie sind ja dafür bekannt, dass Sie das Verbrechen nahezu anziehen, habe ich mir jedenfalls sagen lassen."

Bahn betrachtete die abschließende Bemerkung als Lob, wollte sich dazu aber nicht mehr äußern. Von wem Frings diese Beurteilung erhalten hatte, konnte er sich denken.

Eine Protestaktion anderer Art hatten Patienten von Kuhlmann gestartet. Als Bahn mit der Morgenpost die vier Leserbriefe erhielt, kannte er ihren Inhalt bereits aus den aktuellen Ausgaben von DZ und DN. Das DTB wurde mal wieder als letztes Blatt benachrichtigt.

Da wurde die Gesundheitsministerin als Krankheitsministerin bezeichnet, wurde im zweiten Brief die ausgezeichnete medizinische Arbeit des Hausarztes überschwänglich gelobt, da gab es einen Aufruf an alle Bürger und Ärzte, sich solidarisch zu zeigen und an einer Protestaktion teilzunehmen, und wurde schließlich der Vorsitzende des Hartmannbundes kritisiert, der sich zum Handlanger der Politik und zum Verräter der Ärzte habe machen lassen.

„Nicht meine Abteilung", kommentierte Bahn, als er die Briefe der nicht nur wegen des personellen Notstandes im Büro überforderten Redaktionssekretärin mit der Bitte weiterreichte, sie nach Köln zu faxen. „Sollen sich unsere Freunde in der Zentrale gefälligst um diesen Schwachsinn kümmern."

Neugierig blätterte er in den weiteren Faxen, die für die Kölner bestimmt waren. Darunter befand sich auch eine der misslichen Abokündigungen.

Auf seinem Kündigungsschreiben hatte der Leser eine Leiste mit Polizeimeldungen aufgeklebt und die Nachricht über den Unfall von Anne rot angekreuzt. Wenn eine Zeitung nicht in der Lage wäre, richtig über einen Verkehrsunfall zu berichten, dann sei sie unglaubwürdig, schimpfte der Mann. „Ich lasse mich nicht mit Unwahrheiten abspeisen", hatte er zu Begründung der Abbestellung geschrieben.

Die Kündigung versprach Ärger. Den gab's erfahrungsgemäß immer, wenn ein Leser ausdrücklich wegen redaktioneller Unzulänglichkeiten die Zeitung kündigte. Da wurden die Verlagsleitung und die Chefredaktion hellhörig; anders als bei einer Abo-Kündigung wegen einer unpünktlichen oder unkorrekten Zustellung. Darüber sahen die Chefs vom Rhein hinweg, obwohl die Defizite bei der Zustellung der weitaus häufigere Grund waren.

Da blieb nur der Versuch der Redaktion, den Vertrauensbruch zu kitten, bevor das Kündigungsschreiben in Köln ankam. Verständnislos suchte sich Bahn im Telefonbuch die Rufnummer des Mannes, der sich auch schnell meldete.

Wieso er dazu käme, das Tageblatt habe falsch berichtet?, fragte ihn Bahn. Es bereitete ihm Mühe, den Mann dazu zu bewegen, sich zumindest einmal den originalen Polizeibericht anzuhören, bevor er zu einer derartigen Schlussfolgerung kommen könnte, und las ihm schnell die Pressemitteilung der Polizei vor.

„Wir haben nur geschrieben, was uns die Polizei gemeldet hat. Oder?"

„Aber das ist falsch", ereiferte sich der Mann, „ich habe den Unfall doch gesehen. Der Mann ist nicht auf der Hauptstraße gefahren. Der Mann kam von der Nebenstraße und wollte die Hauptstraße überqueren. Von links rückwärts ist er dann angefahren worden."

Im Endeffekt würde dieser Unfallverlauf nicht viel ändern, dachte sich Bahn. Ob von der Seite oder von hinten, Anne hat beim Rückwärtsfahren den entscheidenden Fehler begangen.

„Haben Sie das der Polizei gesagt?"

„Ich habe mich als Unfallzeuge angeboten und auch meine Anschrift hinterlassen. Aber bisher hat sich noch niemand gemeldet."

„Tja", meinte Bahn, „aber das ändert natürlich nichts daran, dass uns die Polizei eine andere Version mitgeteilt hat als Sie mir jetzt berichten." Er stand vor einer Situation, die häufiger vorkam. Wem sollte er glauben?

„Ich muss mich bei unseren Meldungen auf das verlassen, was die Polizei berichtet. Wir können nicht wegen jedes Unfalls oder Einbruchs nachfragen."

Das Beste sei, wenn er bei der Polizei anriefe und nachfrage, schlug er dem Mann vor. Dann würde die Polizei wahrscheinlich eine Korrektur bringen.

„So wichtig ist das auch nicht", beschwichtigte der Leser. „Ich habe mich nur über die Zeitung geärgert."

„Und ich habe Ihnen hoffentlich erklären können, warum die Zeitung nicht für Ihren Ärger ursächlich ist", ging Bahn schnell dazwischen. „Wir sind falsch informiert worden und haben das Falsche richtig berichtet."

So sei es, erhielt er zur Bestätigung. „Werfen Sie bitte meine Kündigung weg."

Bahn tat sich und dem Mann gerne den Gefallen und zerriss zufrieden den Papierbogen in viele Fetzen. Er hoffte, dass der Lokalchef bald zurückkehrte. Diese Art von Kundenbetreuung mochte er überhaupt nicht, das war Chefsache. Das raubte ihm nur Zeit und Energie.

Jetzt erinnerte er sich auch an einen anderen Anruf am Montag. Ein Leser hatte ebenfalls davon gefaselt, dass der Unfall falsch geschildert worden war. Aber Bahn hatte wieder einmal nicht einmal richtig hingehört. Wahrscheinlich hatte er an einem Artikel geschrieben, den Hörer ans Ohr geklemmt und nur beiläufig mitbekommen, was der Anrufer gewollt hatte. Aber jetzt wusste er wenigstens, warum er beim Lesen der Meldung an etwas erinnert worden war.

Diese Bagatelle war es wirklich nicht wert gewesen, um sie aufzubauschen. Niemand war gestorben, es hatte keinen Prominenten erwischt.

Der Anruf war bereits verdrängt, kaum hatte Bahn den Hörer aufgelegt.

Die Bereitschaft zum Abdruck der Leserbriefe aus der Feder der Kuhlmann-Freunde war in der Zentralredaktion nicht sehr groß, mehr noch, sie war nicht einmal gering. Man könne den Platz im Hauptteil nicht für diese Leserbriefe bereitstellen, erklärte Waldmann am Telefon, als er Bahn aufforderte, die Leserzuschriften im Lokalteil abzusetzen. Außerdem seien sie ja bereits in anderen Tageszeitungen veröffentlicht worden und damit nicht mehr aktuell. „Wir können nicht hinterherhinken", nahm der CvD für sich in Anspruch.

Das gelte auch für ihn, entgegnete Bahn prompt. Außerdem habe er im Lokalteil nicht über Kuhlmann berichtet und werde es auch weiterhin nicht tun. „Sie haben doch unsere werte Kollegin darauf angesetzt", fügte er belustigt hinzu. „Ich liefere Ihnen massenweise Stoff für einen Mord, der gerade einmal eine kleine Meldung wert ist. Da bleibt ausreichend Platz für die Kollegin, um ihre Zustimmung zu Kuhlmanns Streik kund zu tun." Er nahm sich zurück. Wenn er zu sehr lästerte, konnte der Schuss nach hinten losgehen. „Ich schlage vor, wir bleiben bei der bewährten Arbeitsteilung. Ihr den Arzt, ich den Mord."

Der Anruf von Gisela hatte ihn am späten Nachmittag aus der Bearbeitung des letzten Artikels für die nächste Ausgabe gerissen. Er war durch mit dem Material für den nächsten Tag und ärgerte sich ein wenig, dass es keine Neuigkeiten über den Mord gegeben hatte, er aber auch keine ausführlichen Informationen über Frings und Schmitz erhalten konnte. Nach seinen Erkundungen bei befreundeten Anwälten und Polizisten kam er nur zu einer knappen, aber eindeutigen Beurteilung: Der Staatsanwalt galt als ehrgeiziger, solider Arbeiter, der Kommissar aus Aachen wurde als „harter Hund" bezeichnet.

„Was machst du in Eschweiler?", fragte er verblüfft, als seine Frau ihn bat, sie dort abzuholen.

Er brauchte die Antwort nicht abzuwarten, er ahnte sie bereits: Gisela war mit Anne bei Eggerath gewesen.

„Welcher Teufel hat euch da geritten?", schimpfte Bahn ins Telefon.

„Keiner", antwortete seine Frau unbeeindruckt. „Anne wollte wissen, wie sie dem Mann helfen kann. Aber dem braucht man nicht zu helfen." Das müsste als Erklärung ausreichen, meinte sie. „Und nun schwing die Hufe und hol uns in der Krankenhauscafeteria ab! Wir haben keine Lust, mit dem Zug zu fahren und wir haben außerdem eine tolle Information für dich."

Statt Muckibude Autobahn, fluchte Bahn vor sich hin, als es auf der A 4 nach Eschweiler staute. Statt sich auszupowern und den Kopf klar zu bekommen, hockte er hinter dem Lenkrad und spielte Taxifahrer für bequeme Dämlichkeiten.

Und er fluchte noch mehr, nachdem er sich entschlossen hatte, die Rückfahrt über die Bundesstraße zu machen in der vermeintlichen Hoffnung, er käme zügiger vorwärts. Nun tuckerte er mit den beiden Frauen in seiner Begleitung im Focus hinter einem kriechenden Laster her und hatte keine Möglichkeit, zu überholen.

Im Krankenhaus hatte er zur Eile gedrängt und kein Interesse gezeigt, Eggerath zu sehen. Er wollte nur schnell zurück nach Düren und kam jetzt nur langsam vorwärts. „Das alles nur, weil ihr die idiotische Idee habt, ein Unfallopfer zu besuchen. Ihr hättet Mitglieder bei den barmherzigen Schwestern werden sollen", schimpfte der Chauffeur wider Willen, um sich Luft zu schaffen.

Ihm gefiel es überhaupt nicht, dass sich seine Frau so intensiv mit Anne abgab. Er mochte Giselas Freundin nicht, ohne einen Grund für seine Abneigung nennen zu können. Anne war wohl eine ehemalige Schulkameradin von Gisela gewesen und machte irgendetwas bei der Caritas oder so; er wusste es nicht und es interessierte ihn auch nicht. Die Frau sah noch nicht einmal attraktiv aus, wie er beim Blick in den Rückspiegel abschätzend wertete. Durchschnittsfrau mit Durchschnittsgesicht und Durchschnittsfrisur sowie Durchschnittskleidung, vermutlich von C&A oder aus dem Kaufhof. Obwohl Bahn die Frau schon mehrfach gesehen hatte, wäre es ihm schwer gefallen, sie zu beschreiben. Mann und Kinder hatte sie wohl keine, vermutete er und dachte zugleich bissig, die Trine hätte ohnehin keinen Kerl abbekommen.

Er war froh, wenn sie wieder aus seinem Dunstkreis verschwand. Aber daran war so lange nicht zu denken, so lange seine Frau sie unter ihre Fittiche genommen hatte.

Gisela kraulte Bahn beruhigend im Nacken. „Es war gut, dass wir Eggerath besucht waren. Ich glaube, Anne ist jetzt beruhigt. Stimmt's?"

„Richtig", bestätigte Anne, die sich auf die Rückbank gezwängt hatte, mit einer schrillen, ihn nervenden Stimme. „Der ist wahrscheinlich im Krankenhaus besser aufgehoben als zu Hause. Komischer Typ, ungepflegt, aufgedunsen und nach Nikotin stinkend."

„Fast wie deine Schwester", entfuhr es Bahn respektlos und kassierte dafür von Gisela sofort einen leichten Schlag ins Genick.

Anne hörte über die Beleidigung hinweg. „Schlimmer noch. So viel, wie der raucht, da ist meine Schwester eine Gelegenheitsraucherin. Der ist süchtig. Vielleicht ist er sogar ein Alkoholiker. Er sieht jedenfalls so aus mit seiner roten Knollennase."

„War er denn beim Unfall betrunken?"

„Nein, das ich glaube nicht." Anne kramte umständlich in ihrer Handtasche und holte einen gefalteten Zettel heraus. „Im Unfallprotokoll steht drin, dass wir beide verkehrstauglich waren. Ich kann's dir gerne zeigen oder vorlesen."

„Und Eggerath lebt als Junggeselle alleine, irgendwo in Derichsweiler", ergänzte Gisela. „Wahrscheinlich haust er in einem dunklen Loch und kann froh sein, wenn er im Krankenhaus aufgepäppelt wird." Eggerath sei noch nicht operiert worden, weil die Blutergüsse und Schwellungen im gebrochenen Bein nicht abgeklungen seien. „Aber anscheinend ist ihm das egal."

„Was sagt er denn über den Unfall?", fragte Bahn.

„Gar nichts. Er kann sich nicht erinnern", antwortete Gisela. „Hat er uns jedenfalls gesagt", fügte sie nach einer kurzen Pause hinzu.

Bahn überlegte, ob er von dem angeblichen Unfallzeugen berichten sollte, doch dann unterließ er es. Es machte den Unfall nicht rückgängig und würde die Schuldfrage nicht verändern.

„Warum liegt Eggerath denn in Eschweiler und nicht in Düren?"

„Keine Ahnung. Er weiß es wahrscheinlich selbst nicht."

„Was macht der Mann beruflich?"

„Danach haben wir ihn nicht gefragt."

Bahn schüttelte den Kopf. „Dafür fahrt ihr beiden Hübschen nach Eschweiler. Das ist wirklich eine tolle Information für mich. Davon kann ich für morgen den Aufmacher schreiben", höhnte er. „Zwei Frauen fahren mit dem Zug nach Eschweiler, um im Krankenhaus ein Unfallopfer aus Düren zu besuchen, das nicht weiß, warum es in Eschweiler behandelt wird. Das reißt alle Leser vom Hocker und bringt mir den Kisch-Preis für die bescheuertste Reportage des Jahrtausends."

„Du Blödmann", sagte Gisela milde lächelnd. Sie wusste, dass sie Bahn gewähren lassen musste.

Wenn er Dampf abgelassen hatte, wurde er wieder sachlich. „Die Information ist eine ganz andere", behauptete sie.

„Und welche?"

„Na, ja", schwächte Gisela ab, „ob's tatsächlich eine Information ist, weiß ich nicht. Aber es ist vielleicht ein Ansatz in deiner Mordgeschichte."

Bahn schaute seine Frau fragend an. Leg los!, forderte sein ungeduldiger Blick.

„Die Zimmernachbarn von Eggerath haben ja alle die Bildzeitung oder den Express oder die Eschweiler Zeitung mit dem Bild von Cornelia Bergstein gesehen. Einer von den beiden meint, er kenne sie. Angeblich arbeitet sie im horizontalen Gewerbe."

„Bitte." Bahn glaubte, sich verhört zu haben. Er musste sich zusammenreißen, um nicht die Konzentration auf den Autoverkehr zu verlieren. „Wer sagt das?"

„Ein Zimmernachbar meinte, Cornelia schaffte an."

„Woher will er das wissen? Der will sich nur wichtig tun. Oder hat er dir gesagt, dass er selbst von Cornelia bedient wurde." Bahn bezweifelte die Behauptung vehement. „Das ist mir zu dürftig." Dann hätte er bestimmt schon etwas gehört. Andererseits? Irgendwo hatte er das Gesicht schon einmal gesehen.

„Auch zu dürftig, um bei der Kripo einmal nachzufragen?" Gisela ließ sich von Bahns schroffen Tonfall nicht beirren. „Vielleicht ist ja etwas dran."

Er schüttelte wirsch den Kopf. „Quatsch!"

„Und ich werde noch einmal mit meiner Schwester sprechen. Die hört üblicherweise die Flöhe husten", meldete sich Anne schrill, aber vor allem ungebeten, vom schmalen Rücksitz.

Sie möge ihn bitte noch am Abend anrufen, wenn sie etwas erführe, sagte Bahn schnippisch, als er Anne an der Oberstraße aussteigen ließ. „Vielleicht weiß deine Schwester ja auch die Rufnummer, die ich hätte anrufen müssen, um Cornelias Dienste zu erwerben."

Als Bahn und Gisela den Wagen vor der Tür ihres Siedlungshauses parkten, fiel Bahn der Zettel auf, der auf der Rückbank lag. Offensichtlich hatte Anne das Unfallprotokoll nicht wieder eingesteckt. „Frauen und Dokumente", knurrte er, als er sich in den Focus beugte, „wie gut, dass ich unsere Unterlagen aufbewahre und nicht du."

Echte Unfallprotokolle bekam Bahn nicht oft zu lesen. Es war nicht immer einfach, die Zeichensprache und das Geflecht der Abkürzungen zu verstehen. Insofern konnte es durchaus einmal vorkommen, dass selbst ein Polizist beim Erstellen des Presseberichts ein kompliziertes Protokoll nicht richtig wiedergab. Aber bei diesem Bericht gab es keine Zweifel: Autofahrerin bog rückwärts ab und fuhr Fahrradfahrer an, der geradeaus unterwegs war. Die Namen der Unfallbeteiligten samt Adressen und Geburtsangaben waren verzeichnet. Eine Skizze sollte das Unfallgeschehen illustrieren. In der Tat war Eggerath und Anne bescheinigt worden, verkehrstauglich gewesen zu sein. Unterzeichnet war das Protokoll von zwei Polizeibeamten, deren Namen Bahn unbekannt waren. Beim zweiten Lesen fiel ihm der kleine Strich auf. Unfallzeugen gab es nicht, so deutete Bahn den Strich bei der entsprechenden Rubrik.

7. „Hier oben im Grüngürtel brodelt es in der Gerüchteküche", quäkte Anne aufgeregt, als sie Bahn gegen Mittag anrief. Mit keiner Silbe ging sie darauf ein, warum sie sich nicht am Abend gemeldet hatte. Immer wieder würde behauptet, so bekam Bahn in ihrem Redeschwall mit, Cornelia Bergstein sei als Prostituierte tätig gewesen und hätte nach ihrem Unfall zurück ins zivile Leben gewollt. „Die Heirat war echt ein Glücksfall für sie gewesen", berichtete Anne voller Überzeugung.

„Was sagt denn ihr Mann?"

„Der durfte noch nicht zurück in seine Wohnung. Die Polizisten suchen darin immer noch herum."

„Wonach denn?"

„Weiß ich nicht", antwortete Giselas Freundin mit ihrer unangenehm schrillen Stimme. „Die faseln immer etwas von einem Tagebuch. Sie fragen in der Nachbarschaft, ob Cornelia häufiger abends wegging oder oft in Begleitung ihres Mannes war. Auch wollen sie wissen, ob der Mann häufiger nachts spät nach Hause kam. Aber anscheinend kommt nichts dabei heraus."

Anne atmete durch. „Ein Polizist hat sich verplappert, er sprach von einem Auftragsmörder."

„Aha". Bahn wurde hellhörig. Ehemalige Nutte, Auftragsmörder. Wenn das stimmte, hatte er eine Geschichte. Spielte das Verbrechen vielleicht ins Rotlichtmilieu hinein?

Dabei spielte das Milieu in Düren noch eine recht bescheidene Rolle, wie er aus Gesprächen mit der Polizei wusste. Näher an Köln oder an Aachen heran, da tat sich erheblich mehr im horizontalen Gewerbe. Kerpen, Cornelias früherer Wohnort, kam schon eher für die Szene in Betracht. Aber in Kerpen kannte sich Bahn überhaupt nicht aus. Kerpen war nicht mehr seine journalistische Welt, da waren andere Redakteure zuständig.

„Wie kommen Sie bloß auf diesen Schwachsinn?", entgegnete Staatsanwalt Frings ungehalten, als Bahn ihn auf diesen möglichen Hintergrund ansprach. „Dafür gibt es überhaupt keine Anzeichen. Meiner Behörde ist jedenfalls nichts davon bekannt."

Es handele sich also um eine Fehlinformation, meinte Bahn, und wartete auf die knappe Bestätigung von Frings.

„Ja."

Es wäre auch zu leicht gewesen. Aber er hatte wenigstens eine deutliche Stellungnahme von Frings.

Bahn ließ seinen zweiten Hinweis los: „Die Polizei hat aber im Grüngürtel von einem Auftragsmörder gesprochen. Ist das etwa auch falsch?"

Der Staatsanwalt schwieg verdächtig lange. „Es könnte danach aussehen", antwortete er schließlich bedächtig. „Die Art des Tötens entspricht der militärischen Ausbildung von Partisanen im ehemaligen Jugoslawien. Das Opfer wird von hinten an den Haaren gepackt und der Kopf zurückgerissen. Mit einem scharfen Messer werden über Kreuz Kehle und Kehlkopf durchgeschnitten. Geht verdammt schnell."

„Sie haben bislang einen Raubmord ausgeschlossen", fuhr Bahn fort, während sein Kugelschreiber übers Papier flog. „Welcher Täter sollte ein Interesse am Tod von Cornelia Bergstein haben, wenn er ihm keinen Vorteil bringt. Mord aus purer Lust am Morden?"

„Zwei Anmerkungen, Herr Bahn", unterbrach ihn Frings. „Ob es tatsächlich kein Raubmord war, kann ich nicht mehr ausschließen. Wir suchen die Handtasche des Opfers. Darin befand sich ihr Handy und wahrscheinlich auch ihr Tagebuch."

„Wie kommen Sie darauf?", fragte Bahn erstaunt.

„Wir wissen vom Ehemann, dass sie ein Handy besaß, und wir wissen aus der Durchsuchung der Wohnung, dass sie Tagebuch führte. Sie hat die Kladden gesammelt. Die aktuelle fehlt. Wahrscheinlich hat der Täter die Gegenstände mitgenommen, also geraubt."

„Warum? Die Sachen sind doch wertlos?"

„Ein Handy kann ich immer umsetzen. Das reicht dann vielleicht für etwas Stoff", gab der Staatsanwalt zu bedenken."

„Also Rauschgiftszene?"

„Ist zwar wegen der extremen Brutalität nicht wahrscheinlich, aber auch nicht unbedingt auszuschließen."

„Gibt es denn aus den Tagebüchern Hinweise, die Ihnen helfen könnten?"

„Wir werten sie gerade aus. Doch das wird dauern. Es ist noch zu früh für Ergebnisse", antwortete Frings schnell.

Bahn machte sich nachdenklich einige Notizen. Frings war wohl darauf hinaus, ihm ein Ablenkungsmanöver unterzujubeln, nahm er an. Vorsicht war angebracht.

„Und die zweite Anmerkung?"

„Die zweite Anmerkung bezieht sich auf den Ehemann. Sie können aber nichts darüber schreiben. Er hat ein wasserdichtes Alibi, er war zur Tatzeit nachweislich im Aachener Spielkasino."

„Passt nicht", sagte Bahn spontan. „Wie kommt ein Arbeiter wie Bergstein dazu, im Spielkasino sein Glück zu versuchen. Oder hat er etwa nur zugeschaut?"

Der Gedanke, dass sich Bergstein absichtlich dort aufgehalten hatte, umgesehen zu werden, lag auf der Hand.

„Sie werden es kaum glauben. Er hat in der Tat stundenlang nur zugeschaut. Die Überwachungskameras zeigen es eindeutig."

„Was sagt er dazu?" Ein derart perfektes Alibi war Bahn noch nicht untergekommen. Das war einfach zu gut, um in Ordnung zu sein

„Bergstein sagt, er sehe sich gerne in Kasinos um, auch wenn er nicht das Geld habe, um dort zu spielen. Aber Zuschauen sei wohl nicht verboten." Selbstverständlich habe die Kripo ermittelt, berichtete Frings, und dabei festgestellt, dass Bergstein Dauergast in den verschiedenen Casinos war. „Ob in Aachen, Valkenburg oder auch in Hohensyburg, Bergmann wurde immer wieder dort gesehen. Aber er hat nie mit Geld gespielt."

„Apropos Geld." Bahn fiel eine Frage ein. „Hatte Cornelia eigentlich eine Lebensversicherung?"

„Wir ermitteln noch", antwortete Frings knapp. „Dazu kann ich zum jetzigen Zeitpunkt nichts sagen."

Er räusperte sich. „Was werden Sie schreiben?"

„Ich weiß es nicht genau. Wahrscheinlich überhaupt nichts. Ich könnte allenfalls berichten, dass die Polizei nach wie vor auf Spurensuche im Grüngürtel ist und die Wohnung beschlagnahmt wurde. Der trauernde Ehemann muss bei seinen Eltern in Kerpen bleiben. Er zählt nicht zum Kreis der Tatverdächtigen. Der Grund und das Motiv für den Mord sind immer noch unklar. Das würde ich morgen ins Blatt bringen."

Insgeheim wurmte es ihn etwas, dass er nichts über Bergsteins Besuch im Aachener Spielcasino während der Mordnacht bringen würde. Aber das war nun einmal Folge der Absprache mit dem Staatsanwalt.

„Über den Casionaufenthalt können Sie von mir aus auch schreiben, Herr Bahn." Frings schien zufrieden und auch Bahn war im Großen und Ganzen mit sich zufrieden, besonders nachdem ihm Frings dieses Zuckerstückchen serviert hatte.

Wenn er auf diese Weise den Fuß in der Tür behielt, würde er bis zur Aufklärung des Falles zurückhaltend bleiben, um dann loszuschlagen, plante Bahn. Vielleicht in Form einer Serie, wie er es schon einmal getan hatte, als er an der Aufklärung eines Entführungsfalls maßgeblich beteiligt gewesen war.

„Eine Bitte noch", sagte der Journalist abschließend. „Wenn einer meiner Kollegen bei Ihnen anruft und Sie ihm mehr Informationen geben oder geben müssen, als ich nach unserer Absprache veröffentlichen werde, rufen Sie mich bitte sofort an." Das fehlte ihm noch zu seinem Glück, dass ihm einer der Knallköppe zuvorkam.

„Selbstverständlich."

Der spontanen Beteuerung des Staatsanwaltes traute Bahn nicht unbedingt. Aber er fand sich mit der Antwort ab.

Er kam nicht lange dazu, sich Gedanken über seinen Artikel zu machen. Mit viel Getöse waren einige aufgebrachte Menschen in die Redaktion gestolpert und verlangten lautstark, den Chef zu sprechen, woraufhin die eingeschüchterte Redaktionssekretärin die Gruppe eilfertig in Bahns Zimmer schleuste. Er hatte nicht einmal die Zeit, sich vorzustellen und einen Gruß loszuwerden, da polterte eine ältere Frau auch schon los und kam sofort zur Sache.

„Warum boykottieren Sie Doktor Kuhlmann und sein berechtigtes Anliegen?", keifte sie Bahn an. „Wir sind alle Leser des Tageblatts und verlangen von Ihnen, dass Sie endlich über den Hungerstreik berichten." Die energische Frau kramte hastig in einer Plastiktüte und warf ein paar Zeitungen auf den Schreibtisch. „Die anderen schreiben viel und Sie gar nichts."

Das stimme nicht, entgegnete Bahn lustlos, aber die Frau schnitt ihm resolut das Wort ab.

„Was das Tageblatt in Köln schreibt, interessiert uns nicht, wir wollen im Lokalteil erscheinen. Sie haben noch nicht einmal unsere Leserbriefe abgedruckt." Sie gab Bahn einen gelben Zettel.

„Das ist ein Flugblatt, mit dem wir auf eine Unterschriftenaktion und eine Demonstration am nächsten Sonntag aufmerksam machen. Wir verlangen, dass Sie darüber berichten!"

Der fordernde Ton nervte Bahn, doch er gab sich äußerlich gelassen. „Ich werde sehen, was ich für Sie machen kann", sagte er ausweichend. Er würde das Flugblatt nach Köln schicken. Sollten die Experten sich überlegen, was sie zu tun hatten.

„Das will ich auch hoffen", keifte die Frau weiter unter dem ständigen Kopfnicken ihrer Begleiter, unausgelastete Hausfrauen und gelangweilte Rentner, die in der Rettung des deutschen Gesundheits-wesens in Form von Kuhlmann ihre vorrangigste Lebensaufgabe sahen, wie Bahn für sich spöttisch bemerkte.

Der Redakteur stand von seinem Platz auf und ging zügig an den ungebetenen Gästen vorbei durch den Flur auf den Ausgang zu. „Hier geht's lang, meine Damen und Herren. Auf Wiedersehen."

Die Wortführerin öffnete wieder empört den Mund.

Bahn kam ihr zuvor. „Kein Wort mehr", sagte er barsch. „Sie haben mir Ihre Forderungen mitgeteilt. Ich habe Ihnen geantwortet und jetzt habe ich zu tun."

Er deutete demonstrativ auf die Tür und pustete tief durch, als der Haufen gegangen war.

Das würde nicht das Ende der Geschichte sein, be-fürchtete er und verkroch sich wieder in sein Büro. Die Schelte der Redaktionssekretärin, die die läs-tige Brut nicht abgewimmelt hatte, unterließ er. Es hätte ohnehin nichts gefruchtet. Beim nächsten Mal würde sie genau so reagieren.

Bahn wunderte sich über die ungewohnte Ruhe in der miefigen, überheizten Redaktion. Der zurück-haltende Senior hatte in aller Stille zügig das Mate-rial weggearbeitet, so dass für ihn nicht mehr viel übrig blieb, und sich in den Feierabend verabschie-det. Lediglich auf der ersten Lokalseite hatte der Kollege Platz für einen Artikel gelassen.

„Da kannst du was über den Mord schreiben", hatte er Bahn auf einem kleinen Klebezettel notiert.

‚Der Bericht hat Zeit', dachte sich Bahn und sammelte seine Unterlagen zusammen. Er würde erst am Abend in die Tastatur greifen. Die Kollegen beim Umbruch in der Zentrale könnten ruhig einmal auf ihn warten. Seine Informationen über den Mord, die er veröffentlichen konnte, schienen ihm äußerst dürftig.

Vielleicht würde er noch etwas herausfinden, machte er sich Hoffnung, als er die Redaktion zu einem nicht unbedingt freiwilligen Stadtbummel verließ. Aber er hatte seiner Frau zugesagt, in einem Hemdengeschäft nach einigen Angeboten zu schauen, die sie ausfindig gemacht hatte. Einkaufen war nicht seine Stärke, nur wenn seine Frau meinte, die abgetragenen Hemden müssten ersetzt werden, machte er sich auf die Suche; bei Jeans, Pullovern und Schuhen war es ähnlich. Er solle nicht immer wie ein Lump herumlaufen, meinte Gisela, wenn sie die Kleidung sortierte und auch kritisierte. Aber er fühlte sich wohl in Hemd, Boss-Pullover, Designer-Jeans und schwarzen Markenschuhen. Er brauchte keinen Anzug oder gar eine Fliege, wie sie ihm Gisela immer wieder aufdrängen wollte. Er fühlte sich so, wie er gekleidet war, wohl. Es gefiel ihm nichts beim Stöbern in den Auslagen des Geschäfts. Das von ihm bevorzugte blau-weiß gestreifte Hemd gab es nicht in seiner Größe. So brach er schnell den Bummel ab, er hatte keine

Lust, lange zu suchen, zumal ihm viele Gedanken durch den Kopf gingen, die für ihn wichtiger waren als der Kauf von Oberbekleidung.

Bekanntlich lagen die Themen auf der Straße und nicht auf dem Redaktionsschreibtisch, erinnerte er sich an einen der Lieblingssprüche seines Chefs und Freundes Waldhausen, als er sich zum Abschluss seines Stadtbummels in einer Stehkneipe ein Kölsch gewährte. Waldhausen fehlte ihm jetzt ebenso wie Kommissar Küpper. Mit den beiden konnte er sich austauschen, die nächsten Schritte überlegen. Ohne die beiden tappte er umher und musste hoffen, von allein den richtigen Weg zu finden. Recherche hieß das Zauberwort. Aber wo sollte er weswegen recherchieren? Sollte er sich doch etwa den Mediziner Kuhlmann und die unüberschaubare angebliche Gesundheitsreform vornehmen? Oder die bedauernswerte Hausfrau Cornelia Bergstein und das vermeintliche Rotlichtmilieu? Oder Giselas Freundin Anna und ihr merkwürdiger Unfall mit Wolfgang Eggerath?

8. Im Grüngürtel war wieder die winterliche Siedlungsruhe eingekehrt. Nichts deutete in dem tristen Garagenhof mehr auf den Mord hin, sogar die Kreidestriche auf dem Asphalt waren vom Regen weggewischt worden. Lediglich ein kleines Stück des rot-weißen Plastikbands der provisorischen Absperrung war vom Wind in eine Ecke geweht worden und lag als Abfall herum.

Bahn rechnete jederzeit damit, von einem Zivilisten angesprochen zu werden, als er sich am frühen Nachmittag dem Mietblock näherte, in dem Cornelia und Werner Bergstein gewohnt hatten. Doch er hatte sich getäuscht.

Die Polizei sah es nicht einmal für notwendig an, weiterhin den Tatort und das Umfeld zu observieren.

Die beschmierte, ungepflegte Eingangstür zu dem renovierungsbedürftigen Mietblock war nur angelehnt. Ungehindert konnte Bahn in den schmutzigen, dunklen Hausflur eintreten, in dem es muffig und nach unterschiedlichen Küchengerüchen stank. Einfache, weiß lackierte Holztüren mit blassen Gucklöchern verschlossen die beiden Wohnungen links und rechts vom Treppenhaus.

Bahn musste bis in die zweite Etage steigen, bis er vor Bergsteins Wohnung stand. In ungelenker Schrift hatte der Bewohner seinen Namen auf einen Zettel geschrieben, der auf dem Türblatt klebte. Nur das kleine, amtliche Papiersiegel über dem Türschloss zeigte an, dass der Zutritt zur Wohnung untersagt war.

Als Bahn wieder ins Erdgeschoss stiefelte, trat ihm Annes Schwester entgegen. Er hätte es sich denken können, dass sie ihn längst neugierig beobachtet hatte.

„Nichts Besonderes, was?", sagte die Putze, ohne die Zigarette aus dem Mundwinkel zu nehmen. Sie wischte sich die Hände an einer waschmaschinenreifen, grauen Schürze ab. „Die Bullen kommen ab und zu und gehen wieder. Wie die überhaupt einen Mörder finden wollen, ist mir ein Rätsel. Die tun nix und kriegen dafür auch noch unsere Steuergelder."

Der Journalist verkniff sich eine Bemerkung. Er kannte die Ermittlungsarbeit hinter den Kulissen zu Genüge. Meistens war die Kripo in ihrem Bemühen weiter als die Öffentlichkeit annahm.

„Haben Sie noch etwas gehört?", fragte Bahn höflich.

Die Putze schüttelte den Kopf und winkte ab. „Hier tut sich nichts mehr. Ich habe nur gehört, dass der Bergstein nicht mehr in die Wohnung einziehen will. Hat mir der Hausmeister gesagt." Sie könne den bedauernswerten Mann verstehen. „Ich würde auch nicht mehr hier wohnen wollen, wenn mein Ehepartner vor der Haustür ermordet wurde. Sie etwa?"

„Natürlich nicht", antwortete Bahn schnell. Er verkniff sich eine Bemerkung über ihr eheloses, aber kinderreiches Leben. Er hatte keine Lust auf eine Unterhaltung mit der Frau und entschuldigte sich mit dem Hinweis auf einen Termin.

„Hier kläre ich den Mord garantiert auch nicht auf", witzelte er. „Ich muss noch einen Bericht über einen Kaninchenzuchtverein machen. Das geht vor."

Im Wagen wog Bahn kurz ab: Zuerst Kuhlmann oder zuerst Eggerath? Dann entschied er sich zur Fahrt nach Langerwehe.

Er war gespannt auf den Hausarzt, der von den anderen Medien zum Widerstandskämpfer hochgepuscht worden war und der in Wirklichkeit wohl keineswegs die Rolle des strahlenden Helden abgeben würde.

Kuhlmann war zu klein für sein Gewicht. So hätte Bahn in einem Bericht positiv die Dickleibigkeit des Mediziners umschrieben. Der konnte gut für ein paar Wochen hungern und abspecken, befand Bahn, als er Kuhlmann im hellen, aufgeräumten Behandlungszimmer gegenübersaß.

Die adrette Sprechstundenhilfe hatte ihn sofort zu Lasten der wartenden Patienten vorgelassen, als Bahn sich als Journalist zu erkennen gab, der ein Interview machen wollte. Der Arzt praktizierte augenscheinlich trotz seines Protestes weiter. Nur die großen Protestplakate vor der Praxis und im Wartezimmer zeigten an, dass der Mann sich im Hungerstreik befand.

Bahn machte sich nicht die Mühe, die langatmigen Texte zu lesen. Sie interessierten ihn nicht sonderlich.

Offensichtlich ging es Kuhlmann gut. Die große, moderne Praxis in dem neuen Ärztehaus am Bahnhofsvorplatz ließ darauf schließen, dass der Mediziner nicht am Hungertuch nagte.

„Noch nicht", klagte Kuhlmann, als Bahn ihn darauf ansprach.

Bahn musste auf einem kleinen Stuhl Platz nehmen, derweil sich der Mediziner hinter einem breiten Schreibtisch in einem Sessel verschanzte.

„Meine Kalkulation basiert auf meinem Durchschnittshonorar der letzten Jahre. Durch die Gesundheitsreform gehen mir aber rund 20 Prozent verloren. Dann bleibt nur noch der Betrag, den ich für die laufenden Personalkosten und den Praxisbetrieb brauche. Für mich bleibt kein einziger Pfennig, äh, Cent." Seinen Kollegen ginge es nicht viel besser. Umso mehr verstehe er nicht, warum sie sich nicht seinem Streik anschließen würden.

„Das wäre einmal ein Thema für Sie", schlug der Weißkittel jovial vor.

Bahn reagierte nicht auf die Anregung. Er mochte diese Bevormundung nicht. Er suchte sich immer noch selbst den Stoff, über den er berichten wollte. Die klugen Ratschläge anderer beachtete er nicht gerne, erfahrungsgemäß steckte zumeist Eigennutz dahinter.

Bei dem fülligen Kuhlmann würde es wahrscheinlich nicht anders sein.

„Wie lange wollen Sie Ihren Hungerstreik durchhalten?"

„Bis zum Ende."

„Wirklich?" Was immer dieses Ende besagen sollte, dachte sich Bahn.

„Ja, wirklich", sagte der Arzt entschlossen und rollte drohend mit den Augen, während er in seinem Sessel wippte. „Ich ernähre mich nur mit Vitaminpräparaten und Mineralwasser, bis zu meinem physischen Ende. Es sei denn, die Ministerin kommt in die Praxis und diskutiert mit mir vor aller Öffentlichkeit über die unsinnige Gesundheitspolitik, die die Menschen krank macht. Ich erwarte, dass sie kommt."

„Und wenn nicht?"

„Dann hungere ich mich zu Tode."

Bahn fiel es schwer, die Behauptung zu glauben. Der korpulente Kerl macht eine Show, dachte er sich. Aber das sagte er besser nicht laut, sonst hatte er garantiert wieder die kratzbürstige Fangemeinde von Kuhlmann am Hals.

Er würde das Geschehen aufmerksam beobachten, versicherte er dem Arzt, als er die Praxis mit einem Stapel Informationsblätter verließ.

Auf dem Weg nach Eschweiler kaufte Bahn in Weisweiler an einem Kiosk eine Flasche Jägermeister. Nicht gerade das optimale Mitbringsel bei einem Krankenbesuch, aber für einen Mann wie Eggerath immer noch besser als ein Blumenstrauß. Immerhin, so argumentierte Bahn für sich, sei ein Magenbitter ja auch ein Art Medizin.

Als er auf den Parkplatz des Krankenhauses an der Inde fuhr, erinnerte er sich daran, dass es hier die zentrale Apotheke für mehrere Krankenhäuser der

Region gab. Die Hospitale hatten sich zusammengeschlossen, um bei den Arzneimitteln durch Sammelbestellungen günstigere Preise herausschlagen zu können. Ob dieser Effekt eingetreten war und er sich kostensenkend für die Patienten bemerkbar gemacht hatte, wäre mal ein Thema, dachte sich Bahn. Soweit er wusste, waren die Krankenhäuser in Birkesdorf und Lendersdorf dem Verbund angeschlossen, insofern hatte die Geschichte auch einen lokalen Bezug. Damit hatte sich die Fahrt nach Eschweiler schon gelohnt; die Geschichten lagen eben tatsächlich auf der Straße.

Bei einer Geschichte, die er knapp und nur dank seiner Freunde überlebt hatte, war Bahn auf die Gemeinschaftsapotheke gestoßen. Damals war er in einem Krankenhaus gelandet, jetzt kam er, um einen Patienten zu besuchen.

Mit Kuhlmanns Papieren und dem Jägermeister in der Hand suchte sich Bahn den Weg in die orthopädische Abteilung. Er wollte an der Tür zu Eggeraths Zimmer klopfen, als ihn eine laute Frauenstimme von hinten fragend anfuhr.

„Zu wem wollen Sie?"

„Zu Eggerath", antwortete Bahn höflich, während er sich langsam umdrehte.

Die zierliche Krankenschwester passte gar nicht zu der lauten Stimme, mit der sie ihn angesprochen hatte. Die Kleine betrachtete den Journalisten skeptisch, dann deutete sie auf die Flasche.

„Soll das Zeug etwa für Herr Eggerath sein?"

Bahn bejahte erstaunt. „Seit wann ist es verboten, Alkohol mitzubringen?"

„Im Prinzip nicht", entgegnete die Schwester streng und schüttelte den Kopf, „aber bei Eggerath schon."

„Warum?"

„Wissen Sie es nicht oder wollen Sie es nicht wissen? Eggerath ist hochgradig alkoholgefährdet. Jeder Tropfen kann ihn umbringen."

„Alkoholiker?", fragte Bahn unnötigerweise.

„Einer von der extremsten Sorte, der hat schon mehrere Entzüge hinter sich." Der kleine Weißkittel zeigte unverhohlen seine Abneigung. Verächtlich blickte die Frau, die nach Bahns Schätzung auch nicht mehr die Jüngste sein dürfte, auf die Flasche. „Das Teufelszeug bringt bei uns im Jahr mehr Leute um als bei Verkehrsunfällen sterben. Eggerath kann auch ein Fall für die Statistik werden.

„Ist er denn jetzt trocken?"

„Wenn Sie es glauben wollen, dann tun Sie's ruhig. Ich jedenfalls glaube es nicht. Der war sternhagelvoll, als er eingeliefert wurde. Ich möchte gar nicht wissen, wie viel Promille der hatte."

„Wieso?" Bahn war irritiert. „Wie kommen Sie darauf?" Er wunderte sich zwar, dass ihn die Kleine so bereitwillig und unaufgefordert informierte, aber er würde sich hüten, sie darauf anzusprechen.

Die Krankenschwester musterte ihn kritisch. „Ich kenne meine Pappenheimer. Der Herr Eggerath war bis zum Stehkragen vollgelaufen." Sie streckte

Bahn die Hand entgegen und deutete auf die Flasche.

„Sie können sie nach Ihrem Besuch bei mir im Schwesternzimmer abholen." Sie lächelte. „Natürlich voll, da brauchen Sie keine Angst zu haben."

Die Papiere von Kuhlmann lieferte Bahn gleich mit ab, bevor er endlich an die Zimmertür klopfen durfte.

Nur ein Mann lungerte in dem Drei-Bett-Zimmer herum, ein ausgemergelter, langhaariger Mann mit aufgequollenem Gesicht, der schläfrig in Bahns Richtung lugte. Knapp 40 war er, vielleicht etwas älter, so hätte der Journalist geschätzt, wenn er nicht den Unfallbericht gekannt hätte. Der Kranke trug einen einfachen gestreiften Schlafanzug. Es musste Eggerath sein. Sein rechtes Bein wurde in einer Styroporschale stabilisiert.

Der fast gelbhäutige Eggerath stierte Bahn verwundert an. Er reichte ihm die zittrige Hand mit den nikotingebräunten Fingern zum Gruße, als der Journalist sich näherte. Eggerath wirkte schwach und hilflos, wie jemand, der darauf wartete, dass etwas geschieht. Er wollte nicht einmal den Namen seines unbekannten Besuchers wissen. Stöhnend lehnte er sich in das Kopfkissen und schaute an die Zimmerdecke.

Ohne zu fragen, schnappte sich Bahn einen Stuhl und sah sich um.

„Sie liegen alleine?", fragte er höflich, während er sich ans Bett setzte, und Eggerath bejahte.

Üblicherweise hätte jeder Mensch gefragt, was ein Unbekannter von ihm wolle; so jedenfalls hätte Bahn reagiert.

Aber Eggerath wartete bloß ab, reagierte nicht und antwortete, statt selbst das Gesprächsgeschehen zu bestimmen.

Bahn konnte es nur recht sein. Der Kerl war ihm zwar vom ersten Moment an unsympathisch, aber diese Abneigung veranlasste ihn nicht, sich von Eggerath abzuwenden. Sie motivierte ihn, den Bettlägerigen noch heftiger zu attackieren, als er es üblicherweise getan hätte. Eggerath machte ihn aggressiv und er konnte sich noch nicht einmal dagegen wehren.

„Wo ist denn Ihr Zimmergenosse?"

„Der durfte heute gehen, der Glückspilz. Ich muss noch mindestens vier Wochen hier bleiben. Komplizierter Bruch", sagte der Kranke mitleiderheischend. „Da kann mir keiner helfen. Das braucht Zeit."

Das Bedauern von Bahn war nur geheuchelt. Wahrscheinlich war Eggerath froh, dass er hier bemuttert wurde. Der Eindruck, den Anne und Gisela von dem Kerl gewonnen hatten, traf mit Sicherheit zu. Bahn hatte sich wieder einmal auf Giselas Gespür verlassen können.

„Der Typ, der hat behauptet, die ermordete Cornelia Bergstein arbeitet im Milieu?"

„Ich weiß nur das, was in der Bild und in der Zeitung stand. Da wird viel erzählt. Außerdem habe ich genug mit mir zu tun", stöhnte der Gelbhäutige.

Bahn beschloss, ihn frontal anzugehen: „Es wird behauptet, Sie seien betrunken gewesen, als Ihr Unfall passierte."

Unvermittelt veränderte sich Eggerath Miene. Er sah Bahn konzentriert an. „Wer behauptet das?", fragte er zornig.

„Sagen wir", Bahn legte eine Kunstpause ein, „die Verursacherin des Unfalls?"

Eggerath runzelte missmutig die Stirn. „Mir hat sie's nicht gesagt." Er hangelte sich hoch und griff in die Schublade des Beistelltischs. „Kennen Sie den Unfallbericht? Da steht drin, dass wir beide verkehrstauglich waren. Also ganz ohne Alkohol."

„Da steht auch nicht drin, dass es einen Unfallzeugen gibt", hielt Bahn dagegen. „Aber es gibt einen."

„Woher soll ich das wissen? Sie können viel behaupten. Ich weiß nur, was in dem Unfallbericht steht, nämlich, dass nichts darüber steht. Wenn's anders wäre, hätten es die Polizisten bei der Aufnahme doch wohl geschrieben. Oder? Was hätten die Jungs für einen Grund gehabt, etwas zu verschweigen?"

Bahn musste eingestehen, dass er Eggerath weder widerlegen noch widersprechen konnte. „Was wissen Sie denn von dem Unfall?", fragte er rasch aus Verlegenheit.

Der Andere ließ ihn glatt ins Leere laufen, wie er sich ärgerlich eingestehen musste.

„Nichts", antwortete Eggerath gelassen, „ich habe nur gesehen, dass die Frau rückwärts auf mich zugefahren kam. Dann war's dunkel um mich und ich bin im Krankenhaus aufgewacht."

„Und wie geht's weiter?"

„Darüber mache ich mir keine Sorgen. Darum soll sich mein Anwalt kümmern. Die Schuldfrage ist ja klar."

Bahn erhob sich. Es war müßig, sich weiter mit dem unsympathischen Kerl zu unterhalten. Gute Besserung wünschte er lapidar, als er gehen wollte.

Er hatte sich schon abgedreht und strebte zur Tür.

„Moment", hielt ihn Eggerath lautstark auf, „verraten Sie mir wenigstens, wer Sie sind."

Der Journalist zögerte für einen Moment, dann fingerte er aus der Lederjacke eine Visitenkarte. „Hier können Sie mich erreichen, wenn Ihnen etwas einfällt."

Eggerath blickte neugierig auf das Kärtchen, dann pfiff er anerkennend durch die Zähne.

„Sie sind also Helmut Bahn. Hätte ich nicht gedacht. Ich habe Sie mir irgendwie anders vorgestellt."

Bahn verschwand hinter der Tür. Er wollte nicht wissen, woher Eggerath ihn kannte und wie er sich ihn vorgestellt hatte.

Den Besuch hätte er sich schenken können, schimpfte er mit sich. Das war vergeudete Zeit.

„Können Sie behalten", sagte er im Schwesternzimmer zu der kleinen Frau, die interessiert in Kuhlmanns Informationsmaterial blätterte. „Die Blätter und den Jägermeister schenke ich Ihnen. Und den Eggerath gleich dazu."

Die Schwester lächelte schwach. „Merkwürdiger Typ, nicht wahr? Macht einen auf hilflos und Mitleid und will gleichzeitig alle Rechte für sich beanspruchen."

Aber Eggerath sei ihr immer trotz seiner unangenehmen, hilfeerscheidenden Art noch lieber als Kuhlmann.

„Wieso?", fragte Bahn neugierig.

„Der Kuhlmann ist doch ein Schaumschläger. Oder glauben Sie im Ernst, er macht den Hungerstreik wegen der angeblich ruinösen Gesundheitsreform?"

„Weswegen denn?", entgegnete Bahn verwundert mit einer Gegenfrage.

„Der Mann hat sich selbst an den Rand der finanziellen Pleite gebracht. Zuerst baut er eine viel zu große Praxis für den Ort, dann lacht er sich eine neue Lebensgefährtin an und muss nun Unterhalt für seine Ex und die vier Kinder zahlen. Der hat kein Geld mehr und versucht, durch diese Streikmasche auf sich aufmerksam zu machen."

Woher sie ihr Wissen habe, fragte Bahn verblüfft und zugleich zufrieden. Er hatte es immer schon geahnt, dass der Hungerstreik eine Mogelpackung war.

Die Informationen, die er von der Krankenschwester erhielt, schienen wasserdicht. „Ich habe bis vor einem Jahr für Kuhlmann gearbeitet. Dann hat

mein Mann einen neuen Job bei Rheinbraun angenommen und wir sind in eine Werkswohnung in E-
schweiler gezogen. Da war mir der tägliche Weg
nach Langerwehe zu umständlich und ich habe hier
im Krankenhaus angefangen." Die Kleine lächelte
flüchtig.

„Aber ich habe immer noch guten Kontakt zu meinen ehemaligen Kolleginnen. Nach außen geben sie
sich verständlicherweise solidarisch mit Kuhlmann,
weil auch ihre Arbeit an der Praxis hängt. Aber intern sieht es ganz anders aus." Die Puppe erhob
sich von ihrem Stuhl. „So, das war's mit der Plau-
derstunde. Ich habe noch zu tun." Sie zeigte auf das
blinkende Licht über einer Tür im Flur. „Unser
Freund Eggerath will garantiert wieder eine
Schmerztablette."

Bahn gab ihr ebenfalls seine Visitenkarte mit der
Bitte, ihn anzurufen, falls noch etwas mit Eggerath
oder Kuhlmann sei. Dann machte er sich auf den
Heimweg. Jetzt war er doch zufrieden mit seiner
Recherche im Eschweiler Krankenhaus.

Er hing seinen Gedanken nach, als er nach Düren
zurückfuhr. Erst als er in seiner Hauseinfahrt stand,
fiel ihm ein, dass er noch einen Artikel zu schreiben
hatte. Postwendend kehrte er um ins Büro und ließ
Gisela alleine den Streusand zusammenfegen, den
sie am Morgen wegen des nächtlichen Glatteises
auf dem Gehweg gestreut hatte und den er entfer-
nen sollte.

Bahn überlegte kurz, ob er Kuhlmann auffliegen lassen wollte, entschied sich aber dagegen. Dafür war morgen auch noch Zeit.

Er brauchte nicht lange, bis er die achtzig Zeilen für den Nachdreher zum Mord an Cornelia geschrieben hatte. Entweder verfolgte die Polizei eine verdammt heiße Spur und hielt sich deshalb bedeckt oder sie hatte überhaupt keine handfesten Erkenntnisse.
Dann allerdings, so befürchtete Bahn, würde die Geschichte im Sande verlaufen.

Beim Blick über seinen Schreibtisch und dem Versuch, in seinen Papierbergen überflüssige Unterlagen zu entsorgen, stieß er auf die Rufnummer des angeblichen Unfallzeugen. Als er anrief, meldete sich nur die Tochter.
Kurz angebunden sagte sie lediglich, ihr Vater sei am Morgen zu einem dreiwöchigen Urlaub nach Italien aufgebrochen.

Eggerath im Krankenhaus, Unfallzeuge im Ausland, eindeutiger Unfallbericht der Polizei. Anne Schibulkis oder wie auch immer sie hieß hatte schlechte Karten. Da blieb nur noch die angebliche Trunkenheit von Eggerath. Aber dazu sagte der Unfallbericht nichts.
Kurz entschlossen fuhr Bahn auf dem Nachhauseweg die Polizeiinspektion an und schaute in der

Wache nach, ob dort einer seiner Bekannten Dienst hatte. Er hatte Glück.

Ein Polizeihauptmeister, der schon seit Jahrzehnten an der Rur Dienst schob, winkte ihn heran und lud ihn zu einem Kaffee in einen kleinen Besprechungsraum ein.

„Was gibt's?", fragte der Grüne. Er kannte Bahn zu Genüge und hatte schon ab und zu schon bei seinen früheren Streifendiensten ein Auge zugedrückt, wenn Bahn mal wieder die Spielregeln missachtet hatte. „Du kommst doch nicht ohne Grund in die Höhle des Löwen, mein Freund."

Bahn grinste und fluchte, als er sich am heißen Kaffee die Zunge verbrannte. „Kann es sein, dass ihr bei einem Verkehrsunfall vor ein paar Tagen die Trunkenheit eines Unfallbeteiligten übersehen habt?"

„Nie", antwortete der Beamte spontan. „Beim kleinsten Verdacht wird gepustet oder gezapft. Wie kommst du bloß darauf?"

Bereitwillig schilderte Bahn seine Erkenntnisse aus dem Krankenhaus und die Behauptung der puppenhaften Stationsschwester.

„Kann ich mir beim besten Willen nicht vorstellen", meinte der Polizist stirnrunzelnd. „Ich glaube eher, dass die gute Frau sich irrt." Aber er würde gerne noch einmal über den Unfallbericht schauen, schlug er bereitwillig vor.

Er ging ins Nebenzimmer und kam mit einem Aktenordner wieder. „Wann war's denn? Trotz aller

Computertechnik wird alles noch einmal gedruckt, gelocht und abgeheftet."

Er brauchte nicht lange, bis er den Bericht in Händen hielt. „Keine Anzeichen auf Alkohol. Ich sehe auch keinen Grund, warum die Kollegen falsch berichten sollten, selbst wenn das Unfallopfer Wolfgang Eggerath heißt. Die Jungs sind gerade erst auf der Dienststelle und kennen ihn nicht."

Bahn verstand nicht. „Was meinst du damit: Die kennen ihn nicht?"

Der Polizist sah ihn verwundert an. „Weißt du denn nicht, dass Eggerath selbst einmal zu unseren Haufen gehörte? Pistolen-Wolle war zu seiner Zeit einer der ganz Harten."

„Sagt mir überhaupt nichts", bekannte der Journalist ehrlich.

Es gebe doch die legendäre Geschichte, als Eggerath ganz allein eine krakeelende Meute in Zaum gehalten hatte. Davon habe er doch bestimmt gehört, meinte der Grüne, aber er erntete nur ein Kopfschütteln.

„Ich kann damit wirklich nichts anfangen", beteuerte Bahn. „Wann war das denn?"

„Vor ein paar Jahren, Eggerath war gerade bei uns, hatten einige Betrunkene gewaltsam versucht, in eine Kneipe zu kommen", berichtete der Grüne bereitwillig eine der Anekdoten aus dem Polizeidienst, die wohl noch in Jahrzehnten die Runde machen würden. „Einer der Kerle hat eine volle Bierflasche nach dem Türsteher geworfen und ihn nur knapp verfehlt. Nur die Fensterscheibe ging zu

Bruch. Wolle war mit einem Kollegen alarmiert worden. Ehe sich der Kerl versah, hatte ihn Wolle schon gepackt und auf den Boden geworfen. Die Kumpel wollten dem Kerl zu Hilfe eilen, aber Wolle hat nur seine Knarre gezückt. Da war Ruhe im Dorf."

Bahn schüttelte wieder nachdenklich den Kopf. „Nie davon gehört. Habt ihr wahrscheinlich gut vertuscht."

Der Polizist grinste: „Ist doch klar, dass das nie offiziell wurde, zumal Eggerath dem Kerl auch noch die Nase gebrochen hatte. Da haben die Kollegen getrickst. Aber ich habe gedacht, du hättest davon gehört."

Auch wenn Bahn es nicht gerne zugab, hier war tatsächlich eine Geschichte an ihm und an seinen Kollegen vorbeigegangen.

Wolfgang Eggerath alias Pistolen-Wolle. Diesen Namen würde er sich für alle Zeiten merken.

9. Bahn war voller Tatendrang. „Heute decke ich die Machenschaften von Kuhlmann auf", teilte er seiner Frau beim Frühstück mit.

Sie saßen am kleinen Küchentisch und schauten aus dem Fenster in den dunkelbraunen Wintergarten, in dem langsam das Tageslicht anbrach.

Gisela hatte ein kleines Teelicht angezündet; ein Ritual, das er üblicherweise überhaupt nicht mochte, das ihn aber heute nicht störte.

„Ich bin gespannt, wie unser bedauernswerter Ehebrecher reagiert, wenn ich ihm seine desolate Finanzlage vorhalte." Er biss vergnügt ins Brötchen. „Von wegen Gesundheitsreform."

„Und ich kümmere mich um Eggerath", entgegnete Gisela. Sie hatte interessiert zugehört, als Bahn ihr von der ehemaligen Polizeizugehörigkeit des Mannes berichtete.

„Ich kann es einfach nicht glauben, dass seinetwegen das Unfallprotokoll verändert worden ist", hatte Bahn gemeint. Dieses Thema würde er in der nächsten Zeit einmal aufgreifen. „Erst Kuhlmann, dann der Mord, anschließend Eggerath", so legte Bahn für sich die Reihenfolge fest.

Umso mehr erstaunte es ihn, dass seine Frau sich mit Eggerath beschäftigen wollte.

Ihr Argument, sie täte es wegen Anne, die sie vielleicht bei dem Unfallgeschehen entlasten könnte, tat Bahn mit einem nörgelnden „Weiberkram" ab.

Gisela ließ sich nicht beirren. „Ich kenne bei der Polizei einen Mann, der ist dort als SAP tätig. Christian Kollberich heißt er", meinte sie.

„Kenne ich nicht", knurrte Bahn. „Kollberich, wer soll das sein?"

„Es gibt auch ein Leben vor dir, mein Lieber", sagte Gisela schelmisch. „Oder meinst du Casanova etwa, du bist der einzige attraktive Mann auf der Welt?"

Bahn brummelte etwas Unverständliches in sich hinein und schlürfte an seinem Kaffee. „Was, zum Teufel, heißt SAP?"

„Sag ich dir, wenn ich mit Christian gesprochen habe." Gisela erhob sich vom Küchentisch und trug ihre Tasse zur Spüle. Den Rest ließ sie stehen. Heute hatte Bahn Küchendienst und musste den Tisch abräumen. Das passte ihm gar nicht, zumal seine Frau offensichtlich keine Zeit mehr für ihn übrig hatte.

„Kann übrigens spät werden heute", sagte Gisela. „Wir haben uns bestimmt viel zu erzählen." Sie umarmte Bahn von hinten und gab ihm einen feuchten Kuss auf die Wange. „Du kratzt. Vergiss nicht, dich zu rasieren, bevor du gehst", gab sie ihm mit auf den Weg.

Auch wenn er es nicht eingestehen würde, Bahn fühlte sich nicht wohl bei der Fahrt in die Redaktion. Was war zwischen Gisela und dem Kerl gewesen? Es ärgerte ihn, dass er davon nichts wusste. Für ihn war es selbstverständlich, dass er mit anderen Frauen zu tun hatte, mit ihnen auch gelegentlich ausging, aber bei Gisela war das etwas anders. Das passte nicht in sein Beziehungsverständnis.

Die Situation in der Redaktion war nicht dazu angetan, sein Missvergnügen abzubauen. Die Fangemeinde von Kuhlmann hatte eine Unterschriftenliste in den Briefkasten geschoben, die an ihn adressiert und deshalb von der Sekretärin unkommentiert auf seinen Schreibtisch gelegt worden war. Die empörten Unterzeichner kündigten darin unverhohlen an, sie wollten das Abo des Tageblatts kündigen und zur DZ wechseln, wenn er sie, Kuhlmann und ihr gemeinsames Anliegen weiterhin nicht beachtete.

„Die sind bekloppt", kommentierte er, während er Waldmann anrief. Der CvD sollte ruhig von dem Nötigungsversuch erfahren und vor allem den tatsächlichen Hintergrund des Hungerstreiks kennenlernen.

Waldmann ließ Bahn lange berichten, dann räusperte er sich. „Über Ihre Recherche können wir nicht berichten, Herr Kollege", sagte er schließlich ohne Bedauern. „Das ist Ihnen ja wohl klar."

„Wie bitte?" Bahn verstand nichts. „Wir entlarven einen scheinheiligen Populisten und Sie sagen, wir können nichts darüber schreiben. Gibt's dafür einen Grund?"

„Den gibt es sehr wohl, Herr Kollege, wenn ich einmal unterstelle, dass Ihre Information zutreffend ist", antwortete Waldmann überraschend streng. „Wir machen uns als Tageblatt doch lächerlich, wenn wir zuerst vehement für den Arzt Partei ergreifen und dann melden, er hat allen eine lange Nase gezeigt. Dann stehen wir wie die Deppen da."

„Was schlagen Sie denn vor?", fragte Bahn ungehalten. Er fand das Argument des kleinkarierten Sesselfurzers schlichtweg dümmlich. „Ich schreibe gar nichts?"

„Unsere Kollegin von Seite drei macht weiter. Wir sagen ihr nichts von Ihrem Wissen und lassen sie gewähren."

Das war jetzt einer der Momente, in denen Bahn generell an der Glaubwürdigkeit des Journalismus zweifelte. Hier wurde die Wahrheit verschwiegen, um das Gesicht zu wahren und Leser zu behalten. Aber es machte keinen Sinn, deswegen mit Waldmann eine Diskussion zu beginnen. Er würde den Kürzeren ziehen.

„Und was mache ich mit der Unterschriftenliste?", fragte er stöhnend, derweil er irritierend von Geräuschen im Flur gestört wurde.

„Die schicken Sie mir. Unser Chefredakteur schickt den Leuten einen netten Brief. Dann werden die sich schon beruhigen."

Bahn verkniff sich eine Bemerkung.

„Dann bin ich also bei Kuhlmann wieder draußen?", fragte er stattdessen.

„So ist es", bestätigte der CvD nahezu gönnerhaft. „Sie können sich nach Herzenslust Ihrem Mord widmen."

Das energische Anklopfen am Türrahmen ließ den genervten Bahn aufblicken. Er hatte gehofft, dass das Lärmen im Flur und das lautstarke Gerede der Sekretärin ihn nicht bei seiner Arbeit stören würden, aber diese Hoffnung trog.

Sie hatte den Störenfried nicht abwimmeln können.

Bahn staunte nicht schlecht, als er den Mann im einfachen, dunkelgrauen Anzug erkannte, der sich lässig an den Rahmen angelehnt hatte.

„Ich wollte immer einmal sehen, wie in einer Redaktion gearbeitet wird", meinte Kommissar Schmitz munter, während er auf Bahn zutrat und ihm die Hand freundlich entgegenstreckte. „Da Sie mit Frings eine Vereinbarung getroffen haben, sitzen wir jetzt quasi in einem Boot und rudern hoffentlich in die gleiche Richtung." Der kantige Mann nahm unaufgefordert im Besuchersessel vor dem Schreibtisch Platz und betrachtete aufmerksam den Journalisten.

„Gibt's was Neues im Mordfall Bergstein?"

„Steht heute alles im Blättchen", knurrte Bahn unbehaglich. „Sie sollten einmal eine vernünftige Zeitung lesen."

Er wusste mit Schmitz nichts anzufangen. Die Kante passte ihm allein schon deshalb nicht, weil er derzeit in Küppers Büro saß. Er fand das Verhalten des Kripo-Manns aus Aachen anmaßend.

Über die Aachener und deren Selbstgefälligkeit hatte er sich schon mehrfach geärgert. Die Selbstgefälligkeit traf auch auf Schmitz zu. Er gab sich wie die Aachener als Nabel der Welt und ließ es die Nachbarn spüren: Ihr tölpelhaften Provinzler seid unter unserem Niveau. Tröstlich war bei dieser Sicht des Weltbildes nur das Wissen, dass die Kölner nicht viel anders waren und Aachen in ihrer Großmannssucht ebenfalls als Provinzstädtchen ansahen, das am Rande der Autobahn auf dem Weg zur belgischen Nordseeküste lag.

Aber auch das enge Verhältnis zwischen Frings und Schmitz behagte Bahn nicht. Die beiden konnten sich gegenseitig die Informationen zuschieben und ihr Vorgehen verabreden. Das könnte zu seinem Nachteil sein, befürchtete er.

„Ihren Bericht habe ich selbstverständlich heute Morgen als Erstes gelesen", sagte Schmitz freundlich. „Sie haben weitaus mehr Infos als Ihre Konkurrenten. Kompliment", fügte er anerkennend hinzu, „und Sie wissen außerdem auch noch mehr als ich." Der erstaunte Blick von Bahn ließ ihn schmunzeln. „Ich habe bisher nicht gewusst, dass Bergstein nicht wieder nach Düren ziehen will. Kann ich aber nachvollziehen." Schmitz nahm seine Brille ab und spielte mit den Flügeln. „Haben Sie sonst noch was auf Lager?"

Bahn schüttelte den Kopf. „Sie etwa?"

Er sah nicht ein, seine Zurückhaltung aufzugeben. Er fragte, andere hatten gefälligst zu antworten. Das war eine seiner journalistischen Spielregeln.

Schmitz hob bedauernd die Arme. „Sorry. Ich weiß auch nichts. Es herrscht Schweigen im Wald." Er blickte auf seine Armbanduhr und erhob sich schwungvoll. „Es wird Zeit, ich muss zurück."

Bahn folgte dem Kommissar zur einfachen Garderobe in den Flur. „Was ist eigentlich ein SAP?", fragte er beiläufig.

„Das ist bei uns die Abkürzung für den Sozialen Ansprechpartner. Das ist ein Kollege, der in Aachen sitzt und sich um Problemfälle kümmert, etwa bei Scheidungen oder Überschuldung", antwortete

Schmitz, während er seinen Wintermantel vom Kleiderbügel nahm.

„Oder bei Depressionen, Alkoholismus und anderen Suchterkrankungen?"

„Auch das", bestätigte der Kommissar. „Warum wollen Sie das wissen?" Er schien die Rolle des polizeilichen Sozialarbeiters nicht sonderlich hilfreich zu finden, wie Bahn dem abfälligen Tonfall entnahm.

Der Journalist winkte lässig ab. „Ach, nur so. Meine Frau hat heute ein Date mit Ihrem SAP. Ist wohl eine alte Jugendliebe."

Ein lautes Klirren ließ die beiden Männer zusammenzucken. In Bahns Büro war unüberhörbar die Fensterscheibe zu Bruch gegangen.

„Ein Brandsatz", brüllte Schmitz, der hinter Bahn in das Zimmer gestürmt war, und die Lage sofort überblickt hatte, während der Redakteur erstarrte.

Bahn war froh, dass der Kommissar so schnell reagierte. Er war wie gelähmt. Selbst Opfer zu sein war halt immer noch etwas anderes als ein neutraler, neugieriger Beobachter.

Die Kante zog hastig den Mantel aus und breitete ihn über eine Bierflasche aus, die mitten im Zimmer lag.

Von der Straße aus hatte jemand die Pulle anscheinend absichtlich durch das einfach verglaste Fenster im ersten Stock geworfen.

Ungefragt griff Schmitz zum Telefon und rief seine Dienststelle an. Man solle sehen, ob es im Bereich der Pletzergasse auffällige Personen gebe, sagte er in den Hörer. Ein Brandstifter hätte ein stümperhaftes Attentat versucht.

Nach einigen Minuten lüftete der Kommissar vorsichtig den Mantel und legte die braune Flasche frei. Im Flaschenhals steckte ein Stofffetzen, im Inneren befand sich eine Flüssigkeit.

„Wahrscheinlich Benzin", vermutete Schmitz. „Hier wollte jemand mit einem Molotow-Cocktail für Amateure ein Feuerchen machen. Aber ziemlich dilettantisch." Er schüttelte ungehalten den Kopf.

„Die Fahndung bringt wahrscheinlich nicht viel", bekannte er ehrlich, „aber wir wollen es wenigstens versuchen." Er betrachtete die Flasche und sah dann Bahn an. „Wenn's Ihnen recht ist, nehme ich das gute Stück mit und lasse es untersuchen. Vielleicht haben die Nasen ja in ihrer Blödheit sogar Fingerabdrücke hinterlassen."

„Kommt dabei war heraus?"

„Wir wollen es wenigstens versuchen", wiederholte sich der Kommissar. Er holte aus der Manteltasche eine durchsichtige Plastiktüte, in der er vorsichtig das Tatobjekt verstaute

„Bei Ihnen in der Redaktion erübrigt sich wohl eine Spurensuche. Da werden Sie mir wohl zustimmen." Er winkte dem immer noch verunsicherten Bahn kameradschaftlich zu, der ihm hilfsbereit die Tür zum Treppenhaus aufhielt.

Die Sekretärin stand schon eilfertig hinter dem Journalisten.

„Da ist ein Versicherungsagent am Telefon. Er will unbedingt mit dir über eine Lebensversicherung sprechen", sagte sie schnell. Diese Mitteilung schien für sie von enormer Bedeutung zu sein.

Bahn hatte den Eindruck, sie hatte mal wieder nicht mitbekommen, was sich in der Redaktion abspielte. Sie hockte in ihrem Zimmerchen und lauerte auf das Telefon, zu mehr war sie einfach nicht in der Lage. Es reichte allemal noch fürs Kaffeekochen.

„Der kann mich mal", schimpfte der Journalist. „Ich habe Wichtigeres zu tun." Ausgerechnet zum jetzigen Zeitpunkt eine Lebensversicherung anzubieten, war eine Dreistigkeit ohne Ende, die er sich nicht gefallen ließ. Bahn funkelte die verstörte Sekretärin an, während er in seinem Zimmer die Rollladen herunterließ.

„Ich ziehe in Waldhausens Büro um, hier erfrierst du ja." Er forderte die Frau energisch auf, ihn zunächst mit Waldmann und dann mit einem Glaser zu verbinden, wobei er sich nicht sicher war, ob sie den zweiten Auftrag auch erfüllen könnte. Er gab sich cool. Seine Erschrockenheit zu zeigen, widersprach seinen Gehabe.

Der CvD hörte sich Bahns Bericht über den glimpflich verlaufenen Brandanschlag ruhig an.

„Sie sind schon ein Glückskind", kommentierte er lakonisch. „Ihnen passiert immer etwas." Er werde mit der Verlagsleitung und der Hausverwaltung wegen des Schadens sprechen und sich wieder melden, versicherte er.

„Und ich werde in der Zwischenzeit einen Glaser mit der Reparatur beauftragen", sagte Bahn.

„Das lassen Sie lieber sein", riet ihm Waldmann, „sonst bleiben Sie noch auf den Kosten sitzen. Das ist ganz klar ein Fall für die Hausverwaltung und für den Vermieter, aber nicht für Sie."

Er könne nicht warten, empörte sich der Journalist. „Wir haben es draußen fast null Grad. Wir frieren uns hier noch zu Tode."

Eben deshalb werde er unverzüglich die Reparatur in die Wege leiten, entgegnete der Redaktionstechnokrat aus Köln prompt. „Sie haben doch bei zwei abwesenden Kollegen Platz genug in Ihrer Redaktion", meinte er mit seinem jovialen Vorschlag: „Suchen Sie sich vorübergehend ein anderes Zimmer."

Das war wieder typisch für das Tageblatt, ereiferte sich Bahn, als er seinen Kollegen aufklärte, der ins Büro gekommen war und bestürzt die Folgen des Flaschenwurfes betrachtet hatte. „Denen geht es nicht darum, dass wir vernünftig arbeiten können, denen geht es zunächst einmal um die Formalität", ärgerte sich Bahn.

Er winkte verächtlich ab, als auf Waldhausens Schreibtisch das Telefon klingelte.

Der Chef der Hausverwaltung wollte ihn sprechen.

„Wir kümmern uns um den Schaden und kommen raus", versicherte er, nachdem er sich Bahns Bericht angehört hatte.

„Wann?", fragte der Journalist argwöhnisch. Er hatte mit diesen vagen Zusicherungen schon öfters unangenehme Erfahrungen gemacht. Im Mutterhaus gingen die Uhren eben anders.

„Sobald wir hier in der Zentrale mit den Arbeiten fertig sind. Wir können Ihretwegen doch nicht in Köln alles liegen lassen."

„Und wann ist das?"

„Morgen, spätestens aber übermorgen."

„Meinen Sie etwa, wir haben Hochsommer? Hier ist es eiskalt." Grußlos knallte Bahn den Hörer auf die Gabel.

„Rufe endlich bei Rosskamp an! Die sollen mir heute noch die Scheibe ersetzen", schnauzte er wütend die Sekretärin an und warf heftig die Zimmertür hinter sich zu.

Bahn brauchte lange, bis er sich wieder beruhigt hatte. Er wusste nicht, worüber er sich mehr aufregte, über den schwachsinnigen Brandanschlag oder über das unmögliche Verhalten seines Verlages. Aber sich über die Zentrale aufzuregen, war im Prinzip vergebene Mühe.

Es gab Wichtigeres. Fragen, die er beantworten wollte: Wer hatte die Flasche durchs Fenster geworfen? Was wollten die Idioten bezwecken?

Insgeheim bedankte sich Bahn bei Schmitz, aber er würde es dem Kommissar nicht sagen. Solange die Kante an Küppers Stelle Dienst schob, würde sein Verhältnis zu ihm distanziert bleiben. Das war er schon seinem Freund schuldig.

Zaghaft klopfte die Sekretärin an und öffnete langsam die Tür. „Da steht der Versicherungsvertreter in meinem Zimmer. Er will dich unbedingt sprechen. Was soll ich tun?"

Stöhnend schlug Bahn die Hände über dem Kopf zusammen. Konnte er nicht einmal für ein paar Minuten seine Ruhe haben? „Wer ist das? Hat er seinen Namen genannt?"

„Tut mir leid. Ich weiß es nicht", sagte die Sekretärin bedauernd und Bahn stöhnte erneut auf. Das hätte es bei Thea nicht gegeben. Aber sie hatte es vorgezogen, den Chef zu heiraten statt die Redaktion zu organisieren. Und er hatte sich nun mit der ahnungslosen Frau herumzuschlagen.

Diese Frau war und blieb wirklich eine Zumutung. Sie hatte es nur dem Langmut von Waldhausen zu verdanken, dass ihr nicht längst schon gekündigt worden war. In einer ihrer einsamen Entscheidung hatte die Kölner Zentrale die überforderte Frau als neue Redaktionssekretärin eingestellt, obwohl sie keinerlei Qualifikationen für diese Stelle besaß. Eine mit ausreichend in allen Fächern abgeschlossene Verkäuferinnenlehre und 20 Anstellungen in 30 Jahren waren anscheinend Grund genug für die Zentralisten, die geschiedene 50-Jährige mit der Aufgabe zu betreuen. Die Redaktion bräuchte einen mütterlichen Typ, so die alles erschlagende Argumentation, die alle fachlichen Voraussetzungen übertünchte. Die jungen Hüpfer, wie Waldhausen und Bahn in Köln immer genannt wurden, bräuchten eine Mutter der Kompanie, die Kaffee kochen und Brötchen schmieren konnte, so hatten die Strategen sich gedacht. Dass der Telefondienst, die Terminplanung und die Büroorganisation dabei auf der Strecke blieben, war den Kölnern wohl einerlei. Notgedrungen hatte der Lokalchef Waldhausen einige Aufgaben aus dem Sekretariat übernommen, bisweilen half auch Thea aus, wenn die Hauptsekretärin Urlaub machte. Leider war der maximal einen Monat lang.

Was waren das noch für Zeiten gewesen, als in der Redaktion die Sekretärinnen ihren Job nicht schlechter machten als die Redakteure, schüttete sich Bahn ein wenig mit Mitleid zu.

Er winkte erschöpft ab. „Lass ihn rein."

Sofort erkannte der Journalist den Mann wieder, der forsch ins Zimmer eingetreten war.

„Mensch, Manfred, was treibt dich in meine Arme?", sagte er erfreut, als er seinen langjährigen Kumpel aus der Jugendzeit, Manfred Müller, händeschüttelnd begrüßte.

„Der Beruf", antwortete der Mann in Bahns Alter gelassen. „Ich würde mich gerne einmal mit dir über eine Versicherungsangelegenheit unterhalten. Ich will dir nichts verkaufen. Aber vielleicht kannst du mir helfen." Müller, zwar teuer, gut und sauber gekleidet, aber bei weiten nicht mehr so schlank, wie Bahn ihn in Erinnerung hatte, und bereits leicht angegraut, lud den Journalisten zum Mittagessen ein. „Dabei lässt es sich besser reden."

Es war schon eine Ewigkeit her, dass er mit Müller befreundet gewesen war; damals, als sie in der Jugend von Viktoria Birkesdorf Fußball gespielt und bei Kick die ersten Biere getrunken hatten. Irgendwann hatten sich ihre Wege getrennt, war Bahn nach dem Abitur bei der Zeitung als einer der letzten Volontäre ohne begonnenes oder abgeschlossenes Studium gelandet, was ihm jetzt als Mittdreißiger schon eine 15-jährige Diensttätigkeit verschafft hatte. Müller war mit der Mittleren Reife vom Stiftischen abgegangen, hatte eine Lehre in einem Versicherungsbüro in Mariaweiler absolviert und verschwand mit der Bundeswehrzeit endgültig aus Bahns Blickfeld. Gelegentlich hatte man sich zufällig in der Stadt getroffen, Bahn als streunender Single, der es immer wieder mit Gisela versucht und immer wieder aufgegeben hatte, bis es dann endgültig doch noch mit ihnen geklappt hatte, Müller als verheirateter Vater, der sich ab und an mal eine Auszeit von der Familie gönnte. Unlängst hatte sich Bahn an Müller erinnert, als auf den Philippinen deutsche Touristen nach einem Tauchausflug entführt worden waren. Müller hatte ihm etwas von seiner neuen Leidenschaft Tauchen erzählt. Das war ihm eingefallen, als er die Berichte über die Geiselnahme las.

Beim Stollenwerk erwischten sie noch einen kleinen Tisch in einer Ecke des hinteren Raums, an dem sie unbeobachtet waren.

„Warum kommst du ausgerechnet zu mir?", wollte Bahn wissen.

Sein früherer Kumpel nahm einen kräftigen Schluck aus dem Pilsglas und wischte sich grinsend mit dem Handrücken den Mund ab. „Erstens, weil du meistens sehr gut informiert bist, und zweitens, weil du in der Versicherungsszene durchaus kein unbeschriebenes Blatt bist."

Die Verblüffung in Bahns Gesicht war unübersehbar. „Wieso das denn?"

„Meinst du etwa, deine Mitarbeit bei der Aufklärung von Verbrechen ist unbeachtet geblieben? Man kennt dich, mein Freund." Müller nahm wieder das Bierglas zur Hand und prostete Bahn zu. „Man kennt dich und man ist bereit, für Informationen, die du mir gibst, zu bezahlen. Selbstverständlich nur, wenn du willst."

Bahn betrachtete argwöhnisch seinen Tischnachbarn. „Müller, welches krumme Ding heckst du aus?"

„Alles ganz koscher und absolut sauber." Beschwichtigend hob der Versicherungsagent die Arme. „Wir, und damit meine ich die Versicherungsgesellschaft, für die ich Schadensabwicklung betreibe, wollen sicher sein, dass es keine krummen Dinger gibt. Deshalb möchte ich ja die Informationen von dir."

„Worüber?", fragte Bahn zweifelnd.

„Garantierst du mir Diskretion?", antwortete Müller mit einer Gegenfrage und Bahn nickte zustimmend.

Sie warteten, bis die Serviererin das Tellergericht gebracht hatte, dann rückte Müller mit seinem Anliegen heraus.

„Ich will alles über den Mordfall Cornelia Bergstein wissen. Du kennst ihn?"

„Blöde Frage", brummte Bahn. Er hatte sich gerade den ersten Bissen in den Mund geschoben und hatte Mühe, sich nicht zu verschlucken. „Warum willst du was wissen?" Er ahnte schon den Grund für Müllers Bemühungen und befürchtete schon, nichts darüber schreiben zu dürfen. Warum bloß erhielt er immer die Informationen, die er für sich behalten musste?

„Ich will wissen, wer die Frau warum umgebracht hat", antwortete Müller prompt.

„Das will die Polizei auch und ich ebenfalls. Aber warum willst du das wissen? Nenne mir einen plausiblen Grund." Bahn wollte von Müller hören, was er sich dachte.

Der Versicherungsagent legte kauend das Besteck neben den Teller und schluckte. „Es geht um Geld, um verdammt viel Geld."

„Lebensversicherung?"

„So ist es." Müller trank hastig an seinem Bier und stellte das geleerte Glas ungeniert rülpsend ab. „Wir haben eine Lebensversicherung, die im Falle des Todes von Cornelia Bergstein fällig wird."

„Und die wollt ihr nicht zahlen?"

„Falsch, mein Freund. Die wollen wir selbstverständlich zahlen, wenn wir sicher sind, dass wir ver-
tragsmäßig zur Zahlung verpflichtet sind, weil der
Versicherungsfall eingetreten ist."

Bahn verschluckte sich. „Bitte noch einmal. Aber
nicht im Versicherungskauderwelsch, sondern auf
Deutsch", krächzte er mit Krümeln in der Luftröhre.

Sein Gastgeber schmunzelte. „Am besten fange ich
von vorne an", schlug er vor. „Mit ihrer Heirat im
September letzten Jahres haben Cornelia und Werner Bergstein eine Lebensversicherung auf Gegenseitigkeit abgeschlossen. Ende des Jahres wurde
die Versicherung geändert. Danach war nur noch
Cornelia versichert, gleichzeitig wurde im Zusammenhang mit der Währungsumstellung die Versicherungssumme von 100.000 auf 200.000 Euro er-
höht."

„Und ihr wollt jetzt dem armen Witwer nicht die
200.000 Euro auszahlen?"

Müller schüttelte den Kopf. „Es geht nicht um
200.000 Euro, es geht um eine schlappe 400.000.
Mord gilt nach den Verträgen als Unfall. Und bei
Unfalltod verdoppelt sich die Versicherungssumme."

„Anspruch darauf hat Werner Bergstein?"

„Er hätte Anspruch darauf, wenn erwiesen ist, dass
er mit dem Mord nichts zu tun hat."

„Das hat doch die Polizei bestätigt. Also, wo ist das
Problem?"

Müller sah Bahn ernst an. „Das Problem besteht
darin, dass die Polizei nach außen so tut, als habe

Bergstein nichts mit dem Mord an seiner Frau zu tun, sie aber tatsächlich davon ausgeht, dass er hinter dem Auftragsmord steht."

In Bahns Kopf drehte es sich kurz.

„Was ist mit dem lupenreinen Alibi?" Für ihn war das Alibi einfach zu gut, um als Alibi zu dienen. Er würde sich nicht davon abbringen lassen, egal, was andere sagten.

„Das ist in der Tat ein Problem."

„Wo ist der angebliche Auftragsmörder und wie hat Bergstein ihn gedungen?"

„Das ist ein weiteres Problem."

„Wie kommt ihr überhaupt darauf, dass Cornelias Mann an dem Mord beteiligt ist?"

„Die Kripo hat es uns gesagt, aber sie hat uns nicht verraten, warum."

Bahn hustete. „Entschuldigung, aber ich verstehe nichts mehr. Die Polizei vermutet also, dass Bergstein seine Frau ermorden ließ, um in den Genuss der Lebensversicherung zu kommen. Richtig?"

„Richtig", bestätigte Müller.

„Und was soll ich jetzt tun?", fragte Bahn verunsichert.

„Du sollst für uns herausbekommen, ob die Vermutung der Polizei zutrifft oder nicht." Müller hob kurz die Hand und stoppte damit den Journalisten, der ihn unterbrechen wollte.

„Ich sage dir gerne alles, was wir wissen und was du von uns wissen willst. Einverstanden?"

,Ich bin wirklich in einem Tollhaus', dachte sich Bahn. ,Frings will mit mir vertraulich zusammenarbeiten, Müller will mich über die Lebensversicherung ins Bild setzen und in aller Diskretion von mir Informationen.' Wohin sollte das noch führen? Ob er je dazu kommen würde, eine Zeile davon zu veröffentlichen. Er konnte es sich nicht vorstellen.

„Lass mir Zeit bis morgen früh", schlug der Journalist vor. „Dann sag ich dir, ob ich dir helfen will und kann. Einverstanden?" Bahn lächelte schwach, als sein ehemaliger Kumpel verlegen die Mundwinkel verzog.

„Ich muss ja wohl damit einverstanden sein", antwortete Müller gelassen und übergab Bahn seine Visitenkarte, die ihn als Leiter der Abteilung für Schadensregulierung auswies. „Du kannst mich selbstverständlich jederzeit in Köln anrufen, privat oder im Büro."

10. Die Arbeit in der Redaktion ging Bahn am Nachmittag nur schwer von der Hand. Er war unkonzentriert, nervös, verunsichert. Die Gedanken fuhren Karussell in seinem Kopf.

Wer wollte ihm oder der Redaktion schaden? Was sollte er von Müllers Anliegen halten? Stand der Brandsatz in Verbindung mit der Berichterstattung? Sollte er die Kripo über das Gespräch mit Müller informieren? Warum hatten ihm Frings oder Schmitz nicht gesagt, dass gegen Bergstein ein Tatverdacht bestand?

Bahn schüttelte sich. Das bringt nichts, sich den Kopf zu zerbrechen, redete er sich ein. Insgeheim hatte er sich schon darauf eingestellt, für den Schulkameraden tätig zu werden. Zunächst würde er jedoch mit Gisela über die Geschichte reden und auch Kontakt zu Frings aufnehmen. Aber nicht zuletzt waren es die Scheine, die ihm Müller angeboten und die ihn überzeugt hatten.

Als den Beginn einer Glückssträhne betrachtete Bahn die rasche Reparatur des zerstörten Fensters. Sauber und akkurat war die neue Scheibe von der Fachfirma eingesetzt worden. Sofort zog Bahn in sein bereits unterkühltes Zimmer zurück und schaltete die Heizung auf Höchstbetrieb.
Der Anruf der Hausverwaltung stimmte ihn ebenfalls besser. Er solle das Fenster erneuern lassen und dem Verlag die Rechnung schicken, wurde ihm aufgetragen.
Tunlichst verschwieg Bahn, dass die Sache längst erledigt war. Wie er die Freunde in der Zentrale kannte, wären sie garantiert eingeschnappt gewesen, weil er über ihre Köpfe hinweg tätig geworden war.

Der Staatsanwalt kam mit seinem Anruf Bahn zuvor. „Da haben Sie aber noch einmal Glück gehabt", meinte Frings ironisch. „Wenn Schmitz nicht so schnell reagiert hätte, wäre Ihnen wahrscheinlich sehr warm geworden."

Bahn verkniff sich eine Bemerkung. Er hätte auch reagieren können, sagte er sich, Schmitz war ihm nur zuvor gekommen. Es überraschte ihn nur, wie schnell die Buschtrommeln zwischen dem Bullen und dem Staatsanwalt funktionierten. Aber auch dazu schwieg er.

„Was war denn in der Flasche?" fragte er stattdessen.

„Das Übliche", antwortete Frings gelassen, „etwas Benzin, das Sie an jeder Tankstelle bekommen, und ein altes Küchenhandtuch, das den Sprit aufsog. Die Cocktailmixer haben in ihrer Blödheit wohl nicht gewusst, dass sie ihre Brandfackel anzünden müssen, bevor sie sie werfen." Das spräche eigentlich für Amateure, Zufallstäter.

„Und nicht ‚eigentlich'?" Bahn hasste die überflüssige Floskel.

„Es waren mit Sicherheit Amateure", entgegnete der Staatsanwalt. „Jemand, der regelmäßig mit diesen Brandsätzen umgeht, macht es geschickter. Dies meint auch Schmitz."

Bahn biss sich nachdenklich auf die Unterlippe. Konnte es etwa sein, dass die eingeschworene Fangemeinde von Kuhlmann ihm Angst einjagen wollte? Waren die Patienten und Arztfreunde so radikal, dass sie sogar nicht vor Feuer zurückschreckten? Es war wohl angebracht, Frings darüber zu informieren, dachte er sich, aber er schob den Gedanken zunächst beiseite.

„Groß war Ihr Schaden ja nicht, sehe ich einmal von der Scheibe ab", fuhr Frings fort. „Viel hätte das

Feuerchen auch nicht anrichten können. Sie hätten es bestimmt löschen können." Anders wäre es gewesen, wenn jemand nachts auf die Idee gekommen wäre. „Ich vermute, jemand wollte Ihnen einen Schrecken einjagen."

„Wer denn?", fragte Bahn barsch. „Etwa die Oma, deren 93. Geburtstag ich nicht gemeldet habe?" Es war müßig, über eventuelle Täter nachzudenken. Für ihn war die Sache klar: Wenn er sie nicht mit der Kuhlmann-Fangemeinde privat geregelt bekam, würde er Frings und dessen Sklaven Schmitz einschalten. „Muss ich etwa Strafanzeige erstatten wegen Sachbeschädigung und so?"

„Hat Schmitz schon für Sie erledigt. Sie brauchen doch einen Beleg für die Versicherung, denke ich mal", entgegnete Frings. „Aber wahrscheinlich werden die Ermittlungen im Sande verlaufen."

„Sie haben ja auch Wichtigeres zu erledigen", brummte Bahn und kam zum bedeutenderen Thema. Dieser Brandanschlag fiel ohnehin nicht in den Zuständigkeitsbereich von Frings, dachte er sich. „Sie suchen den Mörder von Cornelia Bergstein. Oder haben Sie ihn etwa schon und ich weiß es noch nicht?"

Frings lachte gequält auf. „Das wäre schön. Aber wir tappen vollkommen im Dunkeln. Es gibt nichts Neues."

„Tatsächlich", bemerkte Bahn gedehnt. „Nach den Gerüchten, die in Düren umgehen, gibt es aber einiges Interessantes. Wollen Sie's wissen?"

„Die Gerüchteküche ist meine Lieblingsküche", entgegnete der Staatsanwalt flott. „Was ist dort denn ausgebrütet worden?"

„Unter anderem, dass Werner Bergstein nicht mehr in die Wohnung zurück will."

„Ist kein Gerücht, ist Tatsache", kommentierte Frings.

„Cornelia soll von einem Auftragsmörder umgebracht worden sein."

„Sieht danach aus", lautete die knappe Antwort.

„Nun wird behauptet, der Ehemann stecke dahinter, weil er scharf auf die Lebensversicherung ist", schob Bahn nach. Gespannt wartete er auf die Reaktion des Staatsanwalts.

Frings blieb sehr lange still, bevor er sich räusperte. „Wer erzählt denn so einen Schwachsinn?"

„Das stimmt also nicht?", fragte Bahn zurück.

„Selbstverständlich stimmt das nicht. Was soll das?", sagte Frings ungehalten. „Es gibt keinen Grund, den Ehemann in irgendeiner Weise zu verdächtigen."

„Das kann ich schreiben?", fragte Bahn schnell. Jetzt würde der Staatsanwalt Farbe bekennen müssen, sagte er sich.

Die Antwort verblüffte ihn. „Das können Sie nicht nur schreiben, das sollen Sie auch schreiben, damit die blödsinnigen Gerüchte aufhören!", sagte Frings in einem strengen Tonfall.

„Haben Sie das den Kollegen der anderen Zeitungen mitgeteilt?" Bahn hoffte auf die für ihn richtige Antwort.

„Nein. Die haben mich auch nicht danach gefragt", antwortete Frings ganz in Bahns Sinne. „Sie können ruhig schreiben, wie die Staatsanwaltschaft auf Nachfrage des Dürener Tageblatts ausdrücklich erklärt, ist der Ehemann der Ermordeten in keinster Weise verdächtigt, an dem Verbrechen beteiligt gewesen zu sein."

Bahn frohlockte und beeilte sich, den Wortlaut exakt zu notieren. Das war eines der Zitate, die besonders gut ankamen, bei den Lesern und besonders bei der hinterherhinkenden Konkurrenz.

„Sonst noch etwas?" fragte er beiläufig. „Bei der Obduktion der Leiche oder den Ermittlungen?"

Er hörte, wie Frings durchatmete. Vermutlich kam ihn der Schwenk sehr gelegen. „Es gibt in der Tat eine Ungereimtheit."

„Welche?"

„Mit dem Handy des Opfers ist gestern aus Serbien angerufen worden."

„Was?" Bahn traute seinen Ohren nicht. „Wer ist angerufen worden?"

„Der Anruf ist vom Anrufbeantworter in der Wohnung der Bergsteins aufgenommen worden. Es wurde aber nichts gesagt. Das Telefonat wurde sofort beendet, nachdem der Anrufbeantworter angesprungen ist. Aber für eine Lokalisierung hat es gereicht. Wir haben den AB selbstverständlich angezapft."

„Da wollte doch jemand bestimmt den Ehemann sprechen?", folgerte Bahn schnell.

Aber Frings widersprach unverzüglich. „Das schließen wir aus. Der Mann ist ständig unter unserer Beobachtung und verhält sich absolut unverdächtig."

„Weiß er von dem Anruf?"

„Wir haben es Bergstein noch nicht gesagt."

Bahn wusste, was folgen würde, und er legte den Kugelschreiber freiwillig beiseite.

„Wir würden es Bergstein gerne sagen, bevor er es in der Zeitung liest. Ich möchte Sie daher bitten, nichts darüber zu schreiben", sagte Frings erwartungsgemäß.

„Der Anruf aus Serbien unterstützt die These, dass ein Auftragsmörder aus dem ehemaligen Jugoslawien die Tat begangen hat. Oder?"

„Ich würde es anders formulieren", hielt Frings mit Bedacht dagegen. „Der Anruf aus Serbien unterstützt die These, dass jemand aus dem ehemaligen Jugoslawien den Mord verübt hat, wobei ich bewusst offen lasse, ob er auftragsgemäß handelte oder ob es ein Raubmord sein sollte."

„Das kann ich aber auch noch nicht schreiben?"

„Richtig. Das können Sie zum jetzigen Zeitpunkt auch noch nicht schreiben."

Bahn nahm eine abrupte Wendung vor. „Morgen? Morgen rufe ich Sie wieder an und wir sprechen weiter?"

„Gerne", bestätigte der Staatsanwalt.

„Noch eine Frage", sagte Bahn schnell. „Gibt es eine Lebensversicherung?"

„Morgen", antwortete Frings ausweichend, „morgen weiß ich mehr."

Die zwei Artikel, die sich Bahn vorgenommen hatte, waren schnell geschrieben. Der Bericht über den Brandsatz in der Redaktion war nach wenigen Minuten fertig. Die Geschichte über den Mord mit dem exklusiven Zitat von Frings brauchte auch nicht viel mehr Zeit. Bahn war mit sich zufrieden, nachdem er die beiden Artikel ausgedruckt, korrigiert und gelesen hatte.

Ab nach Hause!, sagte er sich mit einem Blick auf die Computeruhr. Hoffentlich war Gisela schon zurück. Sie hatten sehr viel zu bereden.

11. Der Abendbrottisch war bereits gedeckt, als Bahn in der Rölsdorfer Siedlung ankam. Seine Frau wartete zu seiner Freude und Erleichterung auf ihn. Sie hatte frische Brötchen und geräucherten Fisch mitgebracht.

Er langte kräftig zu. Nach dem letztlich doch noch erfolgreichen Tag schmeckte es ihm besonders gut, auch wenn sein Bauch ihm signalisierte, er möge Maß halten. Der leichte Ansatz oberhalb des Ledergürtels verriet ihm, dass er langsam mehr auf Essen und Trinken achten musste. Als Tonne wollte er schließlich nicht enden. Aber heute verschob er seinen Vorsatz auf morgen. Auch der Gedanken an das Fitnessstudio kam hoch und er fragte sich, warum er ein Abo abgeschlossen hatte, ohne es regelmäßig zu nutzen.

Gisela war aufgeregt und platzte beinahe vor Stolz. „Ich habe eine supertolle Geschichte", sprudelte sie bereits los, während sie ihn drückte. „Du glaubst es kaum."

Bahn kam nicht einmal dazu, von dem Anschlag auf die Redaktion zu berichten. Er hatte gedacht, er hätte die bessere Geschichte. Aber er ließ Gisela gewähren und kaute an der dick belegten Brötchenhälfte, als sie in ihrer ausschweifenden Art ihren Bericht ablieferte. Normalerweise nervte sie damit ihren Mann, der lieber schnell zu Ergebnissen kommen wollte. Aber diesmal gab er sich als friedlichen und geduldigen Zuhörer.

Dabei redete sie nur kurz über das Wiedersehen mit Kollberich. „Netter Kerl, aber total frustriert wegen seines Jobs. Sich als SAP den ganzen Tag nur mit den Problemen anderer Leute herumzuschlagen, ist auch nicht die optimale Lebensaufgabe."

„Wie bist du auf ihn gestoßen?" Endlich kam Bahn dazu, die Frage zu stellen, die ihm den ganzen Tag über Kopfzerbrechen bereitet hatte.

Giselas Antwort war verblüffend einfach: „Ich habe halt einen tollen Vetter bei der Staatsanwalt. Er hat für mich den Kontakt zu Kollberich hergestellt."

Die beiläufige Bemerkung, Kollberich sei keine Konkurrenz für ihn, hätte sie sich verkneifen können, brummte Bahn schluckend, auch wenn er sie insgeheim gerne zur Kenntnis nahm.

„Der Eggerath ist eigentlich ein ganz armes Schwein", begann Gisela fast schon bedauernd ihren wesentlichen Vortrag. „Allein, ein Alki und Sensibelchen und vom Dienst suspendiert."

Wie Gisela ausführlich berichtete, war Eggerath ursprünglich als Polizist in Alsdorf tätig gewesen. Wenn auch nur ein Bruchteil dessen zutreffe, was ihr Kollberich gesagt hatte, war er wohl ein Polizist gewesen, wie ihn sich der normale Steuerzahler nicht besser vorstellen kann. „Er wurde dort nur ‚Pistolen-Wolle' genannt", fuhr Gisela mit einer Mitteilung fort, die Bahn schon kannte. „Eigentlich war Eggerath ein sehr engagierter Mann, der seinen Spitznamen wegen seines resoluten Einsatzes bekommen hat. In Alsdorf hat es damals wohl einen Nachtclub oder eine Diskothek gegeben, in der es immer wieder zu Schlägereien, Messerstechereien oder auch Schüssen gekommen ist. Eggerath hat dort mehr als einmal aufgeräumt. Mit der Pistole voraus ist er in den Laden gestürmt und hat rabiat für Ruhe gesorgt. Wenn's sein musste, gab's einen Warnschuss in die Decke und die Ordnung stimmte wieder. Das ging so lange gut, so lange sich die Polizeiverwaltung nicht einmischte. Jedenfalls warfen die Bosse schließlich Eggerath vor, er würde zu früh zu radikalen Maßnahmen greifen. Sie nannten es wohl die fehlende Verhältnismäßigkeit der Mittel und meinten damit den bürokratischen Papierkram, der anfiel, wenn Eggerath mal wieder geschossen hatte. Beim nächsten Einsatz in dem

Nachtclub ist Eggerath dann zunächst im Streifenwagen geblieben, während zwei Kollegen versuchten, den Streit gütlich zu schlichten. Einer der beiden Polizisten hat nicht überlebt, er wurde erschossen, als er versuchte, sich allein mit Worten Respekt zu verschaffen. Offenbar hat Eggerath den
Kollegenmord nicht verkraftet und begonnen, zu
trinken. Es wurde so schlimm, dass er krank wurde
und eine Entziehungskur mitmachte. Als er wieder
auf dem Damm war, wurde er vor mehr als vier Jahren auf eigenen Wunsch nach Düren versetzt. Aber
auch hier hatte er wenig Glück, obwohl er sich auf-
opferungsvoll engagierte. Schon am ersten Tag seines Dienstes war er bei einem Einsatz in Mariaweiler dabei, als ein altes Haus nach einer Gasexplo-
sion zusammenstürzte. Er ist in die Ruine hinein
und hat eine ältere, behinderte Frau aus den Trüm-
mern gerettet."
Bahn konnte sich an diese Geschichte nicht erinnern, sie musste sich wohl während seines Urlaubs
ereignet haben oder sie war damals nicht so dra-
matisch geschildert worden. Aber es erstaunte ihn
einmal mehr, dass bei den Grünen eine bunt schil-
lernde Figur herumgelaufen war, von der er bisher
nichts gewusst hatte. Pistolen-Wolle, den Namen
würde er jetzt garantiert nicht mehr vergessen,
nahm er sich ein zweites Mal vor. Langsam wuchs
in ihm der Respekt vor dem unsympathischen Typen, der sich so ganz anders verhielt als er geschildert wurde.

„Leider ist die Frau sechs Wochen später im Krankenhaus gestorben", fuhr Gisela fort, „aber das nur nebenbei. Eggerath hat jedenfalls von seinem Vorgesetzten wegen seiner Rettungstat einen Verweis erhalten, weil er sich unnötigerweise in Lebensgefahr begeben haben soll. Der Clou ist allerdings, dass der Innenminister des Landes Eggerath wegen der Hilfsaktion ausdrücklich belobigte und ihm sogar eine Anerkennungsurkunde überreichte."

Bahn war verwundert. Davon hatte er nichts mitbekommen. Auch diese Geschichte hatte ihm Küpper nicht erzählt.

„Die Polizei hat das Thema totgeschwiegen und Eggerath ist nicht der Mensch, der an die Öffentlichkeit geht, so erklärt jedenfalls Kollberich das Geschehen", erläuterte Gisela. Kollberich habe sich ausführlich mit Eggerath befasst. „Der kümmerte sich um ihn fast wie um sein Kind. Aber es hat nicht viel genutzt. Einige Monate später ist Eggerath dann vom Dienst suspendiert worden."

„Warum?"

„Er hatte wieder zu trinken begonnen, ohne dass es zunächst im Kollegenkreis erkannt oder beachtet wurde. Kollberich meint sogar, man habe bewusst weggeschaut, weil Eggerath wegen seiner schmierigen Art nicht sonderlich beliebt war. In seinem besoffenen Kopf soll er versucht haben, eine Frau zu einer uneidlichen Falschaussage nach einem Verkehrsunfall zu veranlassen. Er wurde deswegen suspendiert und vor einem knappen Jahr auch wegen einer versuchten Anstiftung zu einer dreimonatigen Bewährungsstrafe verurteilt. Seine Berufung wurde vom Landgericht verworfen. Nun wartet er immer noch auf sein Disziplinarverfahren."

Bahn bremste den Redefluss seiner Gattin. „Das kann doch nicht sein. Vor fast vier Jahren soll Eggerath das Vergehen begangen haben und jetzt ist er immer noch suspendiert? Das ist doch fast unmöglich."

„Sagt Kollberich auch", bestätigte Gisela. „Zunächst wurde argumentiert, man wolle das Strafverfahren abwarten. Dann wartete die Polizei die Rechtskraft des Urteils ab und jetzt sind auf einmal die Unterlagen der Disziplinarkammer verschwunden. Jedenfalls liegt Eggerath so lange auf Eis, bis das Verfahren endgültig abgeschlossen ist. Das kann noch gut und gerne zwei bis drei Jahren dauern. Eggerath hat in der Zwischenzeit eine weitere Entziehungskur mitgemacht, aber ist wieder rückfällig geworden. Von dem Rückfall weiß außer Kollberich niemand etwas. Für die Polizei ist Eggerath nach der Personalakte trocken."

„Der Kerl ist doch beruflich tot", kommentierte Bahn. „Wenn der nach dem Diszi zum Dienst kommt, wird der am nächsten Tag entlassen, nachdem er zum ersten Mal mit einer Fahne in die Polizeiinspektion gekommen ist." Insofern konnte er verstehen, dass es Eggerath nicht mehr sehr eilig hatte, aus dem Krankenhaus herauszukommen oder in seiner Wohnung herumzulungern. „Aber eines will mir nicht in den Kopf. Wegen eines fast schon belanglosen Delikts ist der Mann seit mehr als drei Jahren zu Hause und kassiert sein leicht reduziertes Gehalt." Er erinnerte sich an einen spektakulären Polizeieinsatz vor etwas mehr als einem Jahr in Arnoldsweiler bei der Festnahme eines renitenten Schlägers. Zwei Polizisten hatten den Mann zu Boden geworfen und ihm Handschellen angelegt. Bei dieser Aktion war durch einen Fehlgriff der Mann erstickt. Die beiden damals sofort suspendierten Polizisten waren wegen einer fahrlässigen Tötung zu Bewährungsstrafen verurteilt worden und längst wieder im Polizeidienst tätig.

„Wenn du mich fragst, ist eine fahrlässige Tötung im Amt gravierender als die versuchte Anstiftung zu einer uneidlichen Falschaussage", urteilte Bahn. Dieses Thema würde er einmal in einem Artikel aufgreifen müssen ebenso wie den Alkoholismus in Polizeikreisen. Das waren gefundene Fressen für eine Öffentlichkeit, die gerne über jede tatsächliche oder vermeintliche Verschleuderung von Steuergeldern schimpfte.

„Das meint Kollberich auch", bestätigte Gisela. „Aber ihm sind die Hände gebunden. Solange der Fall nicht abschließend von der Disziplinarkammer behandelt worden ist, solange bleibt Eggerath von Dienst zwangsweise befreit."

„Wegen einer Lappalie und auf Kosten des Steuerzahlers", kommentierte Bahn zornig. Aus dieser Geschichte musste er etwas machen. „Das geht doch nicht", schimpfte er und fluchte vor sich hin, weil sein Kripofreund Küpper in der Versenkung verschwunden war. Er stand vom Tisch auf und räumte das Geschirr in die Spülmaschine.

„Wie geht's weiter mit Eggerath?", fragte er.

„Ich habe Kollberich alles gesagt, was ich weiß", antwortete sie. „Ich habe ihm von den angeblichen Unfallzeugen, der nicht im Protokoll auftaucht, berichtet und auch von der angeblichen Volltrunkenheit, die weder von der Polizei, noch bei der Aufnahme im Krankenhaus vermerkt worden ist. Außerdem habe ich ihm gesagt, dass ich merkwürdig finde, dass Eggerath nach Eschweiler transportiert worden ist."

„Und was sagt dein Freund?"

„Er hat sich alles unkommentiert angehört und will sich jetzt umhorchen." Gisela schlang ihre Arme um Bahns Hals. „Er ist nicht mein Freund, mein Schatz." Sie gab ihm einen Kuss und nahm ihn an die Hand. „Jetzt erzählst du Kratzbürste mir, was du heute erlebt hast", bat sie ihn freundlich, während sie ihn zur Couch im Wohnzimmer führte.

Bahn brauchte einige Minuten, um sich zu sammeln. Zu sehr stand er noch unter dem Eindruck von Eggeraths ungeheuerlicher Geschichte. Pistolero und Alkie, gleich zwei Themen, die bei der Polizei gerne unter den Teppich gekehrt wurden. Einige Grüne waren mit der Knarre schnell zur Hand, oft zu schnell. Aber darüber wurde ebenso oft hinweggesehen wie beim Alkoholismus, der sich langsam breit machte in den Dienststuben. Offiziell gab's den nicht oder nur im üblichen Rahmen. Nach

131

den Statistiken in den Schreibtischschubladen sah es wahrscheinlich anders aus, glaubte Bahn zu wissen. Stress, Alkohol, Scheidung, noch mehr Stress, noch mehr Alkohol. Die Polizei arbeitete kräftig daran, in der Statistik die Journalisten zu überholen, die nach den Gastronomen die geringste Lebenserwartung und noch vor allen anderen Berufsgruppen die höchsten Scheidungsquote hatten.

„Bei mir gab es heute nichts Besonders", antwortete er schließlich mit erkennbar überzogener Bescheidenheit, „ein Brandanschlag auf die Redaktion und ein Hilferuf eines Versicherungsagenten, dem ich Informationen verkaufen soll. Mehr nicht."

Gebannt hörte Gisela zu, als Bahn das Geschehen vom Morgen schilderte. Sie hatte an Bahns Seite schon derart viele heikle und lebensbedrohliche Situationen mitgemacht, da konnte sie eine nicht entzündete Brandflasche wahrlich nicht mehr zu Tode erschrecken. Nachdem sie einmal entführt worden war, hatte sie für sich eine Strategie entwickelt, um mit derart heiklen Situationen fertig zu werden; zumindest hoffte sie, dass ihre Art der Bewältigung sie davor bewahren würde, im kritischen Falle falsch oder gar hysterisch zu reagieren.

Dennoch machte sie sich verständlicherweise Sorgen. „Was kann dahinter stecken?"

„Wenn wir das wüssten", entgegnete Bahn bedächtig. „Ich vermute ein paar übereifrige Fans von Kuhlmann dahinter, die mir einen Denkzettel verpassen wollten. Es wird wohl bei diesem einmaligen Anschlag bleiben. Vermuten auch Frings und

Schmitz." Er verriet nicht, dass er den beiden seinen Verdacht verschwiegen hatte.

Interessanter sei die Unterhaltung mit dem ehemaligen Weggefährten Müller gewesen. „Der will mich doch tatsächlich kaufen", sagte er mit großer Sachlichkeit.

„Wie viel?"

„Springt ein netter Urlaub bei raus."

„Da wirst du doch wohl nicht ablehnen. Oder?" Gisela glaubte, Bahn sehr gut zu kennen. Aber manchmal machte er genau das Gegenteil von dem, was sie von ihm erwartet hätte. Deshalb würde sie auch nicht Haus und Hof darauf verwetten, dass Bahn Müllers Angebot ablehnen würde.

„So lange die Arbeit für Müller meine Arbeit für das Blättchen nicht beeinträchtigt, habe ich damit keine Probleme", sagte er betont lässig. „Ich kann ihm nur die Informationen geben, die ich ohnehin nicht veröffentlichen darf, weil sie entweder nicht bestätigt sind oder weil die Veröffentlichung angeblich die Ermittlungen beeinträchtigen würde."

Er hatte schon vor Jahren aufgehört, über angebliche Beeinträchtigungen von Ermittlungsarbeit durch die Presse zu diskutieren. Die Polizei saß am längeren Hebel und konnte ihn absichtlich von Informationen fernhalten, die die Kollegen durch die Hintertür bekamen. Deshalb war er froh, selbst den Schlüssel zu einem Hintereingang in Form von Kommissar Küpper zu besitzen. Nur um ihn zu ärgern, konnte ihn mancher Polizist am langen Arm verhungern lassen. Da war es bisweilen besser, auf

Wunsch der Kripo weniger zu schreiben als zu wissen.

„Was weißt du denn?" fragte Gisela. Sie lehnte sich an ihn und hörte interessiert zu, als Bahn vom angeblichen Auftragsmord, dem Anruf aus Serbien und der erst vor wenigen Wochen veränderten Lebensversicherung berichtete.

„Starker Tobak", meinte sie anschließend und pustete durch. „Ich an deiner Stelle hätte da ein paar Fragen an deinen Freund Müller, bevor ich für ihn tätig werden würde."

„Welche?", fragte Bahn neugierig.

Aber Gisela lachte nur, statt ihm eine Antwort zu geben. „Das sage ich dir morgen beim Frühstück, mein Liebster", meinte sie und küsste ihn.

Beide schreckten aus dem Bett hoch, als sie in der Nacht vom lauten Knall auf der Straße aus dem Schlaf gerissen wurden. Anscheinend war eine Flasche auf dem Boden zerplatzt.

Bahn schwante Ungemach, als er sich eine Jeans und ein Sweatshirt überzog und in die Birkis schlüpfte. Langsam ging er in sein Arbeitszimmer, zog spaltweise die Rollladen hoch und lugte vorsichtig hinaus.

Die Flammen, die links neben dem Gartentörchen auf dem geplatteten Weg zum Hauseingang loderten, bestätigten seine Befürchtung. Der nächste Blick zeigte ihm, dass die nur spärlich ausgeleuchtete Wohnstraße menschenleer war. Wer immer bei ihnen gezündelt hatte, der war längst wieder in der eiskalten Dunkelheit verschwunden.

Langsam öffnete Bahn die Haustür.

Gisela schaute über seine Schulter, als er auf den Gehweg blickte. Glasscherben, einen brennenden Wolllappen, dunklen Qualm sahen sie im Licht der Türlampe.

„Lass es brennen", sagte Bahn beruhigend zu seiner Frau, die das Feuer mit Wasser löschen wollte. Die Flammen konnten nicht viel anrichten.

Von den Nachbarn war weit und breit niemand zu sehen. Entweder hatten sie nicht gehört oder sie wollten nichts gehört haben.

„Das ist ein zweiter Warnschuss", meinte er. „Ich weiß nur nicht, weswegen."

Äußerlich gelassen griff er zum Telefon und rief bei der Polizei an. Nur zur Information und mit der Bitte, vielleicht mal bei einer Streifenfahrt durch die Siedlung auf Auffälligkeiten zu achten. „Die Strafanzeige könnt ihr morgen früh machen. Ich will jetzt schlafen."

Gisela bewunderte die vermeintliche Ruhe, mit der sich Bahn wieder ins Bett legte. Er schien schnell wieder eingeschlafen.

Sie lag noch lange wach und dachte sich die Fragen aus, die Helmut an Müller stellen sollte.

12. Der frühmorgendliche Anruf der Polizei klingelte Gisela und Bahn aus dem Bett. Der Journalist hatte nach dem nächtlichen Brandanschlag nur schwer Schlaf finden können, sich aber schlafend gestellt, um Gisela nicht um ihre Nachtruhe zu bringen. Weniger die Attacke, sondern vielmehr die Vorstellung, irgendjemand könne sein Haus abfackeln, ließ ihn ohne Schlaf sein. Zu lange hatte er an diesem Haus gearbeitet, um es zu dem Nest umzubauen, in dem Gisela und er heimisch waren. Der alte Siedlungsbau war heruntergekommen, als er ihn vor einigen Jahren preisgünstig und trotz der Skepsis seiner Freunde kaufte. Viel Geld und noch mehr Schweiß hatte er in die Renovierung und Umgestaltung gesteckt, bis das Haus seinen jetzigen Zustand erreicht und die Freunde neidvoll applaudiert hatten. Und jetzt sollte ein Schwachkopf sein Werk, auf das er stolz war, mit einem einfachen Brandsatz in Schutt und Asche legen? Diese Vorstellung machte ihn verrückt.

Die Spurenermittler kündigten in dem Telefonat mürrisch ihren wenig erfolgversprechenden Besuch an. Es sei einzig der Wunsch und damit der Befehl von Kommissar Schmitz, dass sie vorbeischauen sollten, meinten sie knurrend, ohne zu verschweigen, dass der externe Mordermittler seine Kompetenzen gewaltig überschritt.

Schaden könne es nicht, hatte Bahn entgegnet. Vielleicht fanden die Schnüffler wider Erwarten doch Hinweise auf die Täter des Brandanschlags. Viel Hoffnung hatte er zwar nicht, aber diese Zweifel behielt er besser für sich.

Als der vierköpfige Trupp erschien, machte Bahn sich auf den Weg ins Büro.

Gisela kümmerte sich um die Beamten, die bei ihrem Anblick schon versöhnlicher gestimmt waren, und informierte sie ausführlich. Bahn hatte darauf gedrängt, die Grünen ins Haus zu lotsen, damit nicht die Nachbarn mit neugierigen Blicken Stoff für unsinniges Getratsche erhielten. Sie hatten sich schon so oft das Maul über ihn zerrissen, dass er sich dieses Gerede hinter seinem Rücken lieber ersparte.

Gisela hatte ihm einen Fragenkatalog zusammengestellt und er hatte sich auf einem Zettel Anmerkungen gemacht. Viel Arbeit wartete auf ihn, drei Telefonate hatte er in der Redaktion zu führen.
Aber so schnell, wie er gedacht hatte, kam er nicht dazu. Er hatte kaum die Tür zum Büro geöffnet, da meldete sich auch schon Waldmann in der Leitung. Der CvD schien nicht gerade bester Stimmung. „Seit wann schreiben wir über uns?", fragte er aufgebracht. „Wir können unmöglich berichten, wenn ein Irrer uns einen Brandsatz ins Büro wirft."
Das verstehe er nicht, entgegnete Bahn verwundert. Wenn's nebenan im Büro einer Krankenkasse geschehen wäre, hätte das Tageblatt doch auch berichtet.
„Das ist etwas anderes", herrschte ihn Waldmann schroff an. „Das gehört zu unserer Informationspflicht. Was Sie gemacht haben, ist eine Berichterstattung in eigener Sache."

„Mit Verlaub", meldete sich Bahn bedächtig zu Wort. „Wenn unsere Redaktion abgefackelt wird oder einer unserer Redakteure bei einem Anschlag verletzt wird, schreiben wir doch auch. Warum jetzt nicht?"

„Weil ich es nicht will", brüllte der CvD vehement ins Telefon. „Ich habe keine Lust, dass Nachahmer wach werden und ebenfalls mit Molotows durch die Gegend werfen."

Es habe in der Nacht bei ihm bereits einen zweiten Brandanschlag gegeben, fuhr Bahn beherrscht fort und war schlichtweg perplex, als er Waldmanns bissigen, aber deshalb nicht unbedingt logischen Kommentar vernahm: „Da sehen Sie, was Sie schon angerichtet haben."

„Dem ist die Hitze nicht bekommen, würde ich sagen, wenn wir Hochsommer hätten", meinte Bahns Kollege lakonisch, als er von dem wenig erbaulichem Telefonat mit Waldmann erfuhr. „Wahrscheinlich passt ihm nicht in den Kram, dass zurzeit so viel in Düren passiert. Die Kölner wollen am liebsten nichts von uns hören. Und jetzt gibt es jeden Tag Arbeit wegen uns. Das stört deren heilige Ruhe." Der Senior zog sich kopfschüttelnd zurück. Mehr Energie zu verwenden für das verquere Denken und das unverständliche Handeln der Kölner Zentralisten war in seinen Augen Verschwendung.

Ruhe, das war das Stichwort für Bahn. Warum er damit Jansen assoziierte, wurde ihm nicht klar. Er betrieb deswegen aber keine Ursachenforschung, sondern rief unverzüglich seinen Informanten an.

„Du musst mir einen Gefallen tun", sagte er und fügte schnell hinzu, bevor Jansen lamentieren konnte: „Natürlich gegen ein fürstliches Honorar."

Bahns fürstliche Honorare kenne er zu Genüge, nörgelte Jansen prompt, sie seien allenfalls miese Trinkgelder. „Dafür bekommst du am Kiosk nicht einmal ein kleines Glas Leitungswasser."

„Diesmal bekommst du dafür den teuersten Champagner im besten Restaurant in Düren und einen riesengroßen Hummer dazu", entgegnete Bahn lockend. „Gottfried, du bist der beste Mann, den ich für diese Aufgabe finden kann." Das schmeichelnde Geplänkel gehörte einfach dazu, wenn er Jansen für sich gewinnen wollte.

So nahm er dem Informanten auch die Bemerkung nicht krumm, als Jansen ihn als gottverdammten Heuchler bezeichnete. Das gehörte zum Spiel. „Bahn, du bist doch nur zu faul, deinen fetten Journalistenarsch durch die Gegend zu schieben und lässt lieber billige Sklaven für dich die schmutzige Fronarbeit machen", säuselte er. Dann änderte Jansen unvermittelt den Tonfall: „Helmut, was gibt's? Mach's kurz, ich habe keine Zeit", sagte er endlich.

Bahn atmete erleichtert auf. „Ich brauche alle Informationen, alles, was du über Cornelia Bergstein und Wolfgang Eggerath herausbekommen kannst."

„Ist das etwa ihr Mörder?", fragte Jansen neugierig.

„Nein", antwortete Bahn, „das ist ein abgehalfterter, kaputter Bulle, der seit Jahren nicht mehr arbeitet." Rasch schilderte er Eggeraths Lebensgeschichte. „Ich muss alles über ihn wissen. Am besten gestern."

„Warum?"

„Blöde Frage. Weil es ein Skandal ist, dass ein Polizist über Jahre hinweg auf Kosten des Steuerzahlers nichts tut, weil die Behördenmühlen zu langsam mahlen. Das gibt eine sensationelle Geschichte."

„Die von dir sensationell gut bezahlt wird?", fragte Jansen zweifelnd.

„Du bekommst dein Geld", versicherte Bahn. Er dachte an das Honorar, das er von Müller einstreichen würde. Da blieben ein paar Hunderter für Jansen übrig, ohne dass er auf den Urlaub mit Gisela verzichten müsste. Und Müller brauchte es nicht zu interessieren, wenn er eigenmächtig auf dessen Kosten die Recherche auf Eggerath ausdehnte.

„Wieviel? Ich will Zahlen hören, du verfluchter Geizkragen."

Mit 500 Euro lockte Bahn und sofort willigte Jansen ein.

„Ich pflastere dich zu mit Material", versprach er begeistert. Wieder änderte er seinen Tonfall. „Jetzt halte mich nicht länger mit langweiligen Telefonaten auf. Ich habe zu arbeiten", sagte er mit bestimmender Stimme.

Das klappte besser, als er erwartet hatte, freute sich Bahn. Schnell besprach er mit der bereits ungeduldig mit dem Terminkalender wartenden Sekretärin der Terminvergabe für die nächsten Tage an die freien Mitarbeiter, bevor er wieder zum Telefon griff. Er konnte nur hoffen, dass sie alles richtig machte und sie nicht, wie oft genug passiert, zu einem Termin mehrere Mitarbeiter schickte und andere überhaupt nicht besetzte.

Der Anruf in Müllers Büro schlug fehl. Der Agent war noch nicht erschienen.

„Meinst du etwa, ich bin Nachtarbeiter", feixte er, als Bahn ihn in seiner Wohnung erreichte. „Acht Uhr morgens im Büro, das fehlte mir noch, das ist doch mitten in der Nacht." Vor zehn brauche er es gar nicht zu versuchen. „Was kann ich für dich tun?", fragte er und Bahn musste schmunzeln. Das war das alte Spiel: Wer fragt, bestimmt das Gespräch.

„Ich soll doch was für dich tun, wenn du dich richtig erinnerst. Aber ich kann und will nur dann etwas für dich tun, wenn du mir auf einige einfache Fragen einige einfache Antworten gibt's. Einverstanden?"

„Schieß los", entgegnete Müller knapp.

„Du weißt, dass mit Cornelias Handy aus Serbien angerufen wurde?"

Bahn spürte, dass er schon mit seiner ersten Frage Müller voll erwischt hatte.

Es blieb lange still in der Leitung, bis sich Müller gefasst hatte. „Nein", bekannte er, „ich bin beinahe sprachlos. Woher weißt du das?"

„Aus sicherer Quelle. Aber keine Gegenfragen", sagte Bahn verbindlich, „du siehst, dass ich schon für dich tätig geworden bin."

„Du machst es also?"

„Betrachte die Information als meinen Vorschuss", antwortete der Journalist. „Ich habe mich noch nicht endgültig entschieden. Das hängt einzig und allein von deinen Antworten ab."

„Weiter", knurrte Müller.

„Okay. Seit wann waren Cornelia und Werner Bergstein verheiratet?"

„Seit Mitte September."

„Wann wurde die Lebensversicherung abgeschlossen?"

„Mit Wirkung Anfang Oktober."

„Die Umwandlung und Aufstockung geschah mit Wirkung Anfang Januar?"

„Richtig."

„Wie konnten die beiden die Versicherung bezahlen? Er als Arbeiter ohne feste Stelle, sie als Hausfrau? Woher hatten die das Geld?"

„Die Frau hat nach ihrem Unfall Schadensersatz und Schmerzensgeld bekommen und besitzt eine Krankentagegeldversicherung", antwortete Müller bereitwillig. „Der Betrag reichte für die monatlichen Raten."

„Bis einschließlich Januar."

„So ist es", bestätigte Müller, „was aber nicht zu dem Schluss führen kann, die nächsten Raten hätten nicht mehr bezahlt werden können. Das wissen wir nicht. Die Eheleute hatten aber ein Finanzpolster. Sie, beziehungsweise die Frau besitzt ein Sparbuch mit rund 15.000 Euro."

„Wo ist es?"

„Die Polizei hat es beschlagnahmt."

„Wenn ihr Pech habt, müsst ihr also 200.000 oder sogar 400.000 Euro an den Mann bezahlen?"

„Das hat nichts mit Pech zu tun", widersprach Müller. „Wenn der vertragliche Anspruch zu Recht besteht, kann der Mann als Begünstigter das Geld verlangen."

„Aber ihr tut alles, um diese Auszahlung zu verhindern?"

Wieder widersprach Müller entschieden. „Nein. Wir wollen nur verhindern, dass die Summe zu Unrecht ausbezahlt wird. Und das Geld würde dann zu Unrecht ausbezahlt werden, wenn der Mann seinen Anspruch verwirkt hätte." Er stöhnte. „Das habe ich dir doch schon erklärt. Wenn der Ehemann als Täter, Mittäter oder Anstifter des Mordes überführt werden sollte, ist die Lebensversicherung zu seinen Gunsten hinfällig."

„Aber die Polizei ermittelt gegen ihn", gab Bahn zu bedenken.

„Die Polizei geht jedem eventuellen Verdacht nach", entgegnete Müller.

„Du glaubst also nicht daran, dass der Ehemann hinter dem Mord an Cornelia Bergstein steckt?"

„Ich weiß es nicht. Ich weiß nur, dass es kein offizielles Ermittlungsverfahren gegen ihn gibt."

„Einfache Frage und einfache Antwort: Glaubst du's oder glaubst du es nicht? Ja oder nein?"

Bahn war auf die Antwort gespannt. Von ihr würde es abhängen, ob er für Müller arbeiten würde, was gleichbedeutend damit war, dass er sich auf die bezahlte Recherche für eine mehrteilige Serie machen würde.

„Ja", sagte der Versicherungsagent langsam. „Ich glaube es und die Polizei glaubt es wahrscheinlich auch. Aber wir wissen nicht, wie wir ihn überführen können."

Dieses Problem interessierte Bahn weniger, auch wenn er Geld bekommen konnte. Er schielte auf die Story, die er schreiben würde, gleich wie die Ermittlungen ausgehen würden.

„Okay", sagte er knapp. „Du hörst von mir." Er legte auf und rieb sich vergnügt die Hände.

Nur wenige Augenblicke später hatte er die Angelegenheit verdrängt. Er konzentrierte sich auf die Redaktionsarbeit, nur unterbrochen durch den wieder einmal viel zu heißen und viel zu starken Kaffee, den er trank, und vergaß alle anderen Dinge.

Es hatte lange Zeit gedauert, bis ihm Gisela geglaubt hatte, dass er eine Recherche beiseitelegen konnte wie ein angelesenes Buch, sich mit anderen Dingen beschäftigte und schließlich wieder die erste Sache, eventuell erst nach einigen Tagen, aus dem Gedächtnis herauskramte und dort nahtlos weitermachen konnte, wo er aufgehört hatte. Erst als Thea bei Waldhausen dieses Phänomen ebenfalls entdeckt hatte, war Gisela davon überzeugt gewesen. „Gut zu wissen, dass nicht nur du eine Macke hast", hatte sie liebevoll gemeint.

Bahn arbeitete sich Artikel für Artikel durch und platzierte sie auf den Seiten. Er bekam nicht mit, was sein Kollege machte, er interessierte sich nicht für die Besucher, die in die Redaktion kamen. Er arbeitete, um den Schreibtisch leer und die Zeitung voll zu bekommen.

Zwischenzeitlich schickte er die Redaktionssekretärin los, um zwei Mettbrötchen und ein Käsebrötchen bei Max zu holen. Prompt kam sie mit zwei Käse und einem Mett zurück, die er hastig herunterschlang.

Er hatte den letzten Artikel bearbeitet, als Schmitz in der Tür stand.

„Ich wollte Sie zu einem Kölsch einladen", sagte der Kommissar freundlich, „und mich mit Ihnen unterhalten."

Bahn stimmte zu, wenngleich seine Begeisterung nicht groß war. Ihm kam es vor, als versuche der Kripomann mit aller Gewalt, auch bei ihm die Rolle von Küpper zu übernehmen. Aber dafür fehlte etwas. Dafür fehlte das blinde Vertrauen, das Bahn zu Küpper hatte und das er niemals für Schmitz aufbringen konnte. Da konnte der Kommissar aus Aachen machen, was er wollte. Er würde nie sein Freund werden, hatte Bahn für sich entschieden.

„Das war wohl ein Schock für Sie und Ihre Frau heute Nacht, nicht wahr?", fragte Schmitz, als sie im Franziskaner am Tresen saßen. Er sei sofort informiert worden, nachdem er den Kollegen Anweisung gegeben hatte, ihm alles Ungewöhnliche im Umfeld von Bahn zu melden. „Zu Ihrem Schutze und nach dem Malheur in der Redaktion", wie er erklärend hinzufügte.

„Nicht unbedingt. Von Schock kann keine Rede", entgegnete Bahn nahezu lässig. „Mit derartigen Kleinigkeiten lasse ich mich nicht mehr aus der Ruhe bringen. Dazu gehört schon mehr." Wenn er an die dramatischen Situationen bei seinem Unfall bei Birkesdorf oder auf der Autobahnbrücke bei Echtz dachte, als er fast schon tot war, war der nächtliche Zwischenfall wirklich harmlos gewesen. Er nippte kurz an der Kölschstange. „Vielen Dank, dass Sie sich darum gekümmert haben", bedankte er sich höflich, „hat denn die Spurensuche etwas ergeben?"

Schmitz schüttelte den Kopf. „Wir haben noch keinen Täter. Aber wir haben zumindest die Bestätigung, dass wir es bei den zwei Anschlägen mit einem Täter oder einer Tätergruppe zu tun haben. Die Stofffetzen in den beiden Flaschen gehören wahrscheinlich zu einem Handtuch, soweit wir aus den spärlichen Resten der Nacht herauslesen konnten."

„Dumme Jungenstreiche", knurrte Bahn gereizt, „die halten mich nur von meiner Arbeit ab, mehr nicht."

„Ich würde nicht so sorglos sein", hielt Schmitz dagegen. „Es kann leicht sein, dass der oder die Täter mit jedem Male aggressiver und massiver werden, bis sie ihr Ziel erreicht haben."

„Und was ist das Ziel?", fragte Bahn schnell.

„Das ist eine der Fragen, die wir klären müssen."

Der Journalist stellte sein Glas auf den Tresen und winkte verächtlich ab. „Quatsch. Es gibt Wichtigeres für Sie und für mich als dieses Benzinfeuerchen, beispielsweise den Mord an Cornelia Bergstein." Er lächelte grimmig. „Oder glauben Sie etwa, die Brandanschläge stehen mit dem Mord im Zusammenhang?"

„Was ich nicht ausschließen kann, lasse ich als Möglichkeit bestehen", gab Schmitz ausweichend zur Antwort, „aber es hat nicht den Anschein. Wissen Sie etwas Neues über den Mord?"

Bahn sah den Kommissar staunend an. „Woher soll ich etwas Neues wissen, wenn nicht Sie oder Staatsanwalt Frings mich informieren?"

„Dann lassen Sie es mich so sagen, wir stochern im dichten Nebel."

„Und Sie suchen immer noch den mysteriösen Anrufer aus Serbien?"

Der Kommissar verschluckte sich und hustete heftig.

Bahn schlug ihm mehrmals kräftig auf den Rücken, bis Schmitz wieder zu Atem kam. „Hat mir Frings gestern schon vertraulich mitgeteilt", verriet er.

„Haben Sie den Anrufer ausfindig gemacht?"

Schmitz verneinte. „Wir schicken zwar Spezialisten runter, aber ich glaube nicht, dass wir etwas finden." Nach dem Blick auf die Armbanduhr hatte er es eilig. „Ich muss nach Hause. Getränke gehen auf meine Rechnung", sagte er freundlich und reichte dem Journalisten die Hand zum Abschied.

Auch Bahn machte sich müde auf den Heimweg. Ohne auf den Weg zu achten, fuhr er stadtauswärts und wunderte sich, als er plötzlich schon vor der Haustür stand. „Scheiß Routine", murmelte er vor sich hin. So passierten die Unfälle, bei denen anschließend alle fragten, wie das bloß passieren konnte.

Endlich einmal einen ruhigen Abend wünschte er sich. Gemeinsam mit Gisela im Wohnzimmer, ungestört, bei Musik und einer Flasche Rotwein.

Und was er selbst nicht zu hoffen gewagt hatte, trat ausnahmsweise ein. Der Abend verlief in der Harmonie, die er sich vorgestellt hatte.

Erst spät, im Bett, fiel Bahn ein, dass Staatsanwalt Frings ihm noch eine Antwort schuldig war.

Er hatte die Frage nach der Lebensversicherung von Cornelia Bergstein heute beantworten wollen.

Wahrscheinlich hätte er nicht mehr sagen können, als Müller verraten hatte, dachte sich Bahn. Aber es hätte ihn interessiert, inwieweit Frings mit den Fakten rausgerückt wäre.

13. Aufgeschoben sei längst nicht aufgehoben, sagte sich Bahn, als er am Morgen vom Büro aus den Staatsanwalt anrief. Er hatte noch einen Berg von Arbeit vor sich, hielt sich deshalb nicht lange mit der Vorrede auf und kam sofort zu seinem Anliegen: „Was ist mit der Lebensversicherung?"

Frings bedauerte. Darüber könne er nichts sagen. Er könne allenfalls die Tatsache bestätigen, dass es eine Lebensversicherung gebe, die nach Abschluss der Ermittlungen ausgezahlt würde. „Ich kann Ihnen nichts über den Inhalt der Versicherung sagen und auch nicht, ob sie von Belang ist für das Verbrechen. Denn das würde bedeuten, dass der Begünstigte, in diesem Fall der Ehemann der Ermordeten, an der Tat beteiligt gewesen sei. Doch schließen wir diese Möglichkeit bekanntlich aus", sagte er mit großer Ernsthaftigkeit, die Bahn als Indiz für seine Unredlichkeit wertete. Der Staatsanwalt seufzte in den Hörer. „Wir ermitteln und lassen es Sie wissen, wenn es etwas Neues gibt."

Frings umschrieb damit diskret, dass die Ermittlungen nicht weiterführten, dachte sich Bahn.

„Kann ich denn nicht wenigstens einen Hinweis auf die verschwundenen Sachen machen? Auf das Handy oder das Tagebuch?" stöhnte er. Er müsse doch seinen Lesern etwas bieten. „Die fragen ständig nach", behauptete der Journalist unverblümt.

In Wirklichkeit war das Interesse an der Berichterstattung über den Mord erheblich geringer als das Verlangen der neugierigen Konsumenten nach Informationen über den Arzt im Hungerstreik. Schon drei massive Beschwerden hatte Bahn am Morgen in den wenigen Minuten, in denen er in der Redaktion saß, erhalten, weil das Tageblatt wieder auf eine Berichterstattung verzichtet hatte, während die anderen Medien über eine Pressekonferenz schrieben, zu der Kuhlmann gemeinsam mit angeblich sympathisierenden Ärzten aus Deutschland eingeladen hatte.

Der unverschämte Tonfall, die Anmaßungen und auch die handfesten Beleidigungen der meistenteils anonymen Anrufer oder derjenigen, die sich erfahrungsgemäß hinter einem falschen Namen versteckten, nahm Bahn gar nicht mehr wahr. Er hatte die erbosten Anrufer kurzerhand an die Zentralredaktion verwiesen, dort säßen die Verantwortlichen.

„Meinetwegen", hörte er den Staatsanwalt nach einer langen Pause leise sagen. „Ich habe Ihnen auf Anfrage erklärt, dass wir die Gegenstände suchen. Bei dem Handy handelt es sich um ein Siemens C25i, bei dem Tagebuch um eine schwarz eingebundene Kladde im Format DIN a` fünf mit Schreiblinien, die Handtasche ist ein billiges, braunes Lederimitat, das Sie in jedem Supermarkt kaufen können."

„Und jetzt bitten Sie die Bürger um Mithilfe bei Ihrer Suche?"

„Nein, das kann ich Ihnen nicht sagen", entgegnete Frings spitzfindig, „denn in diesem Falle müsste ich alle Medien informieren. „Sie müssen es so formulieren, als sei der Aufruf an die Bevölkerung Ihr Anliegen." Er lachte auf. „Sehen Sie diese Information als kleine Entschädigung für meine mangelnde Auskunftsfreudigkeit bei der Lebensversicherung an. Aber ich kann mir nichts aus den Fingern saugen."

Der Staatsanwalt wollte das Telefonat beenden und versprach anschließend, Bahn wegen der Lebensversicherung nicht zu vergessen. „Aufgeschoben ist nicht aufgehoben. Da können Sie sicher sein."

Auch Bahn war es durchaus recht, dass Frings zum Ende gekommen war. Die nervende Sekretärin hatte ihm während des Telefonats einen Notizzettel vorgelegt, der seine Konzentration störte. „Dringend Jansen anrufen!"

„Was gibt's, du abwesende Nervensäge?", fragte der Journalist launisch, nachdem Jansen mit der Behauptung, niemand sei da, den Hörer abgenommen hatte.

„Eine gute und eine schlechte Nachricht", antwortete der Informant säuselnd. „Welche willst du zuerst?"

„Die gute, verdammt noch mal", schnaubte Bahn ungehalten, er hatte keine Lust auf die neckischen Spielereien.

„Die bekommst du aber noch nicht", säuselte Jansen. „Zuerst die schlechte." Seine Stimme wurde klar und kalt. „Für 500 kann ich nicht arbeiten, ich brauche 1000."

„Du bist und bleibst ein Halsabschneider, Jansen", fluchte der Journalist. „Behalte deinen Mist. Ich besorg mir jemand anderes."

„Die zweiten 500 sind nicht für mich, du Geizkragen", fauchte Jansen zurück. „Die brauche ich, um in der Szene die Informationen zu bekommen, die dir garantiert niemand geben würde."

„In welcher Szene?"

„Halt den Rand, Bahn!" Jansen gab sich energisch. „Es ist besser, wenn du nichts weißt. Besser für dich und besser für mich." Er atmete durch. „Also, was ist? Krieg ich die Flocken?"

Der Informant würde ihn nicht über den Tisch ziehen. Davon war Bahn überzeugt. Er wusste, dass Jansen seine Quellen hatte, und es war wahrscheinlich auch zu seiner eigenen Sicherheit, wenn er nicht alles wusste. Der Journalist konnte sich gegebenenfalls immer noch damit herausreden, er wisse nicht, woher sein Informant Bescheid wusste.

Im Gegenzug wusste Jansen, dass er sich auf Bahn verlassen konnte. Der Journalist hatte immer abgelehnt, seinen Informanten namentlich zu nennen. Mehr als einmal hatte die Polizei gegen ihn ermittelt und ihn zwingen wollen, den Informanten auffliegen zu lassen. Doch hatte sich Bahn stets geweigert; einmal sogar gegen die ausdrückliche Anweisung der Chefredaktion. Da stand er sogar kurz vor einem Rausschmiss. Zwar hätte Bahn bei einem Prozess vor dem Arbeitsgericht Recht bekommen, wenn ihm wegen seines Widersetzens gekündigt worden wäre. Aber wegen des deswegen zerrütteten Vertrauensverhältnisses wäre eine Weiterbeschäftigung dem Arbeitgeber wohl unzumutbar gewesen und Bahn hätte sich, mit einer Abfindung versehen, einen neuen Job suchen müssen. Doch war es dank Waldhausen nicht zu dieser prekären Situation gekommen. Denn als sein Lokalchef massiv und lautstark Partei für ihn ergriffen hatte, hatte der Chefredakteur die Anweisung zurückgezogen.

„Okay", sagte Bahn nach seiner Denkpause. „Ich lasse dir den Zaster rüberwachsen. Wie gehabt, in kleinen Beträgen auf verschiedene Konten."

„Bahn, ich wusste doch immer, dass du mein bester Freund bist", säuselte Jansen zufrieden. „Jetzt bekommst du auch die gute Nachricht."

„Welche?" fragte Bahn gespannt.

„Du wolltest doch Infos über das Weichei Eggerath. Mit Cornelia Bergstein wird's erst in ein paar Tagen etwas. Ich muss da noch ein paar Leute impfen."

Bahn war einen Augenblick lang enttäuscht. Er hatte gehofft, zuerst etwas über die Frau zu erfahren. Die Geschichte mit Eggerath war aus seiner Sicht zweitrangig. „Was hast du auf Lager?"

„Ist schon ein komischer Kauz, dein ‚Pistolen-Wolle'. Der hat wohl zu vielen Kollegen auf den Schlips getreten", berichtete Jansen. „Eggerath hatte eine große Karriere vor sich, war aber wohl zu sensibel. Hat im Endeffekt zu wenig an sich selbst und zu viel an die Kollegen gedacht, die es ihm mit dem Rausschmiss dankten. Mein Spezi bei der Polizei vermutet, dass jemand auf Kosten von

Eggerath die Beförderungsleiter hochklettern wollte und Eggerath nicht die Energie hatte, sich dagegen zu wehren. Nach außen war er stark, im eigenen Haufen hingegen schwach. Es war fast folgerichtig, dass er nach dem Tod seines Kameraden in dem Nachtclub mit dem Saufen anfing", behauptete Jansen. „Die Geschichte in Düren hat ihm dann das Genick gebrochen. Du weißt, als er zur uneidlichen Falschaussage angestiftet hat."

„Hast du auch etwas Neues auf Lager?" fragte Bahn unzufrieden. „Das weiß ich doch im Prinzip schon alles."

„Der Prozess gegen Eggerath vor dem Amtsgericht und anschließend in der Berufungsverhandlung vor dem Landgericht hat quasi unter Ausschluss der Öffentlichkeit stattgefunden", fuhr Jansen ungerührt fort. „Ich habe mir übrigens eine Kopie des Urteils besorgt. Ich werde sie dir im Laufe des Tages in den Briefkasten der Redaktion werfen. Ist eine merkwürdige Geschichte mit manchen Merkwürdigkeiten. Wenn ich sie dir erzählen würde, bräuchte ich bis morgen."

„Dann lass es sein", brummte Bahn, „lesen kann ich selbst. War's das?"

„Im Prinzip schon, wenn ich mal beiseite lasse, dass man munkelt, Eggerath war bei seinem merkwürdigen Fahrradunfall sternhagelgranatenvoll. Aber für dieses Gerücht gibt es überhaupt keinen Anhaltspunkt."

„Muss ich mich jetzt bei dir noch für diese mickrige Information bedanken?", lästerte der Journalist, statt Jansen zu loben. „Das ist doch gar nichts."

Jansen kicherte kurz. „Du bist schlecht geworden, Bahn. Normalerweise hättest du mich angepflaumt und gefragt, was das bedeuten soll ‚im Prinzip schon'. Aber du nörgelst nur beleidigt herum, statt es einmal mit dem Denken zu versuchen."

„Verflucht noch mal, was willst du?", rief Bahn zornig in das Telefon. Er spürte, dass ihm Jansen die beste Neuigkeit noch vorenthalten hatte. „Rück endlich mit deinem Wissen raus, du Stinkstiefel!"

Der Informant schlug wieder einen ernsten Tonfall an. „Unser seit Jahren suspendierter Polizist Wolfgang Eggerath hat auch jetzt noch dauerhaften Kontakt zu einem einzigen Kriminalbeamten", sagte er feierlich und enttäuschte damit Bahn, der mit mehr gerechnet hatte.

„Du wirst langsam alt und damit immer schlechter. Das weiß ich doch längst", sagte der Journalist. „Er hat es ständig mit einem SAP zu tun, der Wolfgang Kollberich heißt und der versucht, Eggerath wieder auf die Rolle zu kriegen."

„Du weißt überhaupt nichts", widersprach Jansen triumphierend. „Der SAP tingelt doch nur als belächelte Witzfigur durch die Polizeiinspektion. Der hat überhaupt nichts zu sagen. Eggerath hat einen ganz anderen Ansprechpartner, du Dummbacke."

„Wen?" Bahn stutzte. Was hatte Jansen herausgefunden?

Die Antwort traf ihn wie ein Schlag. „Eggerath traf sich regelmäßig mit dem Bernhardiner."

Der Bernhardiner, das war die polizeiinterne Bezeichnung für Kommissar Küpper, für seinen Freund Küpper, der sich so klammheimlich von der Bildfläche verabschiedet hatte.

Küpper hatte mit ihm nie über Eggerath gesprochen.

Das kann nicht sein, sagte sich Bahn deshalb. „Woher weißt du das?", fragte er skeptisch. „Das kann ich mir nicht vorstellen."

„Woher ich das weiß, werde ich dir nicht sagen, mein Freund", säuselte Jansen vergnügt. „Nur so viel, ich weiß es nicht aus dem Dürener Irrenhaus."

Er meinte damit die Polizeiinspektion und nicht das Landeskrankenhaus. Aber das brauchte er Bahn nicht zu erklären. „Wusstest du übrigens, dass der Bernhardiner gar nicht im Lande ist? Der Mann macht auf seine alten Tage noch richtig Karriere. Der soll Leiter der Polizeiakademie werden."

„Du langweilst mich mit alten Kamellen", unterbrach ihn der Journalist. Er hatte Mühe, seine Verunsicherung zu verbergen. Die Information über Küpper bereitete ihm körperliche Schmerzen. Er hatte keine Lust mehr auf ein Gespräch mit Jansen. „Das ist seit ewigen Zeiten bekannt. Kümmere dich endlich einmal um Cornelia Bergstein."

Bahn legte auf, atmete tief durch, legte die Füße hoch und verschränkte die Arme im Nacken. Er brauchte Luft und Ruhe. Was bloß hatte sein

Freund mit Eggerath zu tun gehabt? Warum um alles in der Welt hatte er nie über Pistolen-Wolle geredet? Bahn hätte nie geglaubt, dass Küpper Geheimnisse vor ihm hatte.

Es erinnerte fast schon an eine Verzweiflungstat, als Bahn die Privatnummer von Küpper wählte. Der Anschluss war zu Bahns Verwunderung besetzt. Minutenlang drückte er die Wiederholungstaste seines Telefons und stutzte, als endlich die Verbindung aufgebaut wurde.

Wenig später meldete sich Küppers Stimme von einem Anrufbeantworter, was Bahn erneut verwunderte. Bislang hatte Küpper dieses technische Gerät abgelehnt, nun bat er die Anrufer um eine kurze Meldung mit der Zusage, zurückzurufen. Das konnte nur bedeuten, dass der Kommissar den Beantworter auch abhörte, dachte sich Bahn, der seine Meldung auf vier Wörter reduzierte: „Rufe mich bitte an."

Küpper würde garantiert wissen, dass Bahn gemeint war, und er würde sich garantiert melden.

Der Anruf, der wenige Minuten später Bahn erreichte, war zwar nicht von Küpper, erfreute ihn aber dennoch. Sein Freund und Lokalchef Waldhausen meldete sich aus den Flitterwochen zurück und kündigte sein Erscheinen für den nächsten Tag an.

Irgendwo auf den Kanarischen Inseln war er gewesen, wie Bahn sich flüchtig erinnerte. Teneriffa oder

Madeira? Den Namen des Fleckens hatte er in seiner Interesselosigkeit ebenso vergessen wie das Datum von Waldhausens Rückkehr nach Düren.

„Muss das sein?", fragte er ironisch. „Es ist so still und harmonisch bei uns. Du machst nur Ärger und verbreitest Hektik." Insgeheim freute er sich, dass sein Freund endlich wieder im Lande war.

Waldhausen würde das Kommando in der Redaktion übernehmen, mit leichter Hand und fast unbemerkbar die Zügel führen. Und er würde ihm die Zeit geben, seine Geschichten vernünftig und ohne Unterbrechungen oder Zeitdruck zu recherchieren.

„Es muss sein", entgegnete Waldhausen mit gespieltem Bedauern. „Mein holdes Weib hat genug von mir und will sich unbedingt morgen mit deinem Ehechef treffen. Bevor ich zu Hausarbeit und Gartenpflege abkommandiert werde, verflüchtige ich mich lieber in meine geliebte Redaktion", sagte er scherzhaft.

Waldhausen vermied es während des Telefonats geschickt, die Situation in der Redaktion anzusprechen. Er wollte sich den anstehenden Ärger und die Probleme so lange wie möglich vom Hals halten. Auch gab er Bahn keine Gelegenheit, von dessen Mordgeschichte zu berichten. Das Geschehen würde ihn erst morgen wieder interessieren. Dann allerdings würde er mit hundert Prozent hinter der Arbeit seines Kollegen stehen. Wahrscheinlich viel mehr als Bahn verstand es Waldhausen, sein Privatleben von seiner journalistischen Tätigkeit zu trennen.

Die beiden Freunde plauderten über den Urlaub, welchen Waldhausen und seine Ehefrau auf Fuerteventura genossen hatten. „Immer über 25 Grad im Schatten, einfach toll", schwärmte Waldhausen, „so eine Wüstenlandschaft kann ich nur jedem empfehlen, der die Schnauze voll hat von unserer kommerzialisierten Konsumgesellschaft." Dabei musste er sich zugleich eingestehen, dass er gerade als Begünstigter dieser Konsumgesellschaft das Privileg besaß, den vergleichsweise luxuriösen Urlaub auf der ärmlichen Insel im Atlantik verbringen zu können.

Je länger sie über den Urlaub sprachen, desto größer wurde Bahns Vorstellung, doch auch einmal mit Gisela einen derartigen Pauschalurlaub zu machen. Für ihn bestand der Urlaub meistens daraus, „ums Eck", wie er es nannte, nach Renesse oder Ouddorp an die niederländische Küste zu fahren.

Im Gegensatz zu seinem Freund wäre Bahn hingegen am liebsten auf der Stelle aus der Redaktion geflüchtet. Er bekam mit, wie sich in den Flur eine polternde Masse Mensch hineinzwängte, die lautstark nach dem Lokalchef verlangte. Bahn erkannte sofort die alte, keifende Frau wieder, die sich zur Sprecherin der Fangemeinde von Kuhlmann gemacht hatte.

„Wir fordern auf der Stelle den Abdruck dieses Aufrufs", bellte sie Bahn an und hielt ihm fuchtelnd ein Flugblatt entgegen.

Dem Journalisten stand nicht der Sinn nach einer unerquicklichen Diskussion. „Geben Sie her!", sagte er tonlos und reichte das Blatt ungelesen an die Sekretärin weiter. „Scann den Text ein und schreib ihn mir auf den Computer."

Er drehte sich um und ging an seinen Arbeitsplatz. „Mitkommen!", schnarrte er nur.

Sofort hatten sich die Störenfriede um ihn gescharrt und sahen zu, wie er den Text ihres Flugblattes auf dem Bildschirm aufrief.

Bahn gab sich nicht viel Mühe mit dem in den Rechner eingegebenen Text, der nicht nur vor Rechtschreibfehlern strotzte, sondern auch inhaltlich flach war.

Das Pamphlet enthielt ausschließlich, zum Teil sogar massiv beleidigende Parolen gegen die Gesundheitspolitik und die Ärztekammer sowie Lobeshymnen auf Kuhlmann, aber kein einziges Argument, das den Hungerstreik rechtfertigen könnte.

„Das war's", sagte der Journalist schließlich und sicherte den Text. Er wandte sich an die Wortführerin und sah ihr streng in die Augen. „Jetzt brauche ich nur noch Ihren Namen", meinte er höflich, aber bestimmt.

„Wieso das denn?", fragte die vermeintliche Rudelführerin verunsichert.

„Weil ich jeden Text mit einem Kürzel unseres Redakteurs oder mit dem Namen des Autors versehen muss, damit ich im Falle von juristischen Streitigkeiten den Verantwortlichen eindeutig zuordnen kann." Bahn verzog das Gesicht zu einer bedauernden Grimasse. „Der Bericht macht garantiert Ärger. Der trieft vor Beleidigungen und Unterstellungen. Ich kann Ihnen jetzt schon sagen, dass ein Anwalt wegen Rufschädigung oder Beleidigung in der Redaktion antanzt. Das kann dann ein teurer Spaß werden, wenn die Behauptungen in dem Bericht nicht zutreffen. Damit haben wir schon oft genug leidvolle Erfahrungen gemacht. Also, was ist? Ich brauche Ihren Namen." Bahn war guter Dinge, dass der Bluff gelingen würde.

Und er hatte richtig vermutet.

„Ich nicht." Entschieden wehrte die Pressesprecherin aus eigenen Gnaden die Namensnennung ab. „Ich möchte nicht in die Zeitung."

„Wer denn?", fragte Bahn aufmunternd. „Einer von Ihnen muss sich bereit erklären und somit das Risiko eingehen, von einem Anwalt verklagt zu werden." Niemand könne erwarten, dass das Tageblatt für einen juristisch anfechtbaren Artikel gerade stehe, für den jemand anderes Verantwortung trage.

Die Verwirrung in der Gruppe war groß. Das wortgewaltige Diskutieren miteinander bestätigte Bahn in der Ansicht, dass alle lautstark in der Horde hinterherliefen, aber niemand bereit war, Verantwortung zu übernehmen, wenn es darauf ankam, eine bestimmte Richtung einzuschlagen.

Ob er nicht den Text bearbeiten könne, fragte die Wortführerin vorsichtig.

Aber Bahn winkte entschieden ab. „Das kommt mir überhaupt nicht in die Tüte. Das ist Ihr Text, für den ich keine redaktionelle Verantwortung übernehmen kann. Lassen Sie ihn von einem Anwalt auf mögliche Rechtsfolgen überprüfen und kommen Sie dann wieder", schlug er versöhnlich, innerlich aber voller Schadenfreude, vor

„Kostet das was?", war die argwöhnische Antwort. „Das müssen Sie Ihren Anwalt fragen", entgegnete Bahn. „Wird wohl ein paar hundert Euro kosten", sagte er ernst und amüsierte sich innerlich.

Er hatte die Gruppe richtig eingeschätzt. Polternd, wie sie gekommen war, ging sie auch wieder.

„Sie werden noch von uns hören", rief ihm aus der Sicherheit des Treppenhauses die keifende Anführerin wütend zu. „Sie werden uns nicht los."

Wie an jedem späten Nachmittag fragte sich Bahn, wo die Zeit geblieben war. Er hatte die Arbeit gemacht und wollte nach Hause. Vor der Redaktion blieb er auf der Pletzergasse stehen und schaute in den Briefkasten, der gut gefüllt war und aus dem beim Öffnen ein kleiner Umschlag auf die Erde fiel. Ein dicker brauner Umschlag ohne Absender und ohne Adressat stammte wahrscheinlich von Jansen und enthielt das Urteil gegen Eggerath. Das war Lektüre für den Abend, entschied Bahn für sich.

Auf dem kleinen weißen Umschlag war nur Bahns Name geschrieben. Neugierig riss der Journalist das

Papier auf und faltete ein weißes Blatt auseinander. Er las zunächst ungläubig, dann ein zweites Mal, bis er den Inhalt verstand.

„Das nächste Mal brennst du", stand auf dem Computerausdruck.

Verstört steckte Bahn den unauffälligen Umschlag ein. Er würde ihn auf dem Nachhauseweg an der Polizeiinspektion abgeben. Das passte gut zu seiner Strafanzeige wegen Brandstiftung.

Schnell lief der Journalist am Rathaus vorbei zum Parkplatz am Hoeschmuseum, wo er am Morgen seinen Wagen abgestellt hatte. Es war jeden Tag dasselbe spannende Spielchen: Hatte er am Abend ein Bußgeldbescheid an der Windschutzscheibe kleben oder nicht? Es kam immer auf die Knöllchenjäger und später vielleicht auf die Sachbearbeiter im Rathaus an. Viele der Politessen kannten Bahn aus den vielen Jahren seiner journalistischen Arbeit und sahen großzügig darüber hinweg, wenn er die Parkscheibe neben dem Presseschild nicht richtig eingestellt hatte. Andere schrieben das Protokoll, was Bahn aber auch nicht unbedingt beunruhigte. Wenn es im Ordnungsamt bei den richtigen Leuten auf dem Schreibtisch landete, wurde es kurzerhand gelöscht. So kam es, dass Bahn sehr kostengünstig in der Dürener Innenstadt parken konnte. Das war eine der Privilegien, die er bedenkenlos entgegennahm und die ihn auch nicht daran hinderte, über die Parkplatznot im Städtchen und die Gebührenabzocke der Verwaltung zu lästern.

Mit der Doppelmoral konnte er gut leben, so lange sie seinen Geldbeutel schonte.

Als der Journalist am Hoeschmuseum erschien, sah er auf dem Parkplatz die aufsteigende grau-weiße Rauchwolke, die Streifenwagen der Polizei und die Feuerwehrwagen, die sich um ein Fahrzeug geschart hatten und es in der Dunkelheit anstrahlten. Neugierig beschleunigte Bahn seinen Gang. Je näher er zum Einsatzort der Wehr kam, umso größer wurden seine Sorge und das Herzklopfen.

Es war sein Fahrzeug, das dort gebrannt hatte, wie er voller Schrecken erkennen musste.

„Ist das etwa deiner?", fragte ein Polizist in Bahns Alter anteilnehmend.

Der Journalist nickte und schluckte schwer. „Wie ist's passiert?"

„Vermutlich Brandstiftung. Mit Benzin überschüttet und von unten mit getränkten Stofflappen. Da ist nichts zu machen." Er sah Bahn bedauernd an. „Vollkasko?"

Wieder nickte Bahn kurz. Brandstiftung. Vollkasko. Was zählte das?

Er sah den weißen Zettel vor seinen Augen: „Das nächste Mal brennst du."

Müde blickte er seinen ehemaligen Klassenkameraden an. Er fühlte sich schlapp, ausgepumpt, kaputt.

„Bringst du mich gleich zur Wache und danach nach Hause?", fragte er, froh darüber, jetzt nicht allein zu sein.

14. Wenn Bahn nach Hause kam, grußlos die Schlüssel in die Schublade legte, in den Keller kletterte, um sich eine Flasche Rotwein zu holen, und sich leise vor sich hin pfeifend mit auf der Schreibplatte ausgestreckten Beinen an den Schreibtisch setzte, war es auf jeden Fall das Beste, ihn nicht von der Seite anzusprechen. Diese Erfahrung hatte Gisela während ihres Zusammenlebens schon mehrfach gemacht.

Bahn brauchte dann seine Ruhe, weil etwas schiefgelaufen war, brauchte Zeit, um etwas zu verarbeiten, um ins seelische Gleichgewicht zu kommen.

Gisela hatte sich den braunen Briefumschlag vorgenommen und hockte sich mit angewinkelten Beinen auf die Wohnzimmercouch, um das Urteil im Prozess gegen Eggerath zu lesen. Helmut würde sich schon melden, wenn er etwas zu sagen hatte.

Irgendwann am Abend hörte sie das Klingeln des Telefons, wartete aber ab, ob Bahn abnahm, und las weiter, als sie das Klingeln nicht mehr vernahm.

Bahn musste sich eingestehen, dass die letzte Brandstiftung kräftig an seinen Nerven zerrte. Der Satz „Das nächste Mal brennst du" lief unentwegt wie ein Schriftband vor seinen Augen ab.

Er hatte den Drohbrief bei der Kripo abgegeben und war bei Schmitz auf viel Verständnis für seine Unruhe gestoßen. Lediglich Wenzel hatte nur ein verächtliches Grinsen für ihn übrig gehabt.

Die Polizei hatte ihm zugesichert, unauffällig, aber effektiv, sein Haus zu beobachten und ihm einen

Begleiter mitzugeben, wenn er es wünschte. Dieses Angebot war nicht nur eine Beruhigungsgeste, wie Bahn erkannte, es war auch eine Hilfsaktion für ihn, weil er schon mehrfach die Polizei bei der Verbrechensaufklärung unterstützt hatte. Insofern bekam er etwas zurückgezahlt von dem, das er der Polizei geliefert hatte.

„Das nächste Mal brennst du." Bahn wollte den Satz nicht ernst nehmen und ertappte sich dabei, dass er ihn doch sehr ernst nahm. Er trank zu schnell zu viel Rotwein.

Sollte er Gisela einweihen? Sie würde sich nur aufregen, überlegte er, sie würde sogar auf ihre Art seine Unruhe nur noch steigern. Sollte er deshalb aber schweigen und eventuell zulassen, dass sie bei einem Anschlag zu Schaden kam?

„Das nächste Mal brennst du." Wer drohte ihm? Konnten die Krawallmacher von Kuhlmann tatsächlich derart skrupellos sein? Daran wollte Bahn nicht glauben, obwohl einiges dafür sprach. Bei ihrem Auftreten in der Redaktion hatten sie sich als feige Meute ohne Zivilcourage entpuppt. Aber er hatte nach ihrem Weggang den Briefumschlag im Postkasten gefunden. Hatten sie ihn eingeworfen, um ihn zu verunsichern? Sollte es nur ein böser Scherz gewesen sein?

Böser Scherz? Der Rotwein stieß ihm bitter auf. Warum hatte man dann aber seinen Wagen abgefackelt? Das war kein Scherz, das war eine massive, letzte Drohung gewesen. „Das nächste Mal brennst du."

Er musste Gisela einweihen und warnen. Spätestens morgen, wenn sie sah, dass der Ford nicht in der Garage stand, würde sie fragen, was passiert war.

Alles Scheiße!, fluchte Bahn vor sich hin und hatte Mühe, den Rotwein ohne Verschütten ins Glas zu füllen. Er musste sich konzentrieren, um einen klaren Blick zu behalten. Zu schnell verschwamm das Bild vor seinen Augen.

Überrascht stierte er auf das Telefon, das sich laut meldete. Er ließ es mehrmals klingeln, unentschlossen, ob er abnehmen sollte oder nicht. ‚Es ist spät, ich bin müde, ich habe keine Lust mehr', sagte er sich.

Dann aber stellte er doch das Glas ab, nahm ab und meldete sich mit einem gelallten „Ja, bitte?"

„Ich bin's, mein Freund", hörte er die tiefe Stimme von Kommissar Küpper. „Was ist denn bloß los mit dir?"

Sofort war Bahn wieder nüchtern. Er setzte sich aufrecht hin und sammelte sich. „Wo bist du? Warum verschwindest du, ohne mir etwas zu sagen?", fragte er schnell. „Hier tobt der Bär und du bist abgetaucht."

„Helmut, sei still und höre mir zu!" Ungewohnt barsch sprach Küpper auf ihn ein. „Was ich derzeit mache, ist absolut geheim. Darüber wissen zwei andere Kollegen Bescheid, sonst niemand. Ich werde dir nichts über meine Aufgabe sagen, aber ich verspreche dir, ich werde dich nach dem Ende

167

ausführlich und allein unterrichten. Also, frage mich nicht, was ich mache."

Bahn wusste nicht, warum er kurzatmig war und zitterte. Er freute sich, dass Küpper sich gemeldet hatte, zugleich ärgerte er sich, dass er ein Geheimnis vor ihm hatte. „Ist ja gut", sagte er beschwichtigend. Dennoch konnte er sich eine Bemerkung nicht verkneifen. „Einer der beiden Kollegen heißt Böhnke, der andere Eggerath. Stimmt's?"

„Du vergisst deine Frage auf der Stelle. Das geht dich nichts an", antwortete Küpper streng. „Was willst du? Warum soll ich dich anrufen?"

„Ich habe Angst", antwortete Bahn zu seinem eigenen Erstaunen. In der Tat, er hatte Angst, er hatte es sich bisher nur nicht eingestehen wollen. Und er war erleichtert, dass er mit seinem väterlichen Freund darüber reden konnte.

„Warum?" fragte der Kommissar beruhigend. „Erzähl."

Bahn berichtete ihm ausführlich von den Brandanschlägen als vermeintliche Folge seiner Haltung zum Sitzstreik des Arztes. Doch beließ er es nicht dabei, sondern er schilderte auch den Mord an Cornelia Bergstein und die Ermittlungsarbeit von Frings und Schmitz. Als Küpper ihn immer noch nicht unterbrach, informierte ihn Bahn auch über die Ungereimtheiten bei dem Verkehrsunfall mit Eggerath. Lediglich seine Spitzeltätigkeit für den Versicherungsagenten verschwieg er dem väterlichen Freund.

Nachdem der Journalist geendet hatte, blieb es lange still in der Leitung.

„Helmut, du bist schon ein Genie", sagte der Kommissar endlich. „Wohin du auch trittst, du trittst immer in die Scheiße." Er könne ihm nicht helfen und könne auch nicht für ihn tätig werden, bedauerte er aufrichtig. Seine Arbeit ließe ihm dafür keine Zeit. „Aber wenn ich fertig bin, hast du bei mir einiges gut." Bahn könne ihm jederzeit auf dem Anrufbeantworter eine Nachricht hinterlassen. „Ich melde mich, sobald ich Zeit habe", versprach er.

Einen dringenden Ratschlag gab der Kommissar seinem jüngeren Freund zum Abschluss mit: „Jetzt sprichst du sofort mit Gisela."

Bahns Frau hatte im Wohnzimmer auf ihn gewartet. Sie blätterte immer noch in dem Urteil, als er sich an ihre Seite setzte.

„Das ist ein Ding", kommentierte sie kopfschüttelnd. „Langsam verliere ich den Glauben an unseren Rechtsstaat. Hier wurde regelrecht ein Kesseltreiben veranstaltet, um eine kleine Leuchte auszuknipsen, und die großen Gauner laufen ungestraft davon."

Bahn nahm ihr die Blätter ab. „Darüber kannst du mir später erzählen. Ich glaube, wir haben ein gewaltiges Problem. Da kann Eggerath meinetwegen krepieren."

Mit unerwarteter Ruhe nahm Gisela seinen Bericht auf. „Bei so viel Aufmerksamkeit der Polizei passiert uns schon nichts", meinte sie beschwichtigend und umarmte Bahn fest. „Uns passiert schon nichts", wiederholte sie. „Und ein Auto kann man ersetzen. Du kennst ja einen guten Mann bei einer Versicherung."

Sie gab ihrem Mann schmatzend einen Kuss. „Uns geht es gut und es wird uns weiterhin gut gehen."

Gisela stand auf und nahm Bahn an die Hand. „Ab ins Bett", sagte sie beschwingt. „Und morgen erzähle ich dir, was in dem Urteil steht."

Etwas beruhigt folgte er ihr. Er konnte nur staunen, wie gelassen sie seinen Bericht aufgenommen hatte. Sie gab ihm neue Ruhe, die ihn schnell einschlafen und traumlos bis zum nächsten Morgen durchschlafen ließ.

15. Als Bahn überraschend frisch am Morgen in die Redaktion kam, staunte er nicht schlecht. Üblicherweise war er der Erste, der die Flurtür aufschloss, doch nun war ihm jemand zuvorgekommen. Das konnte nur einer sein.

„Hast du keine Heimat mehr oder hat dich deine Frau schon rausgeworfen", lästerte er erfreut, als er seinen Freund und Lokalchef Waldhausen erblickte.

Fritz Waldhausen saß an seinem Schreibtisch bei Kaffee und Laugenstangen und hatte sich sämtliche

Ausgaben des Tageblatts und die der Konkurrenzzeitungen der letzten drei Wochen vorgenommen
und durchgeblättert. Er schlürfte an einem Getränk
und bot Bahn eine der Laugenstangen an, die er
frisch aus dem Backofen von seinem Bäcker mitgebracht hatte.

„Kaum bist du nicht im Lande, da brennt hier schon
der Baum", meinte Bahn vergnügt. Er betrachte
kauend seinen Chef, der erholt, entspannt und un-
verschämt braun aussah. Dagegen war er der
reinste Kalkeimer, wie er sich neidvoll eingestehen
musste.

Sie waren fast gleichaltrig, Waldhausen war etwas
jünger und Bahn gewissermaßen vor ein paar Jahren vor die Nase gesetzt worden. Aber das konnte
ihre entstehende Freundschaft nicht beeinträchtigen. Aus der Nähe von Bonn war Waldhausen nach
Düren gekommen, als ihm das Tageblatt die Stelle
des Redaktionsleiters angeboten hatte. Im Gegensatz zu Bahn hatte er studiert; wie fast alle in seiner
Familie Jura. Aber nach dem Ersten Staatsexamen
hatte er die Paragaphendrescherei zum Leidwesen
der Eltern aufgegeben und war zum Journalismus
gewechselt. Wegen des Studiums hatte er zwangsläufig einige Berufsjahre weniger auf dem Buckel
als Bahn, was Bahn zu der ketzerischen Bemerkung
veranlasste, Waldhausen sei journalistisch noch
grün hinter den Ohren.

Waldhausen war wie sein Freund Bahn mit Leib
und Seele Lokaljournalist, ein „Frontschwein"; je-

mand, der lieber durch die verwirrende Gerüchteküche der Provinz stromerte und seine Geschichte suchte, als in einer Zentralredaktion zu sitzen, um dort tagaus, tagein mit Agenturmaterial zugekippt zu werden. „Die Kollegen im Bunker wissen doch gar nicht, wie sich das wahre Leben abspielt zwischen Karneval und Goldhochzeit. Sie kennen es nur gefiltert aus dem Nachrichtenticker", pflegte er bemitleidend zu sagen, wenn er über die Vorzüge einer Landpomeranze berichtete, wie er und seine Dürener Kollegen von den Zentralisten gerne abfällig bezeichnet wurden. Der Spott konnte ihm nichts anhaben. „Wir leben mit unseren Lesern. Die Jungs in Köln kennen nur eine unbekannte Masse Mensch."

Die beiden Redakteure hatten schnell eine vertrauensvolle Zusammenarbeit entwickelt, die sich auch ins Private übertrug. Der unstete, oft überschwängliche Bahn und der ruhigere, stets abwägende Waldhausen bildeten ein von den Kollegen der anderen Lokalblätter in Düren respektiertes Duo, das auch äußerlich gut zueinander passte. Nicht selten wurden sie als Brüder verkannt; aber mit diesem Trugschluss konnten sie gut leben.

Bahn hatte sich nie zum Chef berufen gefühlt, er fühlte sich wohl in seiner Rolle des zweiten Mannes. Da konnte er schalten und walten, wie er wollte, und hatte dabei auch noch die Rückendeckung von Waldhausen. Nach den vielen miserablen Personalentscheidungen der Verlagsleitung war die Versetzung von Waldhausen nach Düren endlich einmal ein Glücksfall gewesen, was auch alle anderen Redaktionsmitglieder unentwegt bestätigten, die noch Waldhausens Vorgänger Walter Taschen kennengelernt hatten.

Indes war das Kapitel Taschen eines, an das Bahn sich nicht gerne erinnerte.

„Noch keinen Scheidungsanwalt konsultiert?", fragte er flapsig. Aber Waldhausen ging auch auf diese Bemerkung nicht ein.

Der Lokalchef deutete auf den Bericht über den Brandanschlag und sah seinen Freund besorgt an.

„Was war hier los, Helmut?"

„Alles halb so schlimm", schwächte Bahn ironisch ab. „Hier will mich einer verbrennen." Lange und ausführlich berichtete er von den Geschehnissen, während er mit scheinbar großem Appetit aß und trank, und erntete dafür von Waldhausen ein nachdenkliches Kopfschütteln.

Der Lokalchef lehnte sich in seinem Schreibtischsessel zurück, verschränkte die Arme im Nacken und legte die Beine auf die Schreibplatte. Das war seine Denkerhaltung, in der er seine Pläne ausbrütete.

„Was meint der große Meister der Gehirnakrobatik?", fragte Bahn nach einigen Minuten, der seinen denkenden Freund aufmerksam beobachtet hatte. So gesund und entspannt, wie Fritz derzeit aussah, so wollte er auch mal wieder sein.

Auch Waldhausen betrachtete seinen Freund lange, ehe er sich zu einer Antwort durchrang. „Ich möchte dir eine Arbeitsteilung vorschlagen. Ab sofort kümmere ich mich um Kuhlmann und diesen hirnrissigen Hungerstreik." Er winkte ab und korrigierte sich. „Ich kümmere mich darum, dass darüber weiterhin nichts im Blatt erscheint, es sei denn, wir lassen den Schwindel auffliegen."

„Und ich?", fragte Bahn interessiert und durchaus mit dieser Absicht einverstanden.

„Du hast genug mit dem merkwürdigen Mord an Cornelia Bergstein zu tun."

„Was ist denn mit Eggerath?"

Der Lokalchef lachte auf und reckte sich. „Den Fall Eggerath betrachten wir zunächst einmal als Privatangelegenheit deiner Frau. Damit soll sich Gisela beschäftigen. Sie kennt die Geschichte doch am besten von uns allen." Vielleicht könnte sie sich ja weiblichen Beistand holen. „Thea macht bestimmt mit", schmunzelte er.

Bahn wollte nicht widersprechen. Gisela hatte den SAP angesprochen, sie hatte das Urteil gelesen. Bestimmt kannte sie Eggerath inzwischen besser als der Kerl sich selbst.

„Das Urteil würde ich gerne einmal haben und meiner Mutter geben", meldete sich Waldhausen wieder zu Wort.

„Kein Problem", meinte Bahn, „es ist schon gut, eine Rechtsanwältin in der Familie zu haben." Wenn zutraf, was ihm Gisela beim Frühstück berichtet hatte und er es mit seinen leichten Kopfschmerzen richtig verstanden hatte, dann war der Fall äußerst ungewöhnlich gewesen.

174

Nach dem Gesetz hatten die Gerichte folgerichtig gehandelt, wenn sie Eggerath wegen versuchter Anstiftung zur uneidlichen Falschaussage verurteilten und ihm dabei strafmildernd zugutehielten, dass er die Straftat als Privatperson und nicht als Polizeibeamter begangen hatte. Das Amtsgericht und später das Landgericht als Berufungsinstanz hatten sich auf den Tatbestand bezogen, der nach der Beweisaufnahme eindeutig gewesen war. Nach den relevanten, beweiskräftigen Fakten hatte Eggerath nachts in einer Kneipe einen Mann kennengelernt, dem die Polizei vorgeworfen hatte, in alkoholisiertem Zustand einen Unfall verursacht zu haben und dann geflüchtet zu sein. Der Angeschuldigte allerdings behauptete, seine damalige Lebensgefährtin habe zur Unfallzeit am Steuer gesessen.

Eggerath hatte ihm bei ihrem gemeinsamen Gelage den Ratschlag gegeben, den Sachverhalt aus seiner Sicht auf einem Anhörungsbogen zu schildern. Der Polizist wollte ihm dabei gerne behilflich sein und lud ihn für den nächsten Tag in seine Wohnung ein. Nachdem der Mann gekommen war, bat er Eggerath, mit der Lebensgefährtin zu telefonieren und sie zu bitten, bei der Polizei auszusagen, sie sei gefahren.

Die Frau hörte sich das Anliegen an und hatte auch die ausdrückliche Bemerkung von Eggerath mitbekommen, sie müsse die Wahrheit sagen. Bei seinem Dienst am Samstag wollte er in der Wache gemeinsam mit ihr ebenfalls einen Anhörungsbogen ausfüllen.

Als sie nicht wie verabredet erschien, rief Eggerath die Frau zu Hause an und erklärte ihr auf ihre Nachfrage, was sie auf dem Bogen auszufüllen habe. Was Eggerath nicht wusste, war das Mitwirken der Kriminalpolizei.

Die Schnüffler aus der Inneren Abteilung hatten in der Wohnung der Frau auf Eggeraths Anruf gewartet und das Telefonat mitgeschnitten. Anschließend kamen sie mit der Frau zur Wache und konfrontierten den verdutzten Beamten mit der Behauptung, er habe die Frau zu einer Falschaussage anstiften wollen. Sie hätte sich durch Eggerath genötigt gefühlt und die Kripo eingeschaltet.

Auf der Stelle wurde Eggerath von seinem bereits vorab eingeweihten Dienstvorgesetzten suspendiert, ein Disziplinarverfahren wurde eingeleitet.

Der Mann wurde wenig später wegen Unfallflucht verurteilt. Die inzwischen von ihm getrennte Frau hatte gegen ihn ausgesagt. Nachdem er auf eine Berufung verzichtet hatte und das Urteil damit rechtskräftig geworden war, wurde es im Verfahren gegen Eggerath als Beweis dafür angesehen, dass er den Mann und die Frau zu einer Falschaussage hatte anstiften wollen.

In seinem Prozess erhielt Eggerath keine Rückendeckung. Der Mann konnte sich im Zeugenstand angeblich an nichts mehr erinnern, weil er beim Gespräch mit Eggerath volltrunken war. Die Frau beharrte als Zeugin auf ihrer Version, sie habe sich von Eggerath eingeschüchtert gefühlt. Die Kripobeamten, die in ihrer Wohnung das Telefonat mit Eggerath mitschnitten, hatten sich bei ihrer Befragung anscheinend alle Mühe gegeben, diesen Eindruck zu bestätigen. Dass Eggeraths Verteidiger das Verhalten der Kripo als dubios bezeichnete, wurde von Gericht nicht gewürdigt. Auf die Annahme des Verteidigers, die Kripo habe die Frau als agent provocateur eingesetzt, um Eggerath aus unerklärlichen Gründen zu schädigen, ging das Gericht in der Urteilsbegründung überhaupt nicht ein.

„Mich wundert an der ganzen Geschichte nur eines", hatte Gisela angemerkt. „Üblicherweise scheuen Beamte Überstunden und Wochenendarbeit wie das Fegefeuer. Bei einer derartigen Kleinigkeit stürzen sie sich mit einem Feuereifer auf die Arbeit, der nicht mehr normal ist. Bei einem Mord an einem Samstag rückt gerade einmal die Notbesetzung auf, hier steht eine komplette Gruppe parat, um einen Kollegen wegen einer vergleichsweise harmlosen Tat zu überführen. Da steckt doch mehr hinter als nur die Verbrechensaufklärung. Ich glaube, die wollen Eggerath beruflich und menschlich fertig machen." Gisela hatte sich zuversichtlich gezeigt. „Ich bekomme bestimmt heraus, was wirklich dahintersteckt."
Bahn hatte nachdenklich zugehört und er dachte auch noch nach, als sie ihn in ihrem Polo zur Arbeit

fuhr. Was steckte hinter dem Kerl, dessen Unfall von der Polizei anders geschildert wurde, als es ein vermeintlicher Unfallzeuge gesehen hatte? Der angeblich betrunken war, aber auf dem Polizeibericht als verkehrstauglich bezeichnet worden war? Der in Eschweiler eingeliefert wurde, obwohl sich niemand erklären konnte, weshalb der Rettungswagen dorthin und nicht zu den näher gelegenen Krankenhäusern in Düren oder Birkesdorf geleitet worden war? Der seit Jahren suspendiert war wegen einer Banalität? Der Alkoholiker war, aber nach der Personalakte als trocken galt?

„Viele Fragen, auf die ich Antworten finden werde", hatte Gisela selbstbewusst gesagt und Bahn vor der Redaktion einen langen Abschiedskuss gegeben.

Nur eine Frage hatte ihr Bahn nicht gestellt: Warum hatte Küpper Kontakt zu Eggerath?

Er überlegte lange, ob er Waldhausen über die Rolle von Küpper einweihen wollte, aber er entschied sich dagegen. Schließlich sollte er die Frage auf der Stelle vergessen, hatte ihm sein Freund befohlen. Wenn Küpper so eindringlich auf ihn einredete, hatte er bestimmt einen triftigen Grund, und Bahn hatte keine Lust, die Freundschaft zu Küpper aufs Spiel zu setzen, indem er mit anderen Menschen über Dinge plauderte, die Küpper nicht angenehm waren.

„Träumst du oder kombinierst du gerade?", fragte Waldhausen. Er hatte Bahn beobachtet, der versunken auf die beidseitig bebaute Nebenstraße hinausschaute, die mit den wenigen Passanten und den vielen geparkten Autos einen trüben Eindruck machte.

Bahn winkte ab. „Ach, nichts." Er fühlte sich mit einem Mal schlapp und kaputt. „Wird Zeit, dass ich mal einen freien Tag mache." Mit zwei Mann in der Redaktion und regelmäßigen Sonntagsdiensten war ein freier Tag während der Woche einfach nicht drin gewesen. „Jetzt, wo du wieder da bist, werde ich mir eine Auszeit gönnen, wenn's recht ist."

„Wann?"

„Morgen oder übermorgen?" Bahn schaute immer noch aus dem Fenster und auf die Redaktionsräume der Dürener Zeitung, die sich auf gleicher Höhe auf der gegenüberliegenden Straßenseite befanden. Die DZ war zwar auch in einer umgebauten Wohnung untergebracht, war aber in den letzten Jahren immer wieder technisch auf den neuesten Stand gebracht worden, wie ihm der DZ-Kollege Krupp gerne und schadenfroh mitteilte.

„Warum nicht morgen und übermorgen?", schlug Waldhausen vor.

Gerne hätte Bahn diesem Angebot zugestimmt, aber dann lehnte er doch ab. „Unser Senior muss auch frei bekommen. Schicke ihn erst nach Hause. Danach bin ich an der Reihe. Zwei, drei Tage halte ich jetzt auch noch durch." Er wandte sich um und ging in sein Arbeitszimmer.

Auf dem Flur begegnet er der Sekretärin, die gerade zum Dienst erschien. „Wo bleibt der Kaffee?", schnaubte er vollkommen unmotiviert im Vorbeigehen und wusste selbst nicht, warum er die unbeteiligte Frau so brüsk anfuhr, vor allem, da er gerade gut gegessen und getrunken hatte. Vielleicht hätte er doch die beiden freien Tage annehmen sollen? Aber er brachte es nicht fertig, sich für seinen unverschämten Ausfall zu entschuldigen.

Lustlos ließ er sich in seinen Sessel fallen und schaltete seinen Computer an. Er würde heute nicht mehr tun, als sein musste, nahm er sich vor. Er würde sich hinter der Aufgabe verstecken, die ihm Waldhausen vorgeschlagen hatte, er würde sich um den Mord kümmern und um sonst nichts. Grimmig griff er nach dem klingenden Telefon und erzürnte, als er den säuselnden Jansen in der Leitung hatte.

„Was willst du Penner am frühen Morgen?", schnauzte er.

„Mit frustrierten Journalisten Späße machen", säuselte der Informant ungerührt weiter. Er hatte Bahns Macken oft genug mitgemacht und wusste, dass er weder Bahn noch dessen Macken zu ernst nehmen brauchte.

„Ich habe keine Zeit für so Flachmänner wie dich", fluchte Bahn weiter.

„Aber ich habe Informationen für dich", sagte der Informant ernst.

Bahn mäßigte sich in seinem Tonfall. „Über Cornelia Bergstein?"

„Nein, über Wolfgang Eggerath."

„Für diesen Arsch bin ich nicht zuständig." Bahn ließ seine Enttäuschung deutlich anklingen. „Wenn du dein Wissen loswerden willst, musst du meine Frau anrufen. Sie ist unsere neue Fachkraft für Polizeinieten."

„Ich wüsste nicht, was ich lieber täte", erwiderte Jansen wieder säuselnd. „Mit ihr kann ich wenigstens wie mit einem vernünftigen Menschen reden und nicht wie mit einem abgewrackten, hirnlosen Schreibtischtäter." Er hatte schneller grußlos aufgelegt als Bahn.

Der Kaffee, den ihm die Sekretärin am Schreibtisch wortlos in die ungespülte Tasse einschänkte, war nicht nur brühend heiß, sondern auch nach der vierfachen Menge Süßstoff noch nicht einmal einigermaßen genießbar. Anscheinend hatte die Tippse statt des Teelöffels einen Suppenlöffel als Maß genommen.

Bahn wollte zunächst mit der pechschwarzen Brühe die Topfpflanze im Zimmer der Sekretärin gießen, dann besann er sich und kippte kommentarlos das Zeug ins Toilettenbecken.

Es passte ihm gut, dass wenige Augenblicke später Müller in der Tür stand und ihn zu einem Plauderstündchen ins Piano einlud.

„So früh am Morgen schon unterwegs", hänselte ihn Bahn auf dem Weg ins Eiscafé, „das ist für dich doch Mitternacht, wenn ich mich recht erinnere."

„Das ist halt mein Schicksal, wenn ich mit Behörden verhandeln muss", stöhnte der Versicherungsagent, „die wollen unbedingt mittags ihre Büros abschließen."

Dass mittags nach Müllers Zeiteinteilung Nachmittag bedeutete, verstand Bahn auf Anhieb. „Welcher Behördengang steht dir bevor? Brauchst du einen Reisepass oder willst du etwa das Finanzamt betrügen?"

„Quatsch!", Müller hatte es sich an einem kleinen Tisch im Piano bequem gemacht und zündete sich eine Filterlose an. „Unsere Freunde von der Kripo wollen sich mit mir unterhalten."

Bahn horchte auf. „Cornelia Bergstein?"

Müller nickte bedächtig und ließ den Zigarettenrauch langsam aus Mund und Nase quellen. „Die wollen mit mir über die Lebensversicherung sprechen."

„Inwiefern?"

„Ich brauche eine Bescheinigung über den Stand der Ermittlung beziehungsweise darüber, dass der Ehemann nicht zu den Tatverdächtigen gehört. Erst dann können wir die 400.000 auszahlen."

Nachdenklich rührte Bahn in seinem Kaffee. „Heißt es nicht, die Polizei vermutet, Bergstein sei Anstifter oder sogar Mittäter?"

„Kann ja sein, aber es gibt anscheinend keine Indizien, die auf Bergstein weisen. Oder hast du Anderes erfahren?" Müller sah Bahn fragend an.
Der Journalist verneinte bedauernd. „Ich arbeite
noch dran. Aber nach dem jetzigen Stand der Dinge
ist alles beim Alten geblieben."
„Eben", fiel ihm Müller ins Wort, „weil es keine Anzeichen auf eine kriminelle Handlung von Bergstein
gibt, werden wir ihm wohl die Summe auszahlen.
Ich muss nur noch eine Formalität mit der Polizei
regeln." Er drückte den Zigarettenstummel aus.
„Verständlicherweise macht Bergstein auch Druck.
Er will das Geld und hat bei uns bereits über einen
Anwalt aus Köln wegen der Auszahlung nachgefragt." Müller erhob sich schnell und reichte Bahn
die Hand. „Rufst du mich an, wenn du etwas er-
fährst?" Er grinste frech. „Du stehst ja immer noch
auf meiner Honorarliste."
Er hatte offensichtlich keine Zeit mehr und verließ
eilenden Schrittes das Café.

16. Als Bahn zufrieden in die Redaktion zurück-
kehrte, beorderte ihn Waldhausen lautstark ins
Zimmer.
„Hör mal, der Kuhlmann ist ja wohl die letzte
Schlafmütze", berichtete der Lokalchef über sein
Telefonat mit dem Hausarzt. „Wie kann man nur als
Journalist auf den reinfallen? Der wollte mir allen
Ernstes verklickern, er würde nur von Wasser und
183

Vitaminpillen leben und könne dennoch uneingeschränkt seine Praxis führen. Das kann der seiner Oma erzählen, aber nicht mir." Waldhausen grinste höhnisch. „Als ich dann auf die Finanzen zu sprechen kam, hatte der gute Mann plötzlich keine Zeit mehr für mich. Angeblich war das Wartezimmer voller Patienten und außerdem wolle ein Kamerateam fürs Fernsehen filmen." Waldhausen winkte gleichgültig ab. „Sollen sie ruhig. Der Spinner kommt uns nicht ins Blatt. Da können von mir aus hier ganze Heerscharen von Sympathisanten auftauchen."

Für die Journalistenkollegen hatte er kein gutes Wort übrig. „Eine gute Recherche macht mir die Geschichte kaputt, also lasse ich sie lieber sein", zitierte er eine alte Journalistenweisheit.

„Hast du denn irgendwie einen Hinweis heraushören können, dass Kuhlmann oder seine Vasallen aggressiv werden wollen?", fragte Bahn vorsichtig. Er wies auf die Brandanschläge auf ihn hin, die vielleicht aus dieser Ecke initiiert worden waren.

Waldhausen schüttelte den Kopf. „Die Typen sind laut, aber harmlos", widersprach er, „und Kuhlmann ist alles andere als jemand, der zu Gewalt neigt. Ich vermute sogar, dass ihm inzwischen die Angelegenheit über den Kopf gewachsen ist und er nach einem Weg sucht, so unbeschädigt wie möglich aus seiner Streikaktion herauszukommen." Der Arzt werde wohl versuchen, seine Aktion auszusitzen und darauf hoffen, dass die Journalisten sich möglichst bald einer anderen vermeintlichen Sensationsgeschichte zuwandten.

Der Lokalchef griff zum Telefon und tippte mechanisch eine Nummer ein.

„Wenn du mich fragst, hat der Mann nichts mit den Attentaten zu tun", meinte er, während er auf die Verbindung wartete. „Ich weiß es zwar nicht, aber ich kann es mir nicht vorstellen. Schau dir die Fotos von ihm in den anderen Zeitungen an. Dem spricht die Angst aus den Augen."

Er gab Bahn mit einem Wink zu verstehen, er solle aus dem Zimmer verschwinden. Anscheinend war das anstehende Telefonat vertraulich und nicht für Bahns Ohren bestimmt.

Die nächste Verabredung machte Bahn zur Mittagszeit aus. Schmitz lud den Journalisten ein. Bahn sagte sofort zu und die Verabredung mit Waldhausen ab.

„Der Dienst ist wichtiger als eine private Plauderei über deine Flitterwochen", hatte Bahn gelästert und schnell den Raum verlassen, als sein Freund eine zusammengerollte Zeitung nach ihm warf.

Der Vertreter von Küpper hatte unbedingt zu einem Italiener gewollt.

Bahn bevorzugte zwar das gut bürgerliche Stollenwerk beim Mittagstisch, aber er ließ sich gerne überreden, zumal Schmitz bezahlen würde.

So trafen sie sich auf halbem Weg im Bella Italia und orderten ihre Pizzen. Sie hatten in einer ruhigen Ecke einen Tisch gefunden, an dem sie unbeobachtet blieben

„Was haben Sie auf dem Herzen?", fragte Bahn. Thema konnte nach seiner Ansicht nur das Gespräch zwischen Müller und der Kripo gewesen sein.

Schmitz ließ sich nicht lange bitten und kam sofort auf den Punkt. „Im Rahmen unserer Vereinbarung möchte ich Sie über die Entwicklung im Mordfall Bergstein unterrichten", begann er sehr förmlich, „wobei ich unterstelle, dass Sie nur das veröffentlichen werden, was mit uns abgesprochen ist. Oder?"

Bahn lehnte sich gelassen in den bequemen Stuhl zurück. „Die Vereinbarung gilt selbstverständlich nach wie vor", bestätigte er bereitwillig.

„Gut." Schmitz schien zufrieden „Wir kommen bei unseren Ermittlungen nicht weiter. Es gibt keine Tatzeugen, der Ehemann hat ein wasserdichtes Alibi, den Mörder haben wir nicht. Das Telefonat aus Serbien hat uns nicht weitergebracht als zu der Erkenntnis, dass ein eventueller Mörder sich dort aufgehalten haben könnte."

„Was für einen Auftragsmörder sprechen würde", erinnert Bahn und Schmitz bestätigte.

„Es sieht so aus, aber wir kennen die Hintermänner nicht." Der Kommissar räusperte sich und betrachtete zufrieden die große, reichlich belegte Pizza, die vor ihm aufgetischt worden war. „Sieht gut aus", meinte er abweichend mit dem Griff zum Besteck, um dann wieder auf sein Anliegen zu kommen. „Wir setzen jetzt unsere Hoffnung auf die Lebensversicherung."

„Wieso?", fragte Bahn mit gespielter Neugier.

„Wenn wir unterstellen, es handelte sich um einen Auftragsmord, so wird der Mörder sein Honorar verlangen. Wir vermuten, er könnte von seinem Auftraggeber durch die Versicherungssumme bezahlt werden."

„Moment", bremste Bahn, „das bedeutet aber, dass der Ehemann an dem Mord beteiligt gewesen sein muss, denn er ist doch der Begünstigte. Oder?" Im letzten Moment wählte er die Frageform, um nicht zu verraten, dass er mehr über den Versicherungsvertrag wusste, als ihm die Polizei bisher gesagt hatte.

Kauend nickte Schmitz, er schluckte und fuhr fort: „Wir würden gerne beobachten, was mit der Versicherungssumme passiert. Es gibt Wege und Möglichkeiten, den Geldtransfer zu verfolgen. Wir erhoffen uns daraus Rückschlüsse oder gar Beweise über eine Zusammenarbeit zwischen Bergstein und dem Mörder."

„Aber Sie haben doch selbst gesagt, dass Sie nichts gegen Bergstein in der Hand haben. Woher rührt dann Ihre Vermutung?"

Schmitz legte das Besteck ab und hob beide Hände. „Jetzt kommen wir an einen Punkt, den ich derzeit noch nicht mit Ihnen besprechen kann. Fragen Sie mich nicht, warum. Aber ich kann es noch nicht." Er grinste gequält. „Aber das ist nur ein Aspekt des Falles. Viel problematischer stellt sich für uns das Verhalten der Versicherungsgesellschaft dar."

Bahn schaute den kantigen Kommissar mit großen Augen fragend an.

„Die Gesellschaft weigert sich", erklärte Schmitz. „Die Gesellschaft verlangt von uns, wir sollen Bergstein bescheinigen, dass nicht mehr gegen ihn ermittelt wird und er als Täter nicht infrage kommt. Ansonsten würde das Geld nicht ausbezahlt."

„Warum nicht?"

„Aus Sicht der Versicherungsgesellschaft ist das sogar nachvollziehbar", räumte der Kommissar ein. „Sollte sie das Geld an Bergstein auszahlen und sich später herausstellen, dass er wegen seiner Teilnahme an dem Verbrechen seinen Anspruch verwirkt hat, hat sie das Problem, das Geld zurückzuerhalten. Als Mittäter würde Bergstein das Geld wahrscheinlich zum Teil schon weitergegeben haben. Es wäre verschwunden, die Versicherungsgesellschaft hätte den Schaden."

„Aber Sie als Ermittler brauchen die Geldauszahlung, um nachzuvollziehen, was damit geschieht und ob Bergstein damit den Mord bezahlt?"

„So ist es." Schmitz stöhnte auf. „Und das ist die Crux. Ich habe heute Morgen stundenlang mit einem Repräsentanten der Gesellschaft verhandelt, aber er ist stur wie ein Esel. Erst die Bescheinigung, dann das Geld, so seine Forderung. Geben wir aber Bergstein die Bescheinigung, dann können wir nicht mehr gegen ihn ermitteln und er kommt ungeschoren davon."

„Schöne Zwickmühle und ein perfektes Verbrechen", meinte der Journalist.

Unvermittelt und völlig überraschend brauste Schmitz auf. „Es gibt kein perfektes Verbrechen, Herr Bahn! Jeder Verbrecher macht Fehler, die ihm irgendwann das Genick brechen."

Bahn hätte widersprechen können. Ihm fielen auf Anhieb zwei Morde in den letzten zehn Jahren ein, die nicht aufgeklärt worden waren und deren Ermittlungsakten von der Kripo auf Wiedervorlage in unbestimmter Zeit gelegt worden waren. Auch damals waren junge Frauen ermordet worden. Eine Nutte aus einem Nachtclub und eine Hausfrau, der eine Tätigkeit in der Horizontalen nachgesagt worden war. Er beobachtete schweigend Schmitz, der mit einem üppigen Trinkgeld die Rechnung beglich.

„Noch etwas Positives zum Abschluss und zu Ihrer Beruhigung", sagte der Kommissar versöhnlich, als sie auf dem Weg zurück in die Fußgängerzone waren. „Ihre Attentäter haben sich offensichtlich zurückgezogen. Wir lassen Sie, Ihre Frau und Ihre Wohnung ständig beobachten, aber es gibt keine Auffälligkeiten in Ihrem Umfeld. Die Brandstifter haben sich wohl aus dem Staub gemacht."

Bahn stoppte jäh und sah Schmitz verblüfft an. Er hatte nichts von einer Observation bemerkt und er wusste nicht, ob er sich darüber freuen sollte oder ob er besorgt seine musste, weil es der Polizei gelang, ihn zu observieren, ohne dass er es mitbekam.

In der Redaktion lag auf seinem Schreibtisch ein Notizzettel mit dem Hinweis der Sekretärin, er solle sofort seine Frau anrufen. Hätte ich ohnehin gemacht, brummte Bahn vor sich hin und wählte seine Privatnummer.

„Hast du bemerkt, dass wir beschattet werden?", fragte er schnell, als Gisela sich endlich meldete. „Die Polizei lässt uns nicht aus den Augen."

„Ist das etwa schlimm?", entgegnete Gisela zu seiner Überraschung. „Ich finde es beruhigend. Wenn's doch nur zu unserem Schutz ist."

Bahn kam nicht dazu, dagegen zu argumentieren. Seine Frau ließ ihn nicht mehr zu Wort kommen. „Gottfried hat angerufen und gemeint, er müsse mit mir sprechen. Du hättest keine Zeit für ihn. So hat er sich eben bei mir ausgeweint."

Bahn wollte erneut dazwischen gehen, bekam aber wieder keine Gelegenheit.

„Jansen hat noch mehr über Eggerath herausbekommen. Er kennt jetzt den wahrscheinlichen Grund, warum Eggerath es sich damals bei den Kollegen verscherzt hat", fuhr Gisela ungestüm fort. „Eggerath muss wohl vor mehr als zehn Jahren mit der Ehefrau eines Kollegen angebandelt haben. Sie hat sich seinetwegen sogar scheiden lassen, aber ihn dann doch nicht geheiratet. Sie wollte nicht mehr. Als Eggerath anschließend sein Glück bei der Frau eines anderen Kollegen versuchte, war er schnell unten durch. Seine Kollegen haben ihn geschnitten, er hat durch noch mehr Engagement versucht, sich Respekt zu verschaffen und wieder akzeptiert zu werden. So wurde er dann zu ‚Pistolen-Wolle', der ohne Rücksicht auf sich selbst an jeder Schießerei oder bei jedem Krawall mitmachte."

„Wegen einer Schnepfe zum Chaoten werden", meinte Bahn verächtlich, „das glaube ich nicht. Partnertausch mit Scheidung kommt doch in jeder zweiten Ehe vor." So etwas würde ihm garantiert nicht passieren.

„Habe ich Jansen auch entgegengehalten", hörte er seine Frau. Aber er meint, dass es so gewesen war. Es müsse mit dem Persönlichkeitsprofil von Eggerath zusammenhängen. Insofern hat er mir das bestätigt, was mir Werner schon gesagt hat. Im Prinzip ist Eggerath harmoniebedürftig, sensibel, er trifft keine eigenen Entscheidungen, sondern macht das, was man ihm sagt, um gefällig zu sein. Komischer Kauz, ein Fall für die Klapse."

Diese Einschätzung wollte Bahn gerne teilen. Doch führte sie ihn nicht näher zu der Antwort auf die für ihn wichtigste Frage, was Küpper mit Eggerath verband.

„Und deswegen macht die Kripo am Wochenende Überstunden, um diesen komischen Kauz restlos zur Strecke zu bringen?", meinte er zweifelnd. „Das kann ich mir nicht vorstellen."

„Das habe ich mich auch gefragt, aber es scheint wohl so zu sein", sagte Gisela unzufrieden. „Aber ich gebe nicht auf. Ich will wissen, was mit Eggerath ist. Ich glaube, da steckt noch mehr hinter. Jansen hat eine Andeutung eines Polizisten mitbekommen, der gesagt haben soll, mit Eggerath laufe ein ganz großes Ding." Sie machte eine kurze Atempause. „Ich habe übrigens Jansen noch ein paar Aufgaben gegeben, die er für mich machen soll."

„Welche?" Bahn befürchtete, sein Informant würde wegen der zusätzlichen Arbeit mehr Honorar verlangen und würde keine Zeit finden, sich um den wichtigeren Mordfall zu kümmern.

„Nichts besonderes", antwortete Gisela. „Ich habe ihn nur gebeten, einmal über den SAP noch etwas über Eggerath zu erfahren."

„Warum fragst du nicht selbst Kollberich?"

„Weil ich glaube, dass Jansen mehr herauskriegt. Er schien richtig stolz zu sein, mit mir arbeiten zu können."

Den tatsächlichen Grund hatte sie Bahn nicht genannt. Gisela wollte nicht noch einmal mit Kollberich zusammentreffen, dessen Gehabe bei ihrem ersten Gespräch ihr zuwider gewesen war. Der Polizist hatte doch geglaubt, er könne mit ihr eine Affäre beginnen und sich entsprechend aufdringlich verhalten. Sie wollte sich nicht ausmalen, was passieren könnte, wenn Bahn erfahren würde, dass Kollberich ihr an die Wäsche gewollt hatte.

„Jansen will dich übrigens in ein paar Tagen wegen der anderen Sache anrufen", fuhr sie schnell fort, um das Gespräch zu beenden. „Er hat mir nur nicht gesagt, um welche Sache es sich handelt. Aber du wüsstest Bescheid."

17. Das erste arbeitsfreie Wochenende im neuen Jahr, verlängert durch zwei freie Tage, hatte Bahn bitter nötig. Er fühlte sich mit einem Mal restlos ausgepumpt. Kurz entschlossen hatten er und Gisela die Koffer gepackt und waren Freitagmittag nach Renesse gefahren, an den Strand von Düren, wie das Fleckchen Erde an der Nordseeküste in Zeeland so oft bezeichnet wurde.

Schon auf der Fahrt dorthin waren Redaktion und Arbeit tabu. Bahn und Gisela hielten sich an die Vereinbarung, nicht darüber zu sprechen, nachdem sie sich einmal einen Urlaub dadurch vermiest hatten, dass Bahn nur seinen Job im Sinn hatte. Sie unterhielten sich schon auf der Fahrt über die Weltreise, die sie irgendwann einmal unternehmen würden, schmiedeten Pläne, welche Länder sie unbedingt bereisen und welche Menschen sie besuchen wollten, die sie im Laufe der Jahre kennen gelernt hatten.

Üblicherweise trafen sich in Renesse alle Dürener, wenn sie nicht gerade über die Annakirmes bummelten, hieß es scherzhaft. Doch jetzt war es wohltuend ruhig am Strand. Die üblichen Strandkörbe waren weggeräumt, Drachenflieger blieben vernünftigerweise fern. Selbst die Strandcafés hatten größtenteils geschlossen. Der eiskalte Wind und die geringen Temperaturen sorgten dafür, dass Bahn und seine Frau ziemlich allein waren in dem im Sommer überquellenden Ferienort. Nur vereinzelt kamen ihnen unerschrocken, dick vermummte Strandläufer entgegen. Hier, einen Meter von der Welle entfernt, ließ man sie in Ruhe, hier konnten sie in dem eleganten Hotel ungestört die Zeit miteinander genießen.

Die Erholung an der nassen, stürmischen See war Bahn wichtiger als der Kauf eines neuen Autos. Die neue Kiste konnte warten, bis die Versicherung die Schadenslage und die Höhe der Entschädigungssumme geklärt hatte, sagte sich Bahn. Es störte ihn auch nicht, dass die vermeintliche Vollkaskoversicherung nicht mehr bestanden hatte, weil sie nur für die ersten drei Jahre ab Kauf des Wagens gegolten hatte.

Er verbrachte die Freizeit unbeschwert mit Gisela, die ebenso wie er die so seltene, ungestörte Zweisamkeit in vollen Zügen auslebte.

Erst am frühen Mittwoch kehrten sie nach Hause zurück. Es würde reichen, wenn er kurz vor Mittag in der Redaktion erschien, hatte Bahn zuversichtlich gemeint und die Abfahrt von Dienstagabend kurzentschlossen auf den nächsten Morgen verschoben.

„Wenn du nicht im Büro bist, passiert rein gar nichts", meinte Waldhausen zur Begrüßung und hatte damit alles gesagt, was es zu sagen gab. Mit keinem Wort ging er auf die sehr späte Rückkehr seines Freundes ein. Er wusste, Bahn wäre sofort zurückgekommen, wenn es erforderlich gewesen wäre. Aber es war erwartungsgemäß ruhig gewesen im Städtchen. Die Wochen zwischen Weihnachten und den närrischen Karnevalstagen im Februar waren meistens ohne großen Ereigniswert. Da peppte ein noch nicht geklärter Mord oder ein vermeintlicher Hungerstreik den langweiligen Tageslauf gehörig auf, ohne für Stress zu sorgen.

„Ohne dich haben sogar die Kriminellen keine Lust, ihre Schandtaten zu begehen", bemerkte der Lokalchef fast schon mit Bedauern.

Folglich gab es auch keine neuen Erkenntnisse zum Mordfall Cornelia Bergstein. Lediglich einige Anrufer baten um Rückruf.

„Lass mich raten", sagte Bahn ohne zu zögern. „Müller, Jansen, Schmitz."

„Und jemand von der Prinzengarde", fügte der Lokalchef bestätigend hinzu. „Die Jecken wollen sich mit dir über Karneval und den Rosenmontagszug unterhalten."

„Der kann warten", bewertete Bahn abfällig. Ihm stand der Sinn momentan überhaupt nicht nach Karneval. Der Karneval in Düren und die Annakirmes, das waren früher seine journalistischen Steckenpferde gewesen, für die er sich auch die Nächte um die Ohren geschlagen hatte. Aber nachdem er kriminelle Machenschaften auf der Annakirmes aufgedeckt hatte, war die Begeisterung für den Rummel verflogen. Auch der Karneval hatte längst nicht mehr die Volkstümlichkeit, die er vor wenigen Jahren noch geschätzt hatte. Vor Jahren hatte er sich sogar einmal hinreißen lassen, als

Clown verkleidet zu einer Karnevalssitzung zu gehen. Es hatte durchaus Spaß gemacht, einmal in eine andere Rolle zu schlüpfen. Doch nachdem er hinter die Kulissen des organisierten Frohsinns geblickt hatte, war ihm der Spaß an der Freud' abhandengekommen.

„Der Oberjeck will uns doch nur wieder seine Show verkaufen und wir sollen eine Lobeshymne auf ihn und den rheinischen Frohsinn anstimmen." Er möge einen freien Mitarbeiter auf die Karnevalsbosse ansetzen, schlug er Waldhausen vor. „Ich widme mich lieber meinen Freunden, den Verbrechern."

Bahns Anruf bei Schmitz ging ins Leere. Der unangenehme Wenzel gab ihm an dessen Apparat barsch zu verstehen, der Kommissar sei unterwegs und käme erst am Abend zurück. Sein Interesse, mit dem Journalisten zu reden, war spürbar gering. „Wir haben Ihnen nichts zu sagen", sagte er schroff. „Wenn Sie etwas wissen wollen, wenden Sie sich gefälligst wie alle Journalisten an die Pressestelle."
Bahn machte sich nicht einmal die Mühe, sich zu bedanken oder zu verabschieden.
Er wählte sofort die nächste Nummer, blieb aber wieder erfolglos.
Jansens Anschluss war besetzt.
So bleibt zunächst nur Müller, tröstete sich Bahn, während er die Tasten drückte.

„Guten Morgen, du Langschläfer", meldete er sich launisch, als Müller abhob. „Was kann ich für dich tun?"

„Du kannst mir sagen, was die Mordermittlungen machen, mein Freund", antwortete der Versicherungsagent. „Ich brauche Informationen."

„Die ich dir derzeit nicht geben kann, weil es keine Informationen gibt", unterbrach ihn Bahn schnell.

„Ihr bösen Leute von der Versicherung seid doch verantwortlich dafür, dass es nicht weitergeht. Hat jedenfalls ein Kommissar gesagt. Ihr wollt die Kohle nicht rausrücken."

„Blödsinn", schimpfte Müller, „absoluter Blödsinn. Die Bullen weigern sich, uns eine Bescheinigung zu geben. Das sind diejenigen, die die Geschichte nicht im Griff haben."

„Und so schiebt einer dem anderen den Schwarzen Peter zu, du der Kripo und die Kripo dir. Die Katze beißt sich in den Schwanz und kommt nicht von der Stelle."

„Hör bloß auf", schimpfte Müller weiter. „Was wir erleben ist ein Paradebeispiel für die deutsche Bürokratie. Darüber müsstest du eigentlich schreiben."

„Also soll ich nicht darüber schreiben?", fragte Bahn spontan dazwischen.

„Noch nicht. Aber vielleicht später." Müller nieste ungeniert in den Hörer, bevor er fortfuhr. „Wir sind selbstverständlich daran interessiert, die Geschichte so schnell wie möglich vom Tisch zu be-

197

kommen und wollen die Polizei nicht daran hindern, einen Mord aufzuklären. Wir haben angeboten, die Versicherungssumme sofort an Bergstein zu überweisen unter der Bedingung, dass uns das Land oder sonst jemand eine Bürgschaft erteilt für den Fall, dass wir das Geld zu Unrecht ausgezahlt haben und wir es nicht von Bergstein zurückbekommen, weil es verschwunden ist."

„Und? Das ist doch ein guter Weg?"

„Das denkst du und das denke ich. Aber in der guten deutschen Bürokratie denkt der ordentliche Beamte anders. So eine Bürgschaft ist in keinem Haushaltsplan vorgesehen oder gedeckt." Müller stöhnte. „Jetzt soll der Innenminister über die Bürgschaft entscheiden. Der muss sich aber erst mit dem Finanzminister und dem Justizminister absprechen. Und das kann dauern."

„Und die Ermittlungen kommen nicht weiter", fügte Bahn verständnislos ein. Was war denn schon dabei, wenn das Land eine Bürgschaft gab, um eventuell ein Verbrechen aufklären zu können?

Diese Möglichkeit sei in keinem Gesetz vorgesehen, auch wolle man keinen Präzedenzfall schaffen, erklärte Müller verstimmt.

„Aber es kommt noch schlimmer für uns. Bergstein hat mittlerweile über seinen Rechtsanwalt das Geld angefordert. Gleichzeitig verlangt der Anwalt von der Staatsanwaltschaft den Abschluss der seines Erachtens nach unzulässigen Ermittlungen, soweit sie Bergstein betreffen. Denn bis heute ist überhaupt noch kein förmliches Ermittlungsverfahren gegen den Kerl eingeleitet worden. Der geht uns durch die Lappen. Wir haben nicht mehr lange Zeit und deshalb brauche ich von dir alle Informationen, die du nur kriegen kannst."

„Was wisst ihr denn über den Kerl?" Bahn musste sich eingestehen, sich bislang sehr wenig um Bergstein gekümmert zu haben.

„Das ist es ja. Wir wissen nichts. Der Kerl ist absolut unauffällig, nicht vorbestraft, macht seine Jobs, wenn er nicht gerade arbeitslos ist, wohnt wieder in Kerpen bei den Eltern und hat nur die eine Macke, er geht in Spielkasinos und beobachtet andere Leute dabei, wie sie viel Geld verlieren."

„Mit anderen Worten, der Mann ist sauber."

„Der ist so sauber, dass er chemisch gereinigt sein muss. So sauber wie der Mensch kann gar kein Mensch sein."

„Bergstein macht sich also verdächtig, weil er so unverdächtig ist." Das sei eine bedenkliche Auffassung, meinte Bahn.

„Mag sein", entgegnete Müller. „Aber wir haben unsere Erfahrungswerte ebenso wie die Polizei. Und die denken, ebenso wie wir, zunächst an das Schlechte im Menschen. Helmut, du musst mir helfen, du musst mehr rauskriegen, auch wenn ich dein Honorar aufstocke. Ich weiß nicht weiter und die Polizei ist momentan auch am Ende", sagte er pessimistisch.

Bahn war anderer Ansicht als sein ehemaliger Kumpel. Die Polizei wusste wahrscheinlich mehr, als sie Müller und ihm sagte, überlegte er nach dem Gespräch. Aber die Polizei hatte oft das Problem, dass sie nicht alles verwerten konnte, was sie erfuhr, weil die Gesetze nicht für die Polizei, sondern für die Bürger gemacht wurden. Und dann passte auch die problematische Bürgschaft wieder ins Bild des Rechtsstaats. Jeder, und damit auch Bergstein, war unschuldig, so lange nicht seine Schuld bewiesen war, und niemand, nicht einmal der Staat, hatte das Recht, gegen das Gesetz zu verstoßen, um die vermeintliche Schuld eines potenziellen Täters herauszufinden.

Schon mehrmals hatte Bahn heftig mit Küpper und Waldhausen über diese rechtliche Problematik diskutiert und er hatte sich schließlich von dem Kommissar überzeugen lassen, dass die Unschuldsvermutung eines Verdächtigen höher zu bewerten war als das Interesse des Staates an einer Verbrechensaufklärung.

Aber diese Erkenntnis machte die ermordete Cornelia Bergstein nicht wieder lebendig.

Noch einmal versuchte Bahn sein Glück bei Jansen. Aber entweder führte der Informant ein Dauergespräch oder er hatte das Telefon ausgehängt.

Die Einladung von Waldhausen, ihn zu einem Gehacktesbrötchen bei Max zu begleiten, nahm Bahn gerne an. In der Tagesgaststätte schmeckte das

Brötchen, heruntergespült mit einem kühlen Kölsch, erheblich besser als in der Redaktion.

Dennoch ärgerte sich Bahn, als sie nach einer knappen halben Stunde in die Redaktion zurückkehrten. Jansen hatte ihn in der Zwischenzeit sprechen wollen. Nun sei er, wie er durch die Sekretärin mitteilen ließ, bis zum Abend unterwegs. Er würde eventuell privat bei Bahn anrufen.

„Der kann mich mal", fluchte Bahn laut hörbar in die Redaktion hinein, um sich nach dem nächsten Anruf, der ihn erreichte, zu wiederholen.

„Der kann mich mal", meinte er zu Waldhausen, nachdem er ihn über den überraschenden Anruf informiert hatte.

Für einen Augenblick war er perplex gewesen, als sich Eggerath am Telefon gemeldet hatte. Ob er ihn in Eschweiler abholen und nach Derichsweiler bringen könnte, hatte Eggerath gefragt. Man könne im Krankenhaus nichts mehr für ihn tun, er könne sich auch zu Hause hinlegen und die wenigen Schritte zwischen Bett und Wohnzimmer auf Krücken zurücklegen.

Bahn konnte zunächst nicht antworten, weil ihm die Worte fehlten.

„Warum ich?", stotterte er nach einer langen Pause. „Warum soll ausgerechnet ich Sie holen?"

„Weil ich keinen anderen erreiche", antwortete der Kerl mit jämmerlicher Stimme.

Wie Eggerath an die Telefonnummer gekommen war, fiel Bahn schnell ein. ,Ich Idiot habe dem Alki meine Visitenkarte gegeben', schimpfte er mit sich.

201

„Wie wär's mit einem Taxi?", Bahn sträubte sich, den Mann abzuholen, andererseits wäre es vielleicht interessant, sich noch einmal mit ihm zu unterhalten.

„Ich habe keinen Pfennig Geld mehr bei mir", antwortete der Mann verschämt. Die Stationsschwester hat mir großzügiger Weise erlaubt, vom Schwesternzimmer aus anzurufen." Er schwieg und meldete sich dann wieder. „Moment. Sie will mit Ihnen reden."

Wenige Momente später meldete sich die Stationsschwester. „Sie waren doch schon einmal hier, nicht wahr?", fragte sie mit ihrer lauten, markanten Stimme.

Als Bahn bestätigte, sagte sie knapp: „Sie müssen kommen. Ich muss Ihnen etwas sagen." In zwei Stunden sei Eggerath abholbereit, sie würde so lange warten.

„Eggerath kann mich mal", hörte sich Bahn noch einmal sagen. Aber er wusste, dass er den Mann dennoch abholen würde.

Bereitwillig stellte Waldhausen seinen Wagen zur Verfügung. „Ehe Gisela gekommen ist, um dir den Polo zu bringen und du sie nach Hause gefahren hast, ist der Tag vorbei", meinte er. „Ich warte und bringe dich anschließend nach Rölsdorf."

Die Fahrt nach Eschweiler über die A 4 lieferte wieder ein eindrucksvolles Argument gegen die Notwendigkeit, eine Geschwindigkeitsbegrenzung auf den bundesdeutschen Autobahnen einzuführen. Bahn staute sich fluchend in Richtung Aachen und atmete erleichtert auf, als er die Dauerbaustelle an der Ausfahrt Eschweiler endlich wieder verlassen konnte. Auch die Parkplatzsuche auf dem Krankenhausgelände wurde zur Geduldsprobe, nicht zuletzt verursacht durch das Parkverhalten der Besucher, die nach der Führerscheinprüfung das Einfahren in Parklücken anscheinend aus ihrem Gedächtnis gestrichen hatten. Es ärgerte ihn immer wieder, wenn die Leute die Markierungsstreifen nicht erkannten oder absichtlich ignorierten. Sie hatten es eilig, da kümmerte sie das Erschwernis für andere nicht sonderlich. „Asoziales Pack", fluchte Bahn.

Entsprechend mies war seine Laune, als er in die Orthopädie stiefelte.

Offenbar hatte dort die kleine Schwester schon auf ihn gewartet. Sie winkte ihn heftig heran, kaum, dass er vom Aufzug auf den Flur getreten war.

„Ich muss mit Ihnen sprechen", sagte sie aufgeregt und für ihre Verhältnisse leise, „bevor Sie Eggerath abholen." Sie führte ihn in ein kleines Besprechungszimmer und bat ihn, an einem Tisch Platz zu nehmen. Aus der Tasche ihres weißen Arbeitskittels zog sie ein Blatt. „Das ist ein Ausdruck des Einlieferungsscheins von Eggerath."

„Ja, und?", fragte Bahn staunend, nachdem er den Zettel überflogen hatte. Seine Vermutung, darauf einen Hinweis auf den alkoholisierten Zustand von Eggerath zu finden, hatte sich nicht bestätigt.

„Sie müssen auf das Datum achten, Herr Bahn", erläuterte die Krankenschwester ungeduldig. „Eggerath ist am Elften eingeliefert worden, wie Sie auch am Datum erkennen können. Der Ausdruck zeigt Ihnen aber, dass der Einlieferungsschein am Dreizehnten noch einmal bearbeitet wurde." Sie zeigte auf die obere, rechte Ecke des Ausdrucks. „Das können Sie hier erkennen."

Bahn sah die kleine Frau erstaunt an. „Wollen Sie damit etwa sagen, der Schein ist verändert worden?"

Sie nickte. „Es sieht so aus. Ich habe unseren Stationsarzt darauf hingewiesen, aber er hat nur abgewunken. Es interessierte ihn nicht."

Bahn schüttelte verständnislos den Kopf. „Kann ich das Blatt haben?"

„Deshalb habe ich es ausgedruckt", antwortete die Schwester, „aber sagen Sie keinem etwas. Ich finde es nur ausgesprochen merkwürdig." Sie öffnete die Zimmertür. „Jetzt können Sie Eggerath holen. Wundern Sie sich nur nicht, wenn er auffällig langsam in seinen Bewegungen wirkt und nur bedächtig spricht. Wir haben ihm ein sehr starkes Präparat verordnet, um seinen Alkoholismus zu unterdrücken. Wenn der Kerl nicht von dem Schnaps loskommt, ist er bald ein toter Mann."

Eggerath lag in seiner Straßenkleidung auf dem Krankenbett und stierte in den Fernseher. Er sah gepflegter aus als bei seiner Einlieferung. Das Haar war gewaschen, sein Gesicht wies weniger Stoppeln auf, als habe Eggerath eine Rasur versucht.

Den rüden Gruß von Bahn erwiderte er nur zögerlich, als wisse er nichts mit dem Mann anzufangen, der in das Zimmer getreten war. Erst spät erkannte er den Journalisten. Er erhob sich ächzend und griff nach den beiden Krücken, die am Rolltisch angelehnt waren. „Würden Sie meine Tasche nehmen?", bat er Bahn langsam und deutete mit einer Gehhilfe auf die schmuddelige, prall gefüllte Sporttasche.

Bahn wunderte sich über das Gewicht, bis ihm bewusst wurde, dass sich nicht nur Kleidung, sondern auch Flaschen darin befanden. Es hätte ihn schon interessiert, wie Eggerath an den Stoff gekommen war, aber er verkniff sich die Frage. Er wollte sich mit dem Mann nicht mehr unterhalten, als unbedingt erforderlich war. Schweigend schlendert er hinter Eggerath her, der ächzend durch das Krankenhaus stolperte, als müsse jeder Passant sehen, wie schwer er doch zu leiden hatte. Kommentarlos ging Bahn vor ihm weg auf den Parkplatz und warf die Tasche auf den Rücksitz, in der es vernehmlich klirrte. Er setzte sich hinters Steuer und beobachtete Eggerath, der langsam näher kam und sich umständlich mit lautem Stöhnen auf den Beifahrersitz mühte.

„Brauchen Sie etwas von dem Schnaps dahinten?", knurrte Bahn böse, während er den Wagen startete. Er machte sich keine Mühe, seine Antipathie gegenüber dem Kerl, der so gewaltig auf die Mitleidsdrüse drückte, zu verbergen.

Eggerath glotzte Bahn lange an. „Ich brauche das Zeug nicht mehr", behauptete er ernsthaft, ohne überzeugend zu wirken. Seine Bemerkung wirkte wie ein schlechter Witz. „Kollegen und Besucher haben's mir mitgebracht, aber ich habe es in die Ecke gestellt. Kognak mag ich nicht."

‚Der lügt sich in die eigene Tasche', dachte sich Bahn und grinste seinen Beifahrer frech an. „Warum haben Sie die Flaschen dann nicht zurückgewiesen oder im Krankenhaus abgegeben? Dort gibt es garantiert Abnehmer dafür."

Wie er erwartet hatte, schwieg Eggerath. Der Mann starrte stumm aus dem Seitenfenster hinaus.

Erst auf der Umgehungsstraße entlang der Inde sprach er wieder mit Bahn. „Können wir über Langerwehe nach Derichsweiler fahren?", fragte er höflich.

„Warum?", brummte Bahn ungehalten. Er hatte sich an der Kreuzung schon in Richtung Autobahn eingeordnet.

„Ich muss mir bei meinem Hausarzt noch ein Rezept für ein Medikament besorgen", antwortete Eggerath langsam. Er lächelte schwach. „Ich brauche noch Tabletten gegen meine Alkoholsucht." Er wolle demnächst eine stationäre Therapie beginnen. „Bis dahin muss ich die Zeit mit Medikamenten überbrücken."

Bahn ließ sich von Eggeraths Antwort nicht beeindrucken. ‚Das geht doch garantiert wieder in die Hose‘, sagte er sich.

„Ich muss clean werden", fuhr Eggerath fort, als habe er Bahns Gedanken erraten. „Es ist meine letzte Chance, wenn ich noch einmal in meinen Beruf zurück will."

„In welchen Beruf?" Bahn war gespannt auf die Antwort.

„Wissen Sie's nicht?", entgegnete Eggerath erstaunt mit einer Gegenfrage. „Ich bin Polizeibeamter, vom Dienst suspendiert."

„Und beim Unfall von den Kollegen bevorzugt behandelt worden", entfuhr er Bahn frech.

Aber Eggerath ließ sich nicht provozieren. „Unfug. Die Polizisten, die den Unfall aufgenommen haben, kennen mich doch gar nicht, wie ich sie auch nicht kenne. Das sind Jungspunde von der Polizeischule Linnich, die in Düren ihre erste Berufserfahrung machen. Die werden meinetwegen ihre Karriere nicht aufs Spiel setzen."

„Woher sollen sie auch ‚Pistolen-Wolle‘ kennen?" Bahn sah Eggerath zornig an. Er wusste nicht, warum ihn Eggerath derart reizte. Es musste dessen unnahbare und zugleich abstoßende Art sein. Eggerath war einfach einer der Zeitgenossen, die er nicht mochte.

Für einen Augenblick schien es, als erblasste der Polizist. Dann starrte er wieder aus dem Seitenfenster hinaus. „Das war einmal", sagte Eggerath leise. „Ich bin ein ganz normaler Schutzpolizist, der nur seinen Dienst machen will." Er richtete sich im Sitz auf. „Ich will trocken werden und wieder auf Streife gehen", sagte er energisch, „ob Sie's nun glauben oder nicht." Er sackte wieder zusammen und schaute auf die von den Straßenlaternen angeleuchteten Häuser entlang der Bundesstraße in Weisweiler.

Auch Bahn sah die Unterhaltung für beendet an und konzentrierte sich auf den Feierabendverkehr.

Nach Minuten wandte er sich wieder seinem Begleiter zu. „Wohin wollen Sie in Langerwehe?"

Eggerath wandte nicht einmal seinen Blick aus der Seitenscheibe ab, als er antwortete: „Mein Hausarzt ist Doktor Kuhlmann. Sie wissen, wo er seine Praxis hat?"

Bahn schwieg. Er hatte es nicht nur oft genug gelesen und gehört. Die Praxis von Kuhlmann lag in der Nähe des Bahnhofes, wie er von seinem Besuch wusste.

Auf dem kleinen Parkplatz vor dem neuen Ärztehaus parkte Bahn.

„Und nun?", fragte er Eggerath streng.

Der Polizist kramte mühsam in seiner Hosentasche und holte ein zerknittertes Stück Papier heraus. „Hier ist eine Bescheinigung des Krankenhauses. Wenn Sie die vorlegen, bekommen Sie das Rezept. Die wissen Bescheid." Für ihn war es offenbar selbstverständlich, dass Bahn ihm den Weg in die Praxis abnahm.

Wortlos nahm der Journalist den Zettel und eilte durch die Kälte über die Straße. Er wunderte sich über den Betrieb in der großzügigen Praxis von Kuhlmann, die die gesamte erste Etage des Hauses einnahm.

Der Arzt, der auf Plakaten an den Wänden und Handzetteln an der Rezeption ausdrücklich auf seinen Hungerstreik und die damit verbundene Einschränkung seiner Arbeitsleistung hinwies, konnte sich wahrlich nicht über einen Mangel an Patienten beklagen. Die beiden Wartezimmer, in die Bahn hineinblicken konnte, waren voll besetzt. Auch auf dem Flur saßen einige Männer und Frauen Bahn musste lange warten, bis er endlich von einer Sprechstundenhilfe beachtet wurde.

Die ältere Frau stellte keine Fragen, als Bahn den Zettel vorlegte und nach dem Rezept für Eggerath verlangte. Ehe er sich versah, stand er bereits wieder im Treppenhaus. Auf der Straße wollte er zunächst zum Auto zurück, dann machte er kehrt und suchte die Apotheke neben dem Bahnhof auf. Eggerath hätte ihn bestimmt gebeten, das Rezept einzutauschen.

Bahn ärgerte sich nur über die sieben Euro, die er als Eigenanteil bezahlen musste, als er das Medikament entgegennahm. Das Geld konnte er wohl abschreiben, vermutete er. Eggerath war ja knapp bei Kasse.

„Keine Sorge. Sie bekommen Ihr Geld", versicherte Eggerath, als ihm Bahn die Tabletten übergeben hatte. „Ich besorge mir morgen Geld von meiner Kasse."

Bahn lächelte grimmig vor sich hin, während er den Wagen auf die Straße lenkte.

Eggerath lebte in seiner Scheinwelt. Dieser Mensch sah sie in einem rosaroten Licht.

„Wie wollen Sie sich bewegen, wie wollen Sie Ihren Haushalt bewältigen?", fragte Bahn. „Sie können sich ja gerade einmal auf Ihren Krücken bewegen."

„Ich habe ab morgen eine Haushaltshilfe", offenbarte Eggerath wie selbstverständlich. Sein Anwalt habe sich darum gekümmert, dass die Versicherung seiner Unfallgegnerin die Kosten dafür tragen würde.

Diese Bemerkung passte Bahn überhaupt nicht, aber sie passte nach seiner Ansicht zu Eggerath. Alles mitnehmen, alle Vorteile herausholen und nur jammern und klagen, um Mitleid zu erregen. Kaum zu glauben, dass dieser Mensch einmal als „Pistolen-Wolle" im Alsdorfer Nachtleben aufgeräumt haben sollte.

In Derichsweiler lotste Eggerath seinen Chauffeur in eine Nebenstraße und ließ ihn vor einem unscheinbaren Wohnblock anhalten.

Seiner Bitte, Bahn möge ihm die Sporttasche in die Wohnung tragen, kam der Journalist nur widerwillig nach. Aber was sollte er machen? Jetzt konnte er nicht mehr zurück.

Zurückgewichen wäre er am liebsten, als Eggerath umständlich die Wohnungstür im Erdgeschoss des

Sechsfamilienhauses öffnete. Eine Dunstwolke aus abgestandenem Nikotinrauch und warmen Mief strömte ihm entgegen. Er musste sich überwinden, hinter Eggerath in die überheizte Wohnung zu treten, und hielt den Atem an. Hier würde er keine Minute länger bleiben, als er musste.

Bahn warf die Tasche mit der Schmutzkleidung im Flur in eine Ecke. Nach dem Klirren zu urteilen, war eine der Flaschen dabei zu Bruch gegangen. ‚Ist nicht mein Problem‘, sagte er sich und machte sich auf der Suche nach Eggerath, der in einem der Räume verschwunden war.

Der suspendierte Polizist hatte sich im Wohnzimmer im Dämmerlicht einer kleinen Tischlampe in einen abgewetzten Sessel gesetzt und zog zitternd an einer Zigarette.

„Ich muss rauchen", meinte er entschuldigend in seiner Rauchwolke. „Ohne Nikotin halte ich es nicht aus."

„Ohne Alkohol auch nicht", fauchte Bahn wütend. Er ärgerte sich, dass Eggerath nicht zunächst gelüftet hatte, sondern seiner Sucht nachgab.

„Den Alkohol brauche ich nicht mehr, Herr Bahn", gab Eggerath forsch zurück. „Darauf verwette ich mein Leben, so wahr ich hier sitze."

‚Dann bist du schon tot‘, sagte Bahn für sich. Er glaubte Eggerath nicht. „Ich werde es sehen, wenn ich mir meine sieben Euro abhole. Das ist mein Wetteinsatz."

In der Redaktion sprach Bahn lange mit Waldhausen über den Polizisten. „Der ist nicht zu retten", davon war er überzeugt. Er hatte in seinem Berufsleben genügend Suchtfälle miterlebt. Ob Alkohol, Nikotin oder Rauschgift, wenn ein Punkt überschritten war, gab es kein Zurück mehr.

Diese Erfahrung hatte er schon mehrfach gemacht, und Eggerath hatte diesen Punkt überschritten.

„Ausnahmen gibt es immer wieder", entgegnete der Lokalchef und er fügte lakonisch hinzu: „Aber welch großen Geist stört's, ob nun ein Mensch namens Eggerath lebt oder stirbt?"

Waldhausen erhob sich aus dem Sessel und griff nach dem Autoschlüssel. „Ich bring dich nach Hause. Meine Frau wartet schon auf mich."

Nicht nur Waldhausen, auch Gisela hatte auf Bahn gewartet. „Du sollst unbedingt Jansen zurückrufen", sagte sie aufgeregt. „Er hat bestimmt schon zehn Mal angerufen. Und ich muss dir auch noch etwas sagen."

„Dann ruft Jansen auch ein elftes Mal an", brummte Bahn und setzte sich an den Küchentisch, auf dem seine Frau das Abendbrot aufgetischt hatte.

Sie saßen lange in der Küche. Nachdem sie schweigend ihre Brote gegessen hatten, berichtete Bahn bei einer Flasche Rotwein ausführlich über seinen Nachmittag mit Eggerath.

Gisela hörte ihm aufmerksam zu. „Der Kerl ist kaputt und krank", meinte sie schließlich. „Ich kann mir denken, warum. Ich weiß nur nicht, warum er sich so hängen lässt." Nachdenklich betrachtete sie Bahn. „Der Mann ist am Leben gescheitert. Vermutlich hat das psychologische Gründe", sagte sie. Bahn schnitt ihr vehement das Wort ab. „Lass bloß das psychologische Getue. Das Psycho-Gequatsche geht mir nur auf die Nerven und bringt nichts."

„Kennst du die Vorgeschichte von Eggerath?", fragte Gisela. Sie hatte Mühe, nicht ungehalten zu werden, aber sie beherrschte sich.

„Nein", antwortete Bahn heftig. „Ich weiß, dass er mal ein Bulle war, der einer Kollegenfrau unter den Rock gefasst hat und der deshalb rausgeekelt wurde. Das reicht, mehr will ich nicht wissen."

„Es gibt aber mehr, das du wissen solltest", erwiderte Gisela vorsichtig.

„Will ich aber nicht", blaffte Bahn. „Ich habe die Schnauze voll von dem Kerl."

Gisela stand seufzend auf. Es hatte keinen Zweck, das Gespräch mit Bahn fortzusetzen. Wenn er derart barsch reagierte, war er nicht mehr in der Lage und deshalb auch nicht willens, weitere Informationen aufzunehmen. Der Rotwein hatte Wirkung hinterlassen.

Bahns Reaktion auf das Klingeln des Telefons war deshalb auch nicht unerwartet für sie.

„Ich bin nicht da", knurrte er. „Wenn's Jansen ist, sag ihm, dass ich ihn morgen anrufe." Gähnend reckte er sich. „Einen Tag im Dienst und schon bin ich wieder kaputt", sagte er, während er sich auf den Weg ins Badezimmer machte. „Gute Nacht."

Tatsächlich war Jansen der Anrufer, mit dem Gisela länger sprach als üblicherweise.

Er hatte ihr tagsüber viel mitgeteilt und sie wusste nun Neues, das sie ihm berichtete.

„Bahn wird Bauklötze staunen, wenn er merkt, wie wir turteln", säuselte Jansen in der ihm typischen Art. „Aber wenn der Sturkopf es nicht anders haben will, muss er sich halt gedulden."

Gisela hatte den Hörer kaum in die Schale gelegt, da klingelte das Telefon erneut.

Kommissar Küpper wollte Bahn sprechen.

Gisela zögerte und überlegte, ob sie Bahn holen sollte. Sie hatte Skrupel, Helmuts väterlichen Freund zu belügen.

„Ich glaube, er schläft", flüsterte sie.

Küpper nahm ihr die Entscheidung ab. „Dann werde ich morgen noch einmal mein Glück versuchen. Sagen Sie Helmut bitte Bescheid."

Als Gisela ins Schlafzimmer kam, schnarchte Bahn bereits leise vor sich hin. Sie lag noch geraume Zeit wach und ging ihren Gedanken nach.

Wenn Helmut ihr nicht zuhören wollte, würde sie eben auf eigene Faust versuchen, das Problem Wolfgang Eggerath zu lösen, beschloss sie für sich; unabhängig davon, ob dadurch auch der Verkehrsunfall mit Anne eine Wendung erhielt oder nicht.

18. Wie Gisela nicht anders erwartet hatte, reagierte Bahn verärgert, als sie ihn beim Frühstück über den Anruf von Küpper informierte. Doch sie konterte sofort, ehe er aufbrausen konnte.

„Wenn du willst, dass ich dich am Telefon verleugne, dann respektiere auch, wenn ich Anrufe nicht weitergebe. Sonst kannst du beim nächsten Mal selbst sagen, dass du nicht am Hörer bist, mein Freund." Außerdem habe sie Wichtigeres zu tun, als für ihn die unbezahlte Telefonistin zu spielen. „Mach du deine Arbeit. Ich fahre dich ins Büro, dann habe ich etwas zu erledigen."

„Was hast du vor?", fragte Bahn argwöhnisch.

Aber Gisela lachte nur. „Zuerst willst du nicht alles wissen und jetzt sage ich dir, du musst nicht alles wissen. Denke dran, du musst Jansen anrufen."

Sie gab Bahn einen Abschiedskuss, bevor sie ihn an der Pletzergasse vor der Redaktion absetzte. „Und jetzt suche ich einen neuen Ford für dich. Ich muss ohnehin zum Ölwechsel in die Werkstatt. Du hast ja keine Zeit. Du bist ja immer fort."

Der Informant hatte zu warten, entschied Bahn. Er setzte sich an den Schreibtisch und schrieb, wie Waldhausen im gestrigen Gespräch angeregt hatte, seine Eindrücke über die Begegnung mit Eggerath nieder. Beim Lesen wunderte sich Bahn, was er zustande gebracht hatte, und er wunderte sich noch mehr, als er las, dass er am Abend in der Unterhaltung mit Gisela darauf verzichtet hatte, noch mehr über den Typen zu erfahren. Das war wohl ein Fehler gewesen, räumte er sich ein. Der Kerl, der ihn einerseits abstieß, übte zugleich eine unerklärliche Faszination auf ihn aus. Bahn hatte das undefinierbare Gefühl, das er oft besaß, wenn er in eine undurchsichtige Geschichte hineinrutschte. Hinter Eggerath könnte sich mehr verbergen, als er ahnte. Viel mehr, als bloß ein dubioser Unfall mit Falschangaben und unterschlagenem Zeugen.

„Das kriege ich raus", sagte er laut in den Raum hinaus und bemerkte nicht Waldhausen, der ihn vom Flur aus beobachtet hatte und nun grinsend in sein Zimmer ging. Bahn überlegte, ob er Eggerath anrufen sollte, dann ließ er es sein. ‚Der schläft noch seinen Rausch aus oder tankt schon wieder nach‘, dachte er zynisch, ‚der beeilt sich mit dem Delirium, damit er mir nicht die sieben Euro zurückgeben braucht.‘

Nach dem Telefonat mit Jansen schimpfte Bahn erneut mit sich. Er ärgerte sich, dass er den Anruf so lange vor sich hin geschoben hatte. Es bereitete ihm Schwierigkeiten, die vermeintlichen Tatsachen zu sortieren, die ihm der Informant über Cornelia Bergstein geliefert hatte und die er an Müller weiterleiten wollte.

Die Einladung zu einem Arbeitsessen am Mittag musste Müller zu seinem Bedauern ablehnen.

„Keine Zeit. Auf meinem Schreibtisch stapeln sich die Leichen", sagte der Versicherungsexperte am

Telefon und meinte damit die Akten über auszuzahlende Lebensversicherungen. „Was hast du mir zu liefern?"

Bahn behalf sich mit einem Werbespruch. „Fakten, Fakten, Fakten."

„Als da sind?" Müller drängte zur Eile.

Der Journalist holte tief Luft. „Ich weiß jetzt Einiges über dein Mordopfer. Sie war in gewissen Kreisen als die schöne Cornelia bekannt."

„Also doch Milieu?"

„So kann man es sagen. Cornelia Bergstein arbeitete in einer Bar in Bergheim als Animierdame."

„Reicht nicht", nörgelte Müller. „Schaffte sie auch an?"

„So ist es, mein Freund", verkündete Bahn mit Stolz. „Sie ging auch auf den Strich, auf den Edelstrich will ich mal sagen. Sie wurde im Nachtclub an solvente Gäste vermittelt und zog dann mit den Freiern ab. Für Cornelia musstest du richtig bezahlen. Unter einem Tausender lief gar nichts die Nacht." Er machte eine Pause und hörte, wie Müller mit einem Stift über ein Papier fuhr. „Offiziell arbeitete die schöne Cornelia in einem Frisiersalon in Euskirchen, so richtig mit Anstellungsvertrag und Sozialversicherung. Sie war dort immer noch angestellt, obwohl sie wegen irgendeiner Allergie nicht mehr frisieren konnte. Sie machte dort Empfangsdienst und Kundenbetreuung."

„Kundenbetreuung ist gut", ließ sich Müller höhnisch hören, „bestimmt hinterm Vorhang und mit

Spezialbehandlung." Er seufzte. „Na gut. Und wie geht's weiter?"

„Im letzten Herbst hatte Cornelia einen Verkehrsunfall."

„Muss ich lachen oder meinst du einen Verkehrsunfall im klassischen Sinne?", unterbrach ihn Müller fast schon amüsiert.

„Sie wurde von einem Auto angefahren", antwortete Bahn unbeeindruckt. „Sie war nach Feierabend mit ihrem Wagen auf dem Weg von Euskirchen zu ihrem Wohnort Kerpen und wurde auf einer Kreuzung gerammt. Sie hatte Vorfahrt, der andere Unfallbeteiligte beging Unfallflucht und wurde bis heute nicht ermittelt. Cornelia wurde lebensgefährlich verletzt und verlor das rechte Bein."

„Ist aus den Akten bekannt. Sie war ein Krüppel", kommentierte Müller ohne Mitgefühl wie ein Buchhalter, „wirkte sich aber nicht nachteilig auf eine Lebensversicherung aus."

Der Rest der Geschichte dürfte bekannte sein, fuhr Bahn fort. „Im Krankenhaus lernte Cornelia ihren Mann kennen. Heirat, Umzug nach Düren und Mord folgten. Sonst noch Fragen?" Er war mit sich und seinen Informationen zufrieden. Mehr konnte Müller nicht erwarten.

„Für den Moment nicht", antwortete der Versicherungsagent, „nur eine. Wie sicher sind deine Behauptungen?"

„Das sind keine Behauptungen, das sind Tatsachen", brauste Bahn auf, „und die sind absolut wasserdicht. Die meisten Tatsachen wirst du recherchieren können. Der Unfall und der Krankenhausaufenthalt dürften problemlos zu bestätigen sein. Und vielleicht bewegst du deinen Arsch auch einmal in den Nachtclub in Bergheim und fragst nach."

„Damit ich anschließend als Leiche aus dem Bau hinausfliege", entgegnete Müller schroff. „Ich will Informationen von dir und nicht Andeutungen, die ich selbst überprüfen muss."

„Dann lass dir noch einmal gesagt sein, dass die Informationen absolut wasserdicht sind. Sie haben mich nicht nur eine Menge Geld gekostet, sie stammen auch von einem Informanten, der sich bestens in der Szene auskennt."

„Verlässlich?"

„Für den lege ich meine Hand ins Feuer", versicherte Bahn im Brustton der Überzeugung. „Der Junge ist ein As auf seinem Gebiet und hat mich in unserer Zusammenarbeit noch kein einziges Mal gelinkt oder falsch informiert." Der Informant habe sogar schon Informationen geliefert, deren Bedeutung Bahn erst sehr viel später bewusst wurde.

„Wie heißt denn dein Goldjunge?", fragte Müller dreist.

Doch Bahn lachte nur. „Auch das gehört zur Verlässlichkeit, zu meiner Verlässlichkeit. Keine Namen." Er ahnte, was Müller beabsichtigt. Müller wollte wahrscheinlich Kontakt zu Jansen aufnehmen, um das Geschäft direkt mit ihm zu machen.

„Wenn du willst, dass wir weiter für dich arbeiten

sollen, musst du es mir sagen. Sonst ist die Zusammenarbeit beendet."

„Mach bloß weiter", entgegnete Müller schnell. „Ich kann überhaupt nicht zu viel über Cornelia Bergstein erfahren." Er räusperte sich. „Gute Arbeit, Helmut. Du bist dein Geld wert." Und wie Bahn erwartet hatte, kam nach dem Kompliment die Frage, auf die er schon lange gewartet hatte. „Es würde mich freuen, wenn du noch mehr über ihren Göttergatten herausbekommen könntest."

Bahn hatte keine Bedenken, den Lokalchef über seine Nebentätigkeit für Müller aufzuklären. Er schilderte ihm nach der Mittagspause, die Waldhausen zu Bahns Verdruss lieber bei Thea als mit ihm verbracht hatte, bei ihrem alltäglichen Planungsgespräch unter vier Augen ausführlich die Unterhaltungen mit Jansen und Müller und bat ihn interessiert um eine Einschätzung.

Doch hob Waldhausen abweisend die Arme. „Dazu will ich mich nicht äußern. Mir kommt die Sache äußerst dubios vor. Ich weiß nur nicht, warum." Er schaute nachdenklich von seinem Sitz hinaus auf die Straße und verschränkte die Arme im Nacken. „Der Verdacht, dass der Ehemann in der Mordgeschichte drin steckt, ist so groß, dass es mir schon wieder unverdächtig vorkommt."

Das Telefon, das auf seinem Schreibtisch klingelt, scheuchte Bahn aus Waldhausens Büro. „Wer ist

da?", schnauzte er ungehalten und grundlos die Redaktionssekretärin an, die ohne eine Antwort das
Telefonat durchstellte.

„Ich bin's", hörte Bahn nur und er wusste, dass Jansen in der Leitung war. „Es gibt einen Wohnungs-
brand, habe ich gerade über Funk mitbekommen.
Der oder die Bewohner sind vermutlich noch in den
Räumen", berichtete der Informant sachlich und
schnell.

„Wo?"

„In Derichsweiler." Als er den Straßennamen und
die Hausnummer nannte, ließ Bahn sofort den Hörer fallen und rief nach Waldhausen. „Ich brauche
dein Auto. In Derichsweiler brennt es. Ausgerechnet in dem Haus, in dem Eggerath wohnt."

19. Besorgt, aber zugleich verärgert, raste Bahn
mit dem geliehenen Passat durch die bereits begin-
nende Dämmerung nach Derichsweiler. Er hatte
die Sorge, dass Eggerath der Leidtragende des
Brandes sein könnte, zugleich war er verärgert,
weil er sich wegen dieses Kerls Sorgen machte. Und
er war verärgert, weil er momentan kein eigenes
Fahrzeug besaß. Gisela hatte strikt widersprochen,
als er ihr Auto zum Dienst mitnehmen wollte. ‚Hoffentlich besorgt die mir einen vernünftigen Wagen', dachte er sich grimmig, während er rück-
sichtslos auf der Bundesstraße von Gürzenich nach
Derichsweiler drängelte.

Er konnte von Glück reden, dass er bei der Polizei bekannt war. Denn als er mit Vollgas unterwegs war, hatte er es einem der alten Polizisten zu verdanken, dass er nicht von einem der Jungspunde angehalten wurde. Auch das Missachten des Rotlichts an der Ampel, an der er rechts abbog, blieb folgenlos.

Den Rettungswagen des DRK, der ihm vor Gürzenich in gemächlicher Fahrt ohne Blaulicht und Martinshorn entgegenkam, wertete Bahn zunächst als gutes Zeichen, bevor er sich erschrocken revidierte. Vielleicht waren die Rotkreuzler nur deswegen vom Brandort abgerückt, weil es keine Arbeit mehr für sie gab und die Feuerwehr nur noch auf den Leichenwagen wartete.

Als der Journalist vor den Haus ankam, war der Löscheinsatz bereits beendet. Die ausgelaugten Feuerwehrmänner hatten die Helme abgenommen. Beobachtet von einer Traube Gaffer, die tatenlos und tuschelnd auf den Gehwegen standen, verstauten sie Atemschutzgeräte und rollten die Schläuche zusammen. Die Verbindung zu einem Hydranten war schon wieder gekappt. Zwei TLF und zwei MTW der Dürener Berufsfeuerwehr, die mit abgestellten Motoren die Fahrbahn blockierten, registrierte Bahn.

Nach dem Anblick von außen musste es in Eggeraths Wohnung gebrannt haben. Die Fensterscheiben zu seinem Räumen waren eingeschlagen. Oberhalb der Stürze zog sich eine rußige Bahn über den schmutzigen, ehemals weißen Putz. Durch die zerbrochenen Fenster, aus denen noch eine leichte, fast weiße Rauchwolke schwebte, fiel der Blick in das Schwarz, in die durchnässten, ausgebrannten Zimmer. Im Hauseingang stand mit strengem Blick ein Polizist, der niemanden hineinließ.

Das sah nicht nach einem normalen Brand aus, mutmaßte Bahn sofort. Hier wurde auf ein Ermittlungskommando der Kripo gewartet, auf die Schnüffler, die zu Bahns Verwunderung immer wieder herausfanden, an welcher Stelle und aus welcher Ursache ein Brand ausgebrochen war. Für das Warten auf die Spezialisten sprach auch, dass die Feuerwehr noch keine Möbel oder andere verbrannten Gegenstände aus der Wohnung geholt und auf den Gehweg geworfen hatte.

Brandstiftung, schoss es Bahn durch den Kopf und er erinnerte sich an die Brandanschläge auf die Redaktion, sein Auto und sein Haus.

Bahn sah sich auf der Straße in der Schar der Schaulustigen um. Wie bei allen Bränden gesellten sich laufend weitere Zeitgenossen hinzu, gaben kluge Ratschläge von sich, blockierten teilweise die Straße und behinderten die Arbeit der Wehr. Der Einsatzleiter musste heftig werden, um Platz zu schaffen. Das Getratsche war unüberhörbar geworden. Vom Pech des armen Mannes bis hin zur Erkenntnis, bei dessen Lebenswandel musste es ja einmal so weit kommen, reichte die Skala der Meinungsäußerungen.

Erzürnt über so viel Borniertheit wandte sich Bahn ab und stutzte verwundert, als er im Eingang eines Nachbarhauses Gisela und Eggerath erkannte, die in einem Gespräch mit einem jungen, ihm unbekannten Polizisten vertieft waren. Beide waren in Wolldecken gehüllt und schienen unverletzt, bei Eggerath erkannte er die Unterarmgehhilfen, die unter dem Wärmeschutz hervorlugten.

„Was wird denn hier gespielt?", fragte er irritiert und musste sich prompt einen Rüffel des Ordnungshüters gefallen lassen. Er solle verschwinden, schnauzte ihn der Nachwuchsgrüne an, er würde die Ermittlungen stören.

Gisela, die einen erschöpften und erschrockenen Eindruck machte, nahm Bahn an die Hand und führte ihn an die Seite, bevor er lospoltern konnte. „Ich erklär es dir gleich. Ich muss erst mit dem Polizisten reden." Sie drückte sich an ihn. „Schön, dass du hier bist. Jetzt geht es mir besser."

Sie sah Bahn bittend an. „Helmut, hast du was dagegen, dass wir Eggerath für die nächste Zeit bei uns unterbringen, so lange seine Wohnung unbenutzbar ist? Er hat nichts mehr und wir haben Platz genug."

Ehe sich Bahn besinnen konnte, hatte er schon zugestimmt. ‚Warum, in aller Welt, helfe ich Eggerath immer wieder auf die Beine, wenn er Probleme hatte?', fragte er sich fluchend, bald würde er noch als St. Martin für einen Kindergarten auftreten können. Aber er wollte seine Zusage gegenüber Gisela nicht wieder zurücknehmen. Seine Frau würde ihm einiges zu erklären haben. Er beobachtete in der Kälte bibbernd, wie sie wieder das Gespräch mit Eggerath und dem Polizisten aufnahm, der ununterbrochen Notizen in seine Kladde schrieb.

„Wäre einer der Herrschaften vielleicht so freundlich und erklärt mir netterweise, was hier überhaupt gespielt wird?", fragte Bahn übertrieben höflich. Er war außer sich und musste sich sehr zusammennehmen, um nicht bei der Rückfahrt im dichten Feierabendverkehr einen Unfall zu bauen.
Nicht nur, dass er in der dubiosen Mordgeschichte mit immer neuen Tatsachen konfrontiert wurde, jetzt hatte er auch noch einen nikotinsüchtigen Alki am Hals und eine Ehefrau, die sich in dessen Wohnung aufgehalten hatte, als dort ein Feuer ausbrach. „Kann mir das jemand erklären?"
Er sah in den Rückspiegel und betrachtete verächtlich den zusammengekauerten Mann, der in eine Decke gepackt leise vor sich her wimmerte. Eggeraths Gesuse war wohl weniger der Schock nach den Brand als vielmehr eine Folge des strikten Rauchverbots im Auto, das ihm Bahn schroff auferlegt hatte und das ihm zu schaffen machte.
Der Journalist wandte den Blick ab und sah Gisela an. „Nun mach schon", raunzte er sie an. „Was hast du mit dem Kerl zu schaffen?"
„Nichts", antwortete sie langsam und sie log, als sie sagte: „Der Mann tut mir nur leid." Aber sie wollte in Eggeraths Gegenwart nicht mit Bahn ehrlich über ihn reden. Gisela legte ihre Hand beruhigend auf

Bahns Arm. „Wir müssen uns unter vier Augen unterhalten", flüsterte sie. Ermattet rieb sie sich durchs Gesicht. „Ich bin heute Mittag von der Werkstatt mit dem Bus zu Eggerath gefahren, um mich mit ihm zu unterhalten", berichtete sie. „Zum einen wegen des Unfalls, zum anderen, weil ich wissen wollte, wie er alleine zu Hause zurechtkommt."

„War er denn wenigstens nüchtern, als du ankamst?", fragte Bahn bissig.

Gisela bestätigte ruhig. „Er war nüchtern und er hat mich sofort wiedererkannt. Ich habe uns einen Kaffee gemacht und wir hatten uns gerade im Wohnzimmer hingesetzt, um uns zu unterhalten, da gab es einen fürchterlichen Knall und etwas kam durch die Fensterscheibe geflogen. Ehe ich mich von dem Schrecken erholt hatte, brannten auch schon der Teppich und die Gardine. Es ging alles so schnell. Ich wusste nicht, ob und wie ich die Flammen löschen sollte. Ich bin dann mit Eggerath raus. Er hat noch bei den Nachbarn geklingelt und wir haben alle das Haus verlassen. Dann kamen die Feuerwehr und die Polizei und wenig später du." Gisela lächelte schwach. „Gott sei Dank, dass du gekommen bist."

„Das war eindeutig Brandstiftung", meldete sich Eggerath mit schwacher Stimme. „Da hat jemand einen Brandsatz geworfen."

Bahn verkniff sich die Bemerkung, dass er auf diese Brandursache auch ohne Eggeraths Beitrag gekommen wäre.

„Was sagen denn Ihre Kollegen?" Er wunderte sich wieder über den höflichen Tonfall, in dem er fragte. Eggerath stöhnte auf, als er sich auf dem engen Sitzplatz drehte. „Keine Ahnung. Sie kennen das doch: Es wird ermittelt."

„Gibt's denn einen Verdacht?"

„Nicht, dass ich es wüsste", antwortete der kranke Mann.

Bahn schwieg. Er hatte einen Verdacht, aber darüber würde er mit Eggerath nicht sprechen. Für ein Gespräch war Kommissar Schmitz mit großer Wahrscheinlichkeit der bessere Ansprechpartner.

Kurz vor der Haustüre hätte Bahn dann beinahe doch noch mit Waldhausens Wagen einen Unfall gebaut.

Die Geschehnisse der letzten Stunden hatten ihn nachdenklich gemacht und er war müde. Als er links in die Boisdorfer Siedlung abbiegen wollte und abrupt abbremste, vergaß er, den Blinker zu setzen. Erst die quietschenden Reifen des nachfolgenden Wagens rüttelte ihn auf. Er hatte Glück, der Gegenverkehr war noch weit genug entfernt, er schoss schnell über die Fahrbahn, um den Auffahrunfall zu vermeiden.

Selbst in der Einfahrt zu seinem Haus hatte er sich noch nicht beruhigt. Zum ersten Mal seit vielen Jahren würgte er einen Wagen ab, als er anhielt.

„Willkommen daheim", knurrte er ironisch. „Ist es nicht schön, dass wir alle gesund und munter sind?" Er eilte schnurstracks zur Haustür und trat in den Flur, ohne sich um Eggerath und Gisela zu kümmern.

Der weiße Briefumschlag, der durch den Türschlitz geworfen worden war, fiel ihm sofort auf. Nachdem er die Botschaft überflogen hatte, überlegte er kurz. Aber dann nahm er sich zusammen, steckte den Umschlag in die Hosentasche und lächelte Gisela an, die mit dem stöhnenden Eggerath im Gefolge ins Haus trat.

Bahn wollte seine Frau nicht noch einmal aufregen. Sie sollte sich zunächst beruhigen und den Brandanschlag verarbeiten. Der Brief war nicht dazu angetan, ihr eine ruhige Nachtruhe zu bereiten. Das einzelne Blatt war nur mit einem unmissverständlichen Satz bedruckt gewesen: „Das nächste Mal klappt es garantiert."

20. Bahn hatte Eggerath durch seine grobe Behandlung und mangelnde Gastfreundschaft unmissverständlich zu verstehen gegeben, dass er nicht sonderlich begeistert von seinem neuen Hausfreund war. „Ein Schnaps oder eine Zigarette und Sie fliegen", hatte er als Grundregel ausgestellt. „Wenn Sie mir in meinem Haus in die Quere kommen, können Sie sich ein Hotelzimmer suchen", fügte er streng hinzu. Eggerath könne froh sein, dass er ein Dach über dem Kopf habe und bekocht werde, grunzte Bahn, den es ärgerte, dass

der unwillkommene Gast in einem seiner Trainings-
anzüge herumlief, den Gisela ihm überlassen hatte.
Diesen Anzug würde er garantiert nicht mehr anziehen.
Eggerath hatte verstanden. Er kaute stumm an einer Scheibe Brot, dann zog er sich auf das Gäste-
zimmer zurück, das Gisela vorbereitet hatte.
Seinen Gute-Nacht-Wunsch erwiderte Bahn nicht
einmal.

Das Telefon unterband Bahns quälende Gedanken,
ob er seiner Frau den Drohbrief zeigen sollte oder
nicht. Als Gisela mitbekam, dass Küpper anrief, zog
sie es vor ins Bett zu gehen statt still im Wohnzimmer neben Bahn zu sitzen.
„Das dauert bestimmt Stunden", vermutete sie, als
sie ihn auf die Wange küsste, „ihr habt so viel zu
bereden. Ihr seid schlimmer als Tratschweiber."

Sie behielt Recht.
Es war weit nach Mitternacht, ehe Bahn das Gespräch beendete und übermüdet ins Bett kroch.
Mit dem überraschenden Anruf hatte Küpper ihn
regelrecht übertölpelt. Statt selbst zu erklären, warum er sich nicht in Düren aufhielt und was er derzeit mache, hatte der Kommissar Bahn dazu gebracht, ihn weit ausholend über das Geschehene zu
informieren. Für Bahn wiederum bot das Gespräch
die Möglichkeit, alle seine Gedanken zusammenzu-
tragen und zu sortieren. Der Mord an der vermeint-

lichen Edelnutte Cornelia, das Schicksal des suspendierten Eggerath und schließlich der Drohbrief im Hausflur. Bahn war sogar erleichtert, mit Küpper einen Zuhörer zu haben, der interessiert zuhörte und durch gezielte Fragen die Berichterstattung im Fluss hielt.

„Du musst Gisela über den Brief informieren", hatte der Kommissar abschließend eindringlich gesagt, „und dann musst du sofort zu meinem Kollegen Schmitz gehen, um den Brief untersuchen zu lassen."

Auf seine eigene undurchsichtige Abwesenheit ging der Kommissar mit keinem Wort ein und Bahn hatte das Gefühl, es wäre besser, ihn nicht danach zu fragen.

Ob er noch unter Polizeiaufsicht stünde, hatte er Bahn auch gefragt. Und der Journalist musste zugeben, dass er daran weder gedacht hatte, noch, dass ihm eine Observation aufgefallen wäre.

Am nächsten Morgen fühlte sich Bahn wie gerädert, als er mit Gisela frühstückte. Sie hatte sich besonders viel Mühe mit dem Frühstück gegeben und neben dem Tee noch ein Glas frisch gepressten Orangensaft gestellt. Mit einem Zug leerte er die Vitaminspritze. Gisela nahm ihm nicht krumm, dass er ihre Mühe nicht sonderlich beachtet hatte. So kannte sie ihn.

Zu seiner Erleichterung war Eggerath noch nicht aufgestanden, der Kerl hätte ihm nur die Laune verdorben. „Den schmeiße ich sofort raus, wenn der hier eine einzige Zigarette raucht oder einen einzigen Schluck Alkohol trinkt", drohte er noch einmal. „Sonst hast du keine Sorgen?", meinte Gisela beschwichtigend. „Wir haben gerade einmal zwei Flaschen Wein im Haus. Davon kann Eggerath sich bestimmt nicht besaufen. Der ist doch froh, dass er lebt."

Bahn runzelte die Stirn. „In der Tat, wir haben ganz andere Sorgen, meine Liebe". Er atmete erleichtert auf, endlich hatte er den Mut gefunden, Gisela über den abendlichen Zwischenfall zu berichten. Er griff in die Seitentasche der Lederjacke, die er über den Stuhl gehängt hatte.

„Hier. Dieser Brief lag gestern im Flur, als wir nach Hause gekommen sind."

Gisela wirkte erstaunlich gefasst, als sie das Papier an Bahn zurückgab. Es werde wohl nicht dazu kommen, meinte sie scheinbar zuversichtlich, immerhin stünden sie unter Polizeischutz.

„Schöner Polizeischutz", knurrte Bahn. „Die kriegen doch nichts mit. Oder glaubst du etwa, die haben gesehen, wie jemand den Brief in den Kasten geworfen hat?"

Gisela antwortete nicht. Sie gab ihm den Brief zurück und fragte „Gehst du damit zur Polizei?"

Bahn nickte. „Hat Küpper mir empfohlen", sagte er kauend. „Am besten bringst du mich gleich bei Schmitz vorbei, bevor du den Wagen vor der Redaktion parkst", schlug er vor, während er den letzten Schluck aus der Kaffeetasse nahm.

Auf der Fahrt in die Stadt überlegte Gisela, ob sie Bahn vom ihrem gestrigen Besuch bei Eggerath und das dabei gewonnene Wissen berichten sollte, dann entschied sie sich dafür, damit bis zum Abend zu warten. So wichtig war es nach ihrer Ansicht nun auch nicht, dachte sie für sich, und es hatte auch nichts mit dem Mord an Cornelia Bergstein oder dem Unfall mit Anne zu tun. Das war einzig und allein Eggeraths persönliche Angelegenheit.

In der Polizeiinspektion hielt Bahn vergebens Ausschau nach Schmitz.

Der Kommissar sei bei Staatsanwalt Frings, sagte ihm Wenzel schroff. Er thronte in Küppers Zimmer hinter dem Schreibtisch, als sei er der Chef höchstpersönlich. „Er will Sie heute um 16 Uhr hier im Büro sprechen", fuhr der schwammige Kommissar im Befehlston fort.

„Das freut mich aber", entgegnete Bahn mit übertriebener Höflichkeit. „Ich unterhalte mich gerne mit netten Menschen." Er fingerte den Brief aus seiner Lederjacke. „Vielleicht sind Sie so nett und lassen diesen Brief auf Spuren untersuchen. Da will jemand mir und meiner Frau Angst machen." Bahn warf das Papier auf die Schreibplatte und machte grußlos kehrt. Nicht länger als unbedingt nötig wollte er mit dem Fettwanst sprechen. Im Türrahmen fiel ihm dann doch eine Spitze ein. „Ach ja, viele Grüße soll ich Ihnen von Ihrem Chef Küpper ausrichten. Er hat wirklich einen interessanten Job

232

und ist froh, dass Sie ihm endlich einmal nicht in die Quere kommen", lästerte er beim Hinausgehen.

In der Redaktion saß Bahn seine Zeit ab. Selbst die kurze Mittagspause mit Waldhausen mit Mett und Kölsch bei Max flog vorbei. Er wusste nicht, wo die Stunden geblieben waren, als er sich am Nachmittag auf den Weg zur Aachener Straße machte.
Nicht nur das Gespräch mit Schmitz in der Polizeiinspektion wartete auf ihn, er wollte zuvor noch zum Straßenverkehrsamt und dort die Papiere für seinen neuen Ford Mondeo abholen.
Müller hatte für die angenehme Überraschung gesorgt, der den Tag vielleicht doch als gelungen erscheinen ließ. „Unter Versicherungskollegen haben wir deinen Sachschaden so gedeichselt, dass du einen neuen Wagen bekommst. Ist gewissermaßen ein kleines Dankeschön von mir. Und die Versicherung fürs erste Jahr ist auch schon drin", hatte der Agent gesagt und beschwichtigend hinzugefügt: „Das ist ausschließlich die rasche Abwicklung eines Versicherungsfalles und hat nichts mit deinem Honorar von mir zu tun."
Bahn stellte keine Fragen. Ihm konnte es nur recht sein, wenn er wieder einen fahrbaren Untersatz hatte. Er hatte Gisela anrufen wollen, aber sie hatte nicht abgenommen. Gerne hätte er mit ihr den neuen Wagen am Abend bei einem Griechen oder Italiener gefeiert. Aber so würde er vollkommen unspektakulär mit dem Mondeo zu Hause vorfahren und berichten.

Bahn kam jedoch nicht lange dazu, sich über das Fahrzeug zu freuen. Als er neben Schmitz und Frings, der sich wie selbstverständlich zu ihnen gesellt hatte, am Besuchertisch in Küppers Büro saß, holte ihn der Alltag schnell wieder ein.

„Ist schon eine merkwürdige Angelegenheit", meinte der Kommissar. „Wir haben bei unserer Spurensuche festgestellt, dass der Brandsatz, der in Eggeraths Wohnung geworfen wurde, sehr viele Ähnlichkeiten hat mit den anderen, die Sie betroffen haben." Er rührte kurz in seiner Kaffeetasse. „Kurzum, wir gehen davon aus, dass dieser ebenso wie die drei anderen Brandsätze aus einer Quelle stammen. Wir haben es wahrscheinlich mit einem Täter oder einer Tätergruppe zu tun."

Bahn nagte nachdenklich an seiner Unterlippe. Aus dieser Erkenntnis konnte er sich keinen Reim machen. „Wieso?", fragte er verständnislos. „Was soll das?"

„Wenn wir das wüssten, wären wir weiter", antwortete der Staatsanwalt anstelle von Schmitz platt. „Aber wir wissen es nicht." Er sah Bahn fragend an „Gibt es denn irgendeinen Zusammenhang zwischen Ihnen und Eggerath?"

Offenbar gab es, wie Bahn erstaunt erkannte, eine rege Kommunikation und keine Geheimnisse zwischen dem Kommissar und dem Staatsanwalt.

Der Journalist verneinte und korrigierte sich dann. „Jetzt gibt es einen Zusammenhang, denn meine Frau und ich, wir haben Eggerath vorübergehend bei uns aufgenommen." Er grinste gequält. „Aber das konnte der Brandstifter nicht wissen." Bahn stockte kurz. Er hatte eine besorgniserregende Ahnung, aber er wischte sie schnell beiseite. Er würde sie allenfalls mit Küpper bereden. „Vielleicht hat jemand einen Großhandel mit Brandsätzen aufgemacht und beliefert verschiedene Brandstifter", sagte er stattdessen ironisch. Er glaubte sich selbst nicht. Er stand vor einem Rätsel, für das ihm Schmitz noch keine Lösung präsentieren konnte.

„Warum ist Eggerath eigentlich bei Ihnen?", wollte Frings interessiert wissen.

„Das fragen Sie besser meine Frau", entgegnete Bahn wenig begeistert. „Bei ihr ist anscheinend die soziale Ader aufgebrochen." Er verdrehte die Augen.

„Was haben Sie über den Drohbrief herausbekommen?", fragte er.

Aber wieder war die Antwort wenig Erfolg versprechend. „Fehlanzeige", antwortete Schmitz bedauernd. „Handelsübliches Papier mit einer Computer typischen Druckschrift. Keine besonderen Merkmale und auch keine Fingerabdrücke, von den Ihrigen einmal abgesehen."

Bahn wurde stutzig. „Wieso konnten Sie meine Abdrücke identifizieren?"

„Weil Sie gespeichert sind, Herr Bahn", entgegnete Schmitz. „Sie sind wohl in einem anderen Zusammenhang einmal gebraucht worden, den ich nicht kenne."

Der Journalist erinnerte sich. Das musste wohl mit der Entführung von Uwe Franken zusammenhängen. Damals hatte er seine Abdrücke freiwillig abgegeben, als er der Polizei behilflich gewesen war. Er dachte nicht gerne an diese Tragödie zurück, die ihm beinahe und anderen Menschen tatsächlich das Leben gekostet hatte.

„Um die Reihe unserer Misserfolge fortzusetzen, lassen Sie mich noch kurz über den Mordfall Cornelia Bergstein berichten", mischte sich der Staatsanwalt wieder in das Gespräch ein. „Wie Sie sich denken können, gibt es keine neuen Erkenntnisse. Um es salopp zu sagen: Still ruht der See."

„Und besonders still ist der Ehemann", fuhr Schmitz unter dem zustimmenden Kopfnicken von Frings fort. „Der auf Mutters Sofa Fernseh guckt. Stimmt´s?" Er sah den Staatsanwalt an.

„Was sagt die Gerüchteküche über Cornelia?"

„Was soll sie sagen?", entgegnete der Kommissar ungehalten mit einer Gegenfrage. „Die Frau lag monatelang im Krankenhaus und war froh, wieder auf die Beine gekommen zu sein. Wenn Sie auf eine Beziehung zu irgendeinem Milieu anspielen, kann ich Ihnen nur sagen, da ist nichts dran. Die Gerüchte werden zurzeit von irgendwelchen Wichtigtuern gestreut. Ich habe Kollegen nachforschen lassen. Daran ist nichts. Vielleicht hat man sie mit ihrer Schwester verwechselt. Die hatte vor Jahren einmal eine Beziehung zu einem Mann aus dem Dunstkreis der Unterwelt. Das ist aber längst ausgestanden. Die beiden leben als braves und biederes Ehepaar mit Kind und Hund fernab von allem Übel in Meckenheim."

Sollte Jansen ihn falsch informiert haben? Bahn konnte sich nicht vorstellen, dass sein Informant anderen Informanten auf den Leim gegangen sein sollte. Andererseits hatte die Kripo ermittelt und war der Staatsanwalt eingeschaltet. Da war ihm Jansen noch eine Erklärung schuldig.

Die Skrupel überkamen Bahn, als er mit dem neuen Fahrzeug nach Rölsdorf fuhr. Konnte er mit ruhigem Gewissen Müller gegenübertreten, wenn er ihm Falschinformationen verkaufte hatte? Wäre es nicht redlich, den Wagen zurückzugeben? ‚Du bist manchmal zu gut für diese Welt', schimpfte er mit sich und suchte nach einem Argument, das für das Behalten des Wagens sprach. Müller selbst hatte es geliefert, redete er sich ein. „Das ist ausschließlich die rasche Abwicklung eines Versicherungsfalles", hatte er gesagt und so wollte es Bahn zur eigenen Beruhigung auch gerne sehen.

Als er auf die Kampstraße einbog, wunderte er sich, dass gerade Waldhausen vor seinem Haus anhielt.

Gisela kam dem Lokalchef entgegengelaufen und gestikuliert heftig. Sie schien verstört. Sie hatte Waldhausen angerufen, als sie Bahn nicht erreichen konnte.

Bahn beschleunigte, um Sekunden später mit quietschenden Reifen hinter dem Passat abzubremsen.

„Was ist hier los?", rief er laut, während er auf Gisela zueilte.

„Eggerath", stotterte sie, „Eggerath liegt im Wohnzimmer." Sie zitterte.

„Tot?", fragte Waldhausen.

„Ich weiß es nicht." Gisela schluckte. „Er liegt nur da, und um ihn herum leere Flaschen."

Bahn stürmte ins Haus und entdeckte den wieder in seinem Sportanzug gekleideten Eggerath auf dem Boden liegend. Zusammengekauert wie ein schlafendes Kleinkind lag der Mann auf der Seite. Es hatte nicht den Anschein, als sei er unkontrolliert zu Boden gestürzt, es sah so aus, als habe er sich Schlafen gelegt.

„Der hat sich seine Dröhnung genommen und pennt jetzt seinen Rausch aus", behauptete Waldhausen erbost. Er hatte sich über Eggerath gekniet und am Hals nach dem Puls gefühlt. „Er lebt. Er ist nur sturzbesoffen." Mit der Hand deutete er auf die drei restlos geleerten Flaschen.

„Wir legen ihn ins Bett und lassen ihn schlafen", schlug er vor.

Angeekelt griff Bahn den Mann an den Beinen und fluchte über den unhandlichen Gips, während Waldhausen Eggerath entschlossen unter den Achseln packte. Als sie ihn anhoben, erkannten sie das Tablettenröllchen, das aus Eggerath Hand fiel.

Schnell hob Gisela es auf. „Das sind Schlaftabletten", sagte sie entgeistert, als sie das Etikett gele-

sen hatte. „Der hat die ganze Packung Schlaftabletten mit dem Alkohol geschluckt. Eggerath muss ins Krankenhaus."
Ohne zu zögern griff sie zum Telefon und wählte die Notrufnummer. „Der stirbt sonst."

21. Der Rettungswagen ließ viel zu lange auf sich warten. So empfand es jedenfalls Gisela, die sich nicht traute, den leblosen Eggerath anzublicken, und in der Küche verschwunden war.

Bahn hatte weniger Hemmungen. „Wenn der abnibbelt, hat der Steuerzahler einen Nichtsnutz weniger auf der Gehaltsliste", meinte er zynisch. Zugleich bedauerte er Eggerath, aber das würde er nicht zugeben.

Und es gab noch einige Ungereimtheiten, die er gerne geklärt hätte, bevor Eggerath das Zeitliche segnete.

„Meinst du wirklich, er hat alle drei Flaschen gebechert?", fragte Waldhausen skeptisch. „Kann jemand so kaputt sein, dass er sich so volllaufen lässt und sich dazu noch mit Schlaftabletten ausknipsen will?"

„So kaputt kann jemand sein", antwortete Bahn überzeugt. „Aber ich glaube nicht, dass Eggerath so kaputt war. Und ich glaube auch nicht, dass er die drei Flaschen freiwillig getrunken hat."

„Wie?" Waldhausen sah seinen Freund verunsichert an.

„Eggerath trank alles, nur keinen Kognak, hat er mir gesagt, und die leeren Flaschen enthielten allesamt Kognak. Sogar im Krankenhaus, als er nichts anderes hatte, hat er das Zeug nicht angepackt. Selbst wenn wir unterstellen, Eggerath hätte sich Alkohol in einem Supermarkt bestellt und kommen lassen, so hätte er garantiert keinen Kognak, sondern reinen Korn genommen", erklärte er.

„Was heißt das?" Waldhausen fiel es schwer, seinen Freund zu verstehen.

„Ganz einfach, Fritz", sagte Bahn betont sachlich. „Ich glaube nicht, dass Eggerath sich hat vollaufen lassen. Eggerath wurde das Zeug eingeflößt. Es müssen Leute hier gewesen sein, die daran interessiert sind, dass er stirbt."

„Wer denn?", wollte Gisela atemlos wissen, die in der Küche das Gespräch mitbekommen hatte und mit einem Weinglas ins Wohnzimmer zurückkam.

„Bestimmt keine Einbrecher, sondern jemand, der von Eggerath ins Haus gelassen wurde. Oder habt ihr etwa Spuren von Einbrechern gesehen?" Bahn sah Gisela und Waldhausen an. „Ich sehe sie jedenfalls nicht."

„Dann ist das ein Fall für die Kripo", stellte Waldhausen entschlossen fest.

„Im Prinzip schon", bestätigte Bahn, „aber jetzt nicht. Ich will erst mit Küpper sprechen." Er schaute wieder auf den am Boden liegenden Eggerath.

„Wenn er durchkommt, kann er uns berichten, was passiert ist."

„Und wenn nicht?"

„Dann kann die Polizei immer noch ermitteln", antwortete Bahn schnell seiner Frau. „Aber ehrlich gesagt, wen interessiert es schon, wenn ein Alki zu Tode getrunken wird?" Besonders wenn es ein unbeliebter, suspendierter Bulle war, den die Kollegen am liebsten von hinten sahen. Aber diese Bemerkung behielt er für sich. Er ging zum Hauseingang, weil er im Fenster das flackernde Licht des Rettungswagens gesehen hatte.

„Wir sagen nichts", ermahnte er nochmals die beiden, bevor er öffnete.

Man würde Eggerath wahrscheinlich wieder ins Leben zurückholen, prognostizierte der Notarzt mit gleichgültiger Gelassenheit, als er den bewusstlosen Mann nach der routinemäßigen Untersuchung und dem Anlegen einer Infusion zum Transport ins nahe gelegene Lendersdorfer Krankenhaus freigab. Er hatte seine Kollegen am Telefon schon auf den Patienten aufmerksam gemacht und die ersten medizinischen Maßnahmen vorgeschlagen.

„Von der Sorte gibt es fast jeden Tag einen", sagte der Mediziner ohne Anteilnahme. Er brauchte mehr Zeit, um die Formulare auszufüllen als für den eigentlichen Einsatz und stellte mit seiner Bedächtigkeit Bahn auf eine harte Geduldsprobe.

Der Journalist wollte unbedingt auf Küppers Anrufbeantworter eine Nachricht hinterlassen und fand es nicht passend, in Anwesenheit des Notarztes eine andere Geschichte über Eggerath zu erzählen. Der Mediziner hatte dem Anschein nach geurteilt,

241

und nach seiner maßgeblichen Ansicht hatte Egge-rath einen Selbstmordversuch oder zumindest eine saudumme Handlung begangen.

Bahn, Waldhausen und Gisela unternahmen nichts, um diesem Anschein zu widersprechen, obwohl sie es besser wussten.

Bevor Bahn seinen Ruf an Küpper loswerden konnte, schreckte ihn das Telefon auf.

Jansen wollte wissen, was der Auflauf in seinem Haus sollte. Der Informant hatte über Funk den Ein-satz mitgehört und berichtete sachlich von der Be-merkung des Arztes auf der Rückfahrt zur Notarzt-zentrale: „Der sagt, er hätte nichts dagegen, wenn so eine Schnapsnase verrecke." Dennoch beruhigte er Bahn. „Er hat über Funk alle Anweisungen für die Behandlung gegeben."

Es würde ihm sehr gefallen, wenn Jansen ebenso sorgfältig arbeiten würde wie der Arzt, dachte sich Bahn. „Du hast mir absolut schwachsinnige Infor-mationen verkauft", schimpfte er. „Wie kommst du bloß zu der Behauptung, Cornelia sei im horizonta-len Gewerbe tätig? Das stimmt nicht. Du erzählst absolute Scheiße."

„Wer sagt das?", fragte Jansen streng. „Das ist eine böswillige Unterstellung. Die lasse ich nicht auf mir sitzen", fügte er aufgebracht hinzu.

Bahns Antwort, die Polizei habe keine Hinweise aufs Milieu ins Cornelias Leben gefunden, quit-tierte Jansen mit einem hämischen Lachen.

„Glaubst du den Pennern etwa?" Vermutlich hätten die Kollegen aus Düren bei einem Kollegen aus Kerpen nachgefragt und der habe sich dumm gestellt.

„Du weißt doch, wie das geht. Die haben sich garantiert kein Bein ausgerissen. Das ist eine andere Behörde und eine andere Zuständigkeit. An den Kreisgrenzen gibt es noch Schlagbäume", lästerte er.

Das mag bei einem harmlosen Vergehen der Fall sein, räumte Bahn ein, aber nicht bei Mord. Kommissar Schmitz habe ihm die Info gegeben.

„Und du hast ihn gefragt, woher er sein Wissen hat?"

Schmitz habe von Kollegen gesprochen, die für ihn nachgeforscht hätten, entgegnete Bahn langsam und ausweichend. Jansens Frage hatte ihn mehr verunsichert als er zugeben wollte.

„Dann ist ja alles klar", lästerte Jansen aufatmend. Für ihn war der Fall klar. „Frag deinen Spezi Schmitz mal, was das für Kollegen sind. Die haben ihn abgewimmelt. Ich habe dir die richtigen Informationen gegeben", sagte er überzeugt. „Ich gehe sogar so weit und verzichte auf mein Honorar, wenn ich dir etwas Falsches verkauft haben sollte."

Wenn der Informant Geld ins Gespräch brachte, musste es ihm Ernst sein, dachte sich Bahn. Jansen schien in seiner Ehre getroffen.

„Geh davon aus, dass ich richtig liege und dass Schmitz von seinen Kollegen vertröstet wurde", hörte er den Informanten sagen. „Wenn ich falsch liegen sollte, gebe ich meinen Job dran."

Das müsse er ohnehin, sagte sich Bahn, wenn die Polizei ihren Funkdienst digitalisierte und damit abhörsicher machte.

Fast zwei Stunden lang wartete Bahn auf den Rückruf von Küpper.

Waldhausen war gefahren, Gisela hatte sich schlafen gelegt, er saß an seinem Schreibtisch und hatte die Füße auf die Platte gelegt. Seine Mitteilung auf Küppers Anrufbeantworter war knapp, aber unmissverständlich gewesen. „Du musst mich heute noch anrufen", hatte er gesagt. Nun saß er in seinem schwach beleuchteten Arbeitszimmer und dachte nach. Er konnte sich keinen Reim auf die Ereignisse machen und er fragte sich, warum er sich überhaupt einmischte. Im Prinzip konnte ihm Eggerath einerlei sein, der Mord an Cornelia Bergstein blieb wahrscheinlich ungeklärt, Müller würde die Auszahlung an ihren Ehemann nicht verhindern können, der Unfall mit Eggerath und Anne war eine harmlose Bagatelle, die es nicht wert war, zeitaufwendig recherchiert zu werden. Es gab nur eins, was besorgniserregend war: die Anschläge auf die Redaktion, das Auto, sein Haus und Eggeraths Wohnung. Was hatte es damit auf sich?

Ungläubig stierte er das Telefon an, als es anhaltend klingelte.

Ob er eingeschlafen sei, fragte ihn Küpper, als er endlich abhob, um freundlich fortzufahren: „Wo brennt's, mein Freund?"

Bahn ließ bei seiner Schilderung nichts aus. Polizei, Eggerath, Jansen, alle kamen sie in seinem Bericht vor.

Küpper akzeptierte zu Bahns Verwunderung kommentarlos das Verschweigen des Anschlags auf Eggerath gegenüber der Polizei.

Und Bahn sprach auch die Ahnung aus, die er seit dem Morgen mit sich trug: „Kann es sein, dass der Anschlag bei Eggerath gar nicht ihm, sondern Gisela galt?"

Mit seiner Antwort ließ sich der Kommissar lange Zeit. „Kann es sein, dass jemand versuchte, mit einem Anschlag gleich zwei Personen zu treffen?", fragte er zurück und schob schnell noch eine Frage nach: „Was haben Eggerath und deine Frau gemeinsam?"

Es könne sich nur um den Unfall handeln, den Giselas Freundin mit Eggerath hatte, antwortete Bahn nachdenklich. „Aber das kann doch kein Grund sein." Außerdem passe der Anschlag auf die Redaktion und seinen Escort nicht zu dieser Möglichkeit.

„Richtig", bestätigte Küpper, „aber das entkräftet nicht die Theorie, dass der Unbekannte sowohl Eggerath als auch Gisela schaden wollte. Vielleicht ist Gisela stellvertretend für dich gemeint."

„Aber ich habe überhaupt nichts mit der Sache zu tun", widersprach Bahn erschrocken.

„Du hast Eggerath im Krankenhaus besucht, hast ihn nach Hause gefahren und hast ihn bei dir aufgenommen. Und dann willst du mir weismachen, du hättest nichts mit Eggerath zu tun", hielt ihm sein väterlicher Freund entgegen.

„Ich blicke nicht mehr durch", bekannte Bahn. Ihm wurde schwindelig. „Was soll das alles?"

„Ich kann es dir noch nicht sagen", bedauerte Küpper ehrlich, „aber ich kümmere mich drum."

„Wann kommst du wieder?", wollte Bahn wissen. Es würde ihn und auch Gisela beruhigen, wenn sie den Kommissar in der Nähe wüssten.

„Schneller als du denkst", antwortete der Kommissar. „Es dauert nicht mehr lange, bis ich nach Düren zurückkomme. Aber ihr braucht euch keine Sorgen zu machen. Die Polizei passt auf euch auf."

Diese Bemerkung stieß Bahn bitter auf. „Immer, wenn etwas los ist, sind meine Freunde und Helfer nicht zur Stelle."

Das stimme in dieser Absolutheit nicht, entgegnete Küpper, nur könnten die Kollegen nicht überall gleichzeitig sein. „Du und Gisela, ihr seid die zu beschützenden Objekte, nicht dein Haus oder dein Auto. Wenn ihr unterwegs seid, folgen die Kollegen euch und euer Haus bleibt unbewacht."

Er gähnte unüberhörbar und hatte noch eine Bitte an Bahn, bevor er das Telefonat beendete: „Ich wäre dir sehr verbunden, wenn du deinen Freund Waldhausen dazu bewegen könntest, ein Wohn-

mobil zu mieten und auf dem Parkplatz am Hoeschmuseum zu parken, und du mir die Schlüssel in
meinen Briefkasten werfen würdest."

„Warum?", fragte Bahn verblüfft.

„Frag nicht, tu mir den Gefallen." Küpper ließ keine
Gegenrede zu. „Kann ich mich auf dich verlassen?"
„Ja."

22. Ohne Zaudern machte sich Waldhausen daran, Küppers Wunsch zu erfüllen. „Wenn's zum
Wohle unseres Staates ist, mache ich doch glatt alles", kommentierte er ironisch, nachdem er bei einem Autoverleiher das Fahrzeug geordert hatte.
„Weißt du etwa, was dein Kommissar mit dem
Wohnmobil bezweckt?"

Bahn verneinte. Er konnte allenfalls vermuten, dass
Küpper das Wohnmobil im Rahmen seiner un-
durchsichtigen Arbeit benötigte. Aber er war zu
sehr mit seinen eigenen Problemen beschäftigt, um
sich auch noch über das ungewöhnliche Anliegen
seines väterlichen Freundes Gedanken zu machen,
dachte er sich, als er sich aus Waldhausens Zimmer
zurückzog.

Bahn rang lange mit sich, bevor er gegen Mittag
Müller anrief und ihn von den Ermittlungen der Polizei über Cornelia Bergstein in Kenntnis setzte.

Die unterschiedlichen Ergebnisse schienen den
Versicherungsagenten nicht sonderlich zu beunru-
higen. „Ich mache mir meine eigenen Gedanken",

meinte er bedächtig. Er war sogar froh, dass ihn Bahn informiert hatte. Es sei immer gut, wenn man seine eigene Arbeit in Zweifel ziehe, meinte er.

„Weiter so", munterte er den Journalisten auf. „Ich bin dir für jeden noch so widersprüchlichen Hinweis dankbar." Vor allem habe er sehr viel Zeit. „Solange die Staatsanwaltschaft nicht offiziell das Ermittlungsverfahren gegen Cornelias Mann beendet, solange zahlen wir nicht. Das ist mit unserer Rechtsabteilung geklärt. Von mir aus kann der Mensch klagen, bis er schwarz ist. Von uns kriegt er so schnell kein Geld."

Mit routinemäßiger Gelassenheit nahm Kommissar Schmitz am Telefon Bahns lückenhaften Bericht über die abendlichen Ereignisse entgegen. Das Alkoholgelage von Eggerath könne ihn nicht überraschen, meinte die Kante ohne Anteilnahme.

„Ich habe mir immer schon gedacht, dass der Mann nicht trocken ist, auch wenn unser übertrieben fürsorglicher SAP uns stets das Gegenteil sagt." Eggerath habe übrigens um Kollberichs Besuch im Krankenhaus gebeten, hängte er abwertend an.

Dieser Besuch passte Bahn überhaupt nicht. Er musste versuchen, Kollberich zuvorzukommen, um das tatsächliche Geschehen zu verheimlichen. Er wollte zuerst mit Eggerath reden und von ihm wissen, wer ihn fast in den Tod getrieben hätte, und ihn eventuell überreden, zunächst Stillschweigen zu bewahren. Mit Gisela hatte er sich für den späten Nachmittag im Krankenhaus verabredet.

„Wann wollte der SAP zu Eggerath?", fragte er beiläufig. „Über Kollberichs Job könnte ich vielleicht
einmal eine Geschichte machen."
Die Antwort des Kommissars beruhigte ihn: „In dieser Woche wird das nichts mehr. Der hat noch andere Sorgenkinder in der Region. Und Eggerath
kann ihm ja nicht davonlaufen. Aber ich sage Kollberich Bescheid, dass Sie ihn begleiten wollen."
Es lag Bahn auf der Zunge, Schmitz noch einmal mit
der gegenteiligen Auffassung von Jansen über Cornelia Bergstein zu konfrontieren, doch dann
schwieg er lieber zu diesem Thema. Er machte sich
Müllers Ansicht zu eigen, einfach beide Möglichkeiten in Betracht zu ziehen, wenngleich er
schwankte. Zum einen war Jansen die Zuverlässig-
keit in Person, zum anderen war Schmitz, wie Küpper im nächtlichen Telefonat noch einmal versichert hatte, ein sehr gewissenhafter Ermittler.
Was war richtig, was war falsch?
Die Antwort konnte er sich jetzt noch nicht geben.

Gisela wartete bereits im Eingangsbereich des An-
tonius-Hospitals auf ihn.
Bahn hatte mal wieder bei der Parkplatzsuche eine
Ehrenrunde durch Lendersdorf gedreht, bis er ent-
nervt seinen Wagen im eingeschränkten Halteverbot
an der Rurbrücke abstellte.
Aber ihr war die Zeit erkennbar nicht lang geworden. Sie unterhielt sich offenbar sehr amüsiert, wie
Bahn erstaunt feststellte, mit einem elegant gekleideten großen Mann mit schlohweißen Haaren.

Beim Nährkommen erkannte ihn Bahn als Gustav Baron, den Verwaltungsdirektor, einem seiner langjährigen Bekannten, der auch schon einmal ein Auge auf Gisela geworfen hat.

„Lass die dummen Witze", knurrte er zur Begrüßung und schlug Baron kräftig auf die Schulter.

Der Krankenhauschef nahm ihm die Bemerkung nicht krumm. „Du änderst dich nie, Helmut", sagte er schmunzelnd und verabschiedete sich mit einem galanten Handkuss von Gisela.

Zielstrebig steuerte Bahns Frau ein Zimmer auf der Internistischen Abteilung an. „Eggerath liegt auf 312", sagte sie erklärend, während sie durch den dunklen Flur des alten Traktes gingen. „Er ist ansprechbar und kann im Prinzip wieder entlassen werden. Er hat den Rausch und die Schlaftabletten erstaunlich gut überstanden. Sie wollen ihn nur noch für ein paar Tage zur Beobachtung hier behalten."

Bahn fragte nicht nach, woher Gisela ihr Wissen hatte. Wahrscheinlich hatte Baron sie in freundschaftlicher Verbundenheit aufgeklärt. Er atmete jedenfalls erleichtert auf. Auf diese Weise war er wenigstens vorübergehend den unerwünschten Hausgast losgeworden, sagte er sich, als Gisela an der Tür zum Krankenzimmer anklopfte.

Fast wäre Bahn wieder rückwärts auf den Flur getreten. Eine Nikotinwolke, die ihm sofort schmerzhaft auf die Lunge schlug, kam aus dem Zimmer geweht. Er brauchte lange, bis er sich orientieren konnte. Alle vier Betten in dem überhitzen, miefigen Raum waren belegt.

Die Männer, die darin lagen, ähnelten sich sehr. Es waren ausgemergelte, hagere Gestalten, denen der Alkoholismus ins Gesicht geschrieben stand. Offenbar duldete das Krankenhaus den starken Zigarettenkonsum, um seinen Patienten eine Kompensation zum Schnapsentzug zu bieten.

Auch Eggerath hatte eine Filterlose im Mund. Er lag ausgestreckt unter seiner Bettdecke und hielt in der linken Hand einen Aschenbecher fest. Nur langsam drehte er den Kopf, als die Besucher eintraten. Es fiel ihm offenbar schwer, Gisela oder Bahn zu erkennen, denn er brauchte lange, bis sich seine Gesichtszüge zu einem Grinsen verzogen, das wohl freundlich gemeint war, das aber eher an ein schmerzhaftes Verziehen der Mundwinkel erinnerte. Umständlich drückte er die Kippe aus und stellte den Aschenbecher auf den Beistelltisch ab, bevor er sich mühsam aufrappelte und sich trotz seines Gipsbeines auf die Bettkante setzte. Die ausgestreckten nikotingelben Finger der rechten Hand, die er zum Gruß entgegenstreckte, packte Bahn nur widerstrebend an.

Er ekelte sich und überhörte die Ironie, als Eggerath ihn und Gisela im „Raucherzimmer" willkommen hieß.

Der Alkoholkranke sah in seinem schlichten, grauen Schlafanzug, den ihm die Station zur Verfügung gestellt hatte, noch erbärmlicher aus als in dem geliehenen Sportanzug. Die erstaunlicherweise gebräunte Haut spiegelte eine nicht vorhandene Gesundheit vor. Die trüben Augen lagen noch tiefer in den dunklen Augenhöhlen, die stark gerötete Nase stach hervor, der starke, schwarze Bartwuchs spross wieder unkontrolliert im Gesicht und am Hals.

Mit Bestürzung stellte Bahn fest, dass die anderen drei Patienten noch relativ jung waren. Keiner dürfte die Dreißig erreicht haben. Ihre Gesichter zeigten deutliche Spuren ihres Lebenswandels. Die geröteten Knollennasen der hageren Gestalten waren unverkennbare Zeichen des Alkoholismus. Es war für Bahn unverständlich, wie jemand sich derart hängen lassen und sich von Nikotin und Alkohol abhängig machen konnte. Für ihn war die Abhängigkeit eher ein Zeichen von persönlicher Schwäche als die Folge von irgendwelchen Schicksalsschlägen. Er hatte für die Kerle nur
Verachtung übrig.

Die transusigen Zimmernachbarn nahmen die Besucher erst gar nicht zur Kenntnis. Sie stierten weiter vor sich hin oder lasen.

Am liebsten hätte Bahn den Raum sofort wieder verlassen. Aber er tat es nicht, weil ihn Gisela beruhigend anblickte und ihm einen einfachen, braunen Holzstuhl zuschob, den sie vom Besuchertisch geholt hatte.

„Wie geht es Ihnen?", fragte sie Eggerath überaus höflich.

Bahn befürchtete, dass der Kranke die Frage nutzte, um über seinen bedauernswerten Zustand und über die Ungerechtigkeit des Lebens zu lamentieren. Aber er hatte sich zum eigenen Erstaunen getäuscht.

„Wie neu geboren", antwortete Eggerath mit einem verlegenen Lächeln, „die Jungs hier haben mich zurückgeholt." Er schüttelte den Kopf. „Wenn Sie mich nicht gefunden und richtig reagiert hätten, wäre ich wahrscheinlich tot."

Bahn war überrascht über die Offenheit und den Realitätssinn des Mannes. Eggerath schien verändert, zumindest gab er sich nach Bahns Ansicht den Anschein, ernsthafter und kontrollierter zu wirken.

„Wie ist's denn überhaupt dazu gekommen?", fragte er interessiert.

Eggerath sah ihn konzentriert an, und zum ersten Mal, so empfand es Bahn, gab es in dessen Augen ein kurzes, energisches Funkeln. „Wenn plötzlich drei Männer vor Ihnen stehen und Sie durch ihre Krücken noch gehandicapt sind, haben Sie keine Chance." Eggerath lächelte grimmig. „Ich weiß nicht, wie sie ins Haus gekommen sind, ich habe im Wohnzimmer einen Krimi gelesen, als sie plötzlich vor mir standen. Ehe ich reagieren konnte, haben sie mir eine Kognakflasche in den Mund geschoben." Es wirkte nicht wie eine Entschuldigung, als Eggerath sagte: „Ich konnte nichts machen. Ich bin bewusstlos geworden und in dem Bett hier aufgewacht."

„Wissen Sie von den Schlaftabletten?"

„Ich habe davon gehört. Die Ärzte haben es mir gesagt", bestätigte Eggerath, der aus der Schachtel nach einer Zigarette griff, diese dann aber in seiner Hand zerdrückte.

„Scheiße", murmelte er. Er starrte Bahn an, als warte er darauf, dass der Journalist das Gespräch fortführe.

Bahn räusperte sich. „Der Notarzt geht davon aus, dass Sie sich aus eigenem Antrieb besoffen haben."

Eggerath grinste gequält. „Das glauben alle. Die meinen, ich hätte Halluzinationen gehabt oder würde mir eine Entschuldigung für den Vollrausch zurechtbasteln. Aber es stimmt nicht."

Bahn schwieg. Er wusste, dass Eggerath die Wahrheit sagte. Er wusste es, Gisela wusste es, Eggerath wusste es.

„Ändert es was, dass man Ihnen nicht glauben will?", fragte er endlich.

„Kaum", antwortete Eggerath mit einem Schulterzucken. „Im Prinzip nicht."

„Also lassen wir den Ärzten ihren Glauben", meinte Bahn. Es passte ihm, wenn Eggerath, wenngleich ungewollt, mitmachte.

„Nicht nur denen", ergänzte Eggerath.

Ob seine Bemerkung Ausdruck der Resignation oder des Trotzes war, wurde Bahn nicht klar.

„Wahrscheinlich werden auch meine ehemaligen Kollegen glauben, ich sei einmal mehr rückfällig geworden", fuhr der Kranke ruhig fort.

„Wie vor ein paar Tagen, als Sie den Unfall hatten?"
Wie aus der Pistole geschossen hatte Gisela die Frage gestellt.

Auch Eggerath wirkte für einen Moment perplex, dann hatte er sich wieder unter Kontrolle. „Das eine hat mit dem anderen nichts zu tun", sagte er überraschend streng. „Das Thema Unfall ist durch und durch nur eine Bagatelle. Das hier war ein Mordanschlag."

„Den wir vorerst aber nicht melden wollen", mischte sich Bahn ins Gespräch ein.

„So soll es sein", stimmte Eggerath zu. „Ich will meine Ruhe haben. Oder glauben Sie etwa, meine Ex-Freunde machen meinetwegen eine Sonderschicht?" Er lachte kurz auf. „Die haben Besseres zu tun, als sich um das Schicksal eines Alkis zu kümmern."

„Was ist denn auch schon ein Mordanschlag an einem Alki im Vergleich zu einem ausgewachsenen Mord an einer jungen Frau, der Ihren Ex-Kollegen die Grenzen ihrer Fähigkeiten aufzeigt", sagte Bahn spitz. „Haben Sie noch etwas über Cornelia Bergstein gehört?"

Eggerath verneinte. „Woher sollte ich? Bis auf das dumme Geschwätz der Alten im Eschweiler Krankenhaus habe ich nichts mitbekommen." Er verzog sein Gesicht erneut zu einem gequälten Grinsen. „Im Vergleich zu ihr geht es mir wirklich verdammt gut."

„Und Ihnen geht es wahrscheinlich auch besser als dem Herrn Schweißfuß", mischte sich Gisela ein.

Sie hatte Eggerath etwas Tröstliches sagen wollen, aber ihr schien, als hätte sie danebengegriffen.

„Wie wer?", fragte Eggerath mit unverkennbarer Verblüffung.

„Schweißfuß ist der Jungenname des verwitweten Herrn Bergstein", erläuterte Bahn ungehalten. „Meine Frau meint wahrscheinlich, er werde sein Leben lang darauf warten, dass ihm die 400.000 Euro aus der Lebensversicherung seiner Frau ausgezahlt werden. Da haben Sie es besser. Sie liegen hier auf der faulen Haut und bekommen sogar noch wegen Ihres Unfalls Schmerzensgeld."

Es gab durchaus eine Parallele, fiel Bahn auf. Ebenso wie Bergstein allenfalls verdächtigt, aber nicht tatsächlich überführt wurde, so war für ihn auch Eggerath verdächtig, alkoholisiert seinen Unfall zumindest mitverursascht zu haben. Aber beide Verdachtsmomente ließen sich nicht beweisen, ärgerte er sich.

Eggerath sank auf sein Bett zurück. „Lassen Sie es gut sein. Und vielen Dank für alles, das Sie für mich getan haben." Er griff zu Zigaretten, Feuerzeug und Aschenbecher und rauchte auf dem Rücken liegend ruhig vor sich hin. Für ihn war damit unmissverständlich die Unterhaltung beendet.

Auf dem Flur wartete schon ein junger, weiß gekleideter Mann auf Gisela und Bahn. Es war der Arzt, der am Vortag im Notdienst Eggerath untersucht und eingewiesen hatte.

„Hat er Ihnen auch seine aberwitzige Geschichte von den Unbekannten erzählt?", fragte der Weißkittel spöttisch. „Das ist eine der typischen Geschichten, die ich immer wieder von den Alkis zu hören bekomme. Im Endstadium sind es dann die berühmten kleinen, grünen Männlein, die ihnen nach dem Leben trachten." Der Mediziner winkte resignierend ab. „Es ist schon eine Schande, wie leichtfertig viele Menschen mit ihrem bisschen Leben umgehen.

„Sie glauben Eggerath also nicht?", fragte Gisela bekümmert.

Der Arzt verneinte. „Ich kann ihm nicht glauben, weil ich diese Geschichte in vielen Variationen schon viel zu oft gehört habe. Ich würde mich freuen, wenn ich mich einmal irren würde." Er sah Gisela melancholisch an. „Aber ich irre mich garantiert nicht."

„Wie geht's weiter mit Eggerath?", wollte Bahn wissen. „Was wird aus ihm?"

„Er ist froh, dass er bei uns versorgt wird. Wir werden dafür sorgen, dass er bei uns bleiben kann, bis ihm die Nägel aus dem Unterschenkel und dem Fuß entfernt werden müssen. Dann kann er sich in der Orthopädie pflegen lassen. Und danach?" Der Arzt hob die Arme zum Zeichen seiner Ohnmacht. „Danach wird er wahrscheinlich zum nächsten Kiosk stürzen und sich mit Schnaps volllaufen lassen."

23. Nachdenklich sortierte Gisela die grünen Paprikastückchen auf ihrem Salatteller zur Seite.

Bahn hatte sie nach dem Besuch bei Eggerath in ein gemütliches Restaurant in Lendersdorf eingeladen und sie hatte sich, wie immer, trotz ihrer Abneigung gegen grünen Paprika für einen Salatteller entschieden, während Bahn, auch wie immer, einen Grillteller mit doppelter Portion Pommes bestellt hatte.

Das Kalorienzählen hatte er für heute aufgegeben und auch den Gedanken an die Muckibude und seinen Vorsatz, dort zweimal wöchentlich aufzutauchen, wischte er ohne Reue beiseite.

„Ist dir nichts an Eggerath aufgefallen?", fragte sie leise, als dürften die Gäste am Nebentisch ihr Gespräch nicht mithören.

Bahn schüttelte kauend den Kopf. „Was denn?", nuschelte er mit vollen Mund.

„Er kam mir anders vor, ernster oder so", antwortete Gisela und sie erkannte an Bahns strengem Blick, dass er mit diese Antwort nicht zufrieden war.

„Oder so", ließ er nicht gelten, da musste sie schon konkreter werden.

„Ich meine, er hat vielleicht zum ersten Mal die Dramatik seiner Lage erkannt, und ich glaube, er will endlich dagegen ankämpfen", erklärte sie. Es sei schon fatal, wenn Eggerath zur Volltrunkenheit genötigt werde und auch noch Schlaftabletten gewaltsam zugeführt bekomme, und kein Arzt glaube ihm. Sie blickte ihren Mann besorgt an. „Sollen wir nicht doch die Polizei informieren?"

Aber Bahn verneinte. „Du hast doch gehört, was der Arzt glaubt." Aber diese Begründung war, wie er zugeben musste, in Anbetracht ihres Wissens sehr schwach. Er berief sich auf Küppers Schweigen.

„Küpper ist einverstanden mit unserem Vorgehen, sonst hätte er etwas gesagt", behauptete er. Bahn schnitt ein großes Stück Filet ab und schob es sich in den Mund. „Ich werde noch einmal mit Küpper über Eggerath reden", sagte er kauend zu Giselas Beruhigung, „und wenn er sagt, wir dürfen nicht länger schweigen, dann melden wir uns bei der Polizei."

„Warum machst du das eigentlich?" wollte Gisela wissen und Bahn stöhnte.

„Das habe ich dir doch schon einmal erklärt. Ich glaube, dass es besser für Eggerath ist, wenn wir den Grund seiner Volltrunkenheit gegenüber der Polizei verschweigen. Aber ich will Küpper entscheiden lassen. Einverstanden?"

Gisela verzog die Mundwinkel. Zufrieden war sie mit diesem Vorgehen nicht, signalisierte sie, doch sie akzeptierte Bahns Plan.

„Vielleicht ist es besser so", bemerkte sie, während sie wieder ohne große Begeisterung in ihrem Salat stocherte. „Bei der Polizei hat Eggerath ohne nur schlechte Karten und mit Schmitz kommt er überhaupt nicht klar."

„Wieso?", fragte Bahn neugierig, obwohl er die Antipathie des Kommissars gegenüber dem Alki auch bemerkt hatte. Sie war bei ihrer letzten Unterhaltung unverkennbar gewesen.

Giselas Antwort überraschte ihn so sehr, dass er sich verschluckte: „Wusstest du nicht, dass es damals die Frau von Schmitz war, mit der Eggerath angebändelt hatte, und dass Schmitz sein Vorgesetzter in Alsdorf war, als es zu der Schießerei in der Nachtbar kam, bei der sein Streifenkollege starb?"

„Wie bitte?", krächzte Bahn entgeistert. Er wollte Gisela nicht glauben.

Ruhig wiederholte sie sich. Kollberich habe es ihr gesagt und auch Eggerath habe sie darüber aufgeklärt. „Ich habe mich halt um den Mann gekümmert, der Annes Unfall verursacht hat", sagte sie betont ruhig, „und mir ein Bild über seine Persönlichkeit gemacht."

„Warum hast du mir nichts davon gesagt?" Bahn funkelte zornig mit den Augen. Er mochte es nicht, wenn Gisela mehr wusste als er und sie ihr Wissen für sich behielt.

„Du wolltest doch nicht zuhören", erwiderte sie gelassen. „Ich habe zweimal versucht, mit dir über Eggerath zu reden. Du hast jedes Mal abgeblockt." Sie lächelte Bahn versöhnlich an, bevor sie weiterredete. „Eggeraths Vergangenheit ändert nichts an seiner Gegenwart oder Zukunft."

„Aber es erklärt einiges", entgegnete Bahn schnell. „Es erklärt mir beispielsweise, warum sich Schmitz immer nur abfällig über Eggerath äußert." Er stocherte heftig in den Kartoffelstäbchen.

„Scheißkerl", fluchte er und Gisela verstand, dass er den Alkoholiker meinte.

Der Anruf am frühen Morgen in der Redaktion überraschte ihn. Kollberich wollte ihn zu einem Gespräch mit Eggerath abholen. Kollege Schmitz habe ihn von Bahns Absicht informiert, eine Reportage über die Tätigkeit des SAP zu machen, und er habe wider Erwarten heute Zeit, erklärte er. Eines seiner Sorgenkinder, mit dem er verabredet war, hatte den Beratungstermin rückgängig gemacht.

„Wenn Sie nichts dagegen haben, fahren wir am späten Nachmittag gemeinsam mit Schmitz nach Lendersdorf", schlug der SAP vor.

„Gerne", stimmte Bahn zu und überlegte, ob er Kollberich und später auf der Fahrt nach Lendersdorf Schmitz über sein nächtliches Telefonat mit Küpper berichten sollte.

Küpper hatte ihm geraten, die Polizei unverzüglich über die wahren Hintergründe von Eggeraths Vollrausch aufzuklären. Es könnte vielleicht auch zu neuen Hinweisen hinsichtlich des Anschlags auf Eggeraths Wohnung führen. Da könne ein Zusammenhang bestehen, hatte Küpper vermutet.

Bahns Bedenken, Schmitz könne Ressentiments gegen Eggerath hegen, hatte der Kommissar vehement zurückgewiesen. Das sei Schnee von gestern, die Geschichte sei längst abgehakt, Schmitz sei ein guter Polizist, der Beruf und Privates trennen könne. Der Kollege habe schwere Aufgaben zu erledigen, da könne er nicht wegen uralter Geschehnisse den Job schleifen lassen.

„Nein, Helmut", hatte Küpper gesagt, „die Geschichten zwischen Schmitz und Eggerath sind längst verdaut." Er solle Schmitz ruhig darauf ansprechen, schlug er Bahn vor.

Bahn nahm sich vor, über den Überfall auf Eggerath erst nach dem Krankenhausbesuch zu berichten. Vielleicht hatte zuvor Eggerath schon von sich aus das Gespräch darauf gebracht, hoffte er. In Kollberichs Wagen nahm er Küppers Vorschlag auf und fragte neugierig, was an der gemeinsamen Vergangenheit von Schmitz und Eggerath sei.

Das sei kalter Kaffee, hatte Schmitz abfällig gemeint, längst verdaut und vergessen.

„Ich habe im Nachhinein viel mehr Glück gehabt als der Kollege", sagte Schmitz selbstzufrieden. Er drehte sich auf dem Beifahrersitz um und sah Bahn auf der Rückbank amüsiert an. „Ich habe eine neue, gute Frau gefunden und beruflich Karriere gemacht, Eggerath hingegen ist in den Suff abgerutscht. So ist das Leben, mein Lieber."

Auch Kollberich bestätigte, dass die Vergangenheit aus polizeilicher Sicht bewältigt sei. „Sie können sicher sein, dass eventuelle persönliche Rivalitäten oder meinetwegen auch Feindschaften intern untersucht und in aller Regel auch behoben werden." Er schaute seinen Nebenmann fragend an. „Wie lange ist das schon her?"

Schmitz sah aus dem Seitenfenster und schien zu überlegen. „Das müssen mindestens zehn Jahre sein", antwortete er gedankenversunken nach einiger Zeit. „Das ist doch gar nicht mehr wahr."

Sie schwiegen sich auf der weiteren Fahrt nach Lendersdorf an. Erstaunt bemerkte Bahn, dass Kollberich keinerlei Mühe hatte, direkt vor dem Krankenhaus einen Parkplatz zu finden. So ein Glück hätte er auch gerne einmal gehabt, und er erinnerte sich verärgert an den gestrigen Abend, als er nach dem Restaurantbesuch an der Heckscheibe seines Fords unter dem Scheibenwischer ein Knöllchen gefunden hatte.

Zielstrebig steuerte Bahn das Krankenzimmer an, in dem Eggerath untergekommen war. Es war ruhig auf den Fluren und in den Abteilungen. Das Abendessen war bereits vorüber, die Tagesschicht wartete auf die Ablösung. Der Arbeitstag war vorbei, die Nacht konnte kommen. Bahn hatte seine beiden Begleiter vor den Nikotinwolke gewarnt, die ihnen beim Öffnen der Tür entgegen wehen würde. Er ersparte sich das Anklopfen, bevor er kurzentschlossen den Türgriff drückte.

Seine Verblüffung war groß, als er Eggeraths Bett unbenutzt fand. Die drei anderen Patienten stierten vom plärrenden Fernseher weg und ihn neugierig an, einer hatte vergeblich versucht, eine Bierflasche unter der Bettdecke zu verstecken.

„Wo ist Eggerath?", brüllte Bahn, um die Lautstärke des Fernsehers zu übertönen, auf dem irgendein Fußballspiel ablief.

Umständlich betatschte einer der Männer die Fernbedienung, ehe endlich der Ton abgestellt war. Was er wolle, fragte er Bahn, der seine Frage lautstark wiederholte.

„Im Raucherzimmer", antwortete der Patient mit brüchiger Stimme. „Er hat sich eben seinen Sportanzug angezogen und ist gegangen. Er wollte sich dort mit jemandem treffen, hat er uns gesagt."

„Mit wem?", fragte Schmitz spontan.

Doch konnte er keine zufriedenstellende Antwort erwarten. Vor einer Stunde hatte Eggerath einen Telefonanruf erhalten, so wurde ihm erklärt. Daraufhin habe er sich mit dem Anrufer verabredet.

Fragend sah Bahn Schmitz an. Sollten sie hier warten oder sollten sie Eggerath und seinen Besucher im Raucherbereich suchen?

Schmitz machte auf der Stelle kehrt und atmete im Flur tief durch. „Da drinnen halte ich es keine fünf Minuten aus", fluchte er. Im Schwesternzimmer erkundigte er sich nach dem Weg zum allgemeinen Raucherzimmer und ging dann eilig vor.

Bahn und Kollberich folgten ihm durch das Haus bis zu einem Raum im obersten Stockwerk direkt neben dem Aufzug. Durch die offenstehende Tür zogen die Rauchschwaden in den Flur und wurden dort sofort von einem Luftabzug abgesogen. Dennoch war es nebelig trüb in dem warmen, gut gefüllten Raum.

Die Patienten redeten laut miteinander und kümmerten sich nicht um die drei Zivilisten, die sich suchend umsahen.

„Sehen Sie Eggerath?", fragte Kollberich verblüfft. „Ich nicht."

„Ich auch nicht", bestätigte Bahn, „der ist nicht hier. Oder ich muss blind sein."

„Ruhe!", brüllte Schmitz in das volle Zimmer hinein. „Ruhe!"

Erschrocken verstummten die Patienten und starrten in die Richtung von Schmitz.

„Wo ist Herr Eggerath?", fragte der Kommissar streng.

Aber er erhielt keine Antwort, niemand fühlte sich durch diese Frage angesprochen.

„Der ist nicht hier", wiederholte sich Bahn.

„Das sehe ich auch", brauste Schmitz zornig auf. „Aber wo ist er?" Er eilte auf die Station zurück und stürmte ins Schwesternzimmer. Doch musste er erkennen, dass ihm auch dort niemand helfen konnte. Die Mädels waren zwar entgegenkommend, aber zugleich ahnungslos.

Eggerath war offensichtlich verschwunden.

„Dann fällt unser Beratungsgespräch halt aus", stellte Kollberich lapidar fest. „Heute habe ich wirklich Glück mit meinen Schäfchen", witzelte er, ohne damit einen Lacherfolg zu erreichen.

Auf der Fahrt zurück nach Düren war es still im Wagen. Jeder ging seinen Gedanken nach.

Bahn hatte eine Vermutung, aber er sah keinen Grund, Schmitz und Kollberich darüber zu informieren. Auch hatte er keinen Anlass, die beiden Polizisten über den Überfall auf Eggerath in seinem Haus aufzuklären. Er war froh, als sie ihn an der Pletzergasse absetzen und er nach dem Kontrollgang in der Redaktion durch die kalte Winternacht zum Parkplatz gehen konnte.

Er fuhr am Hoeschmuseum vorbei und fühlte sich bestätigt: Das für Küpper gemietete Wohnmobil stand erwartungsgemäß nicht mehr dort.

Es gab eine Tatsache: Eggerath war verschwunden. Und es gab eine sonderbare Begebenheit in den letzten Tagen, die jetzt eventuell eine Erklärung erhalten hatte: Warum wollte Küpper das Wohnmobil haben? Wollte er etwa Eggerath darin unterbringen?

Das machte Sinn, redete sich Bahn ein, wenn er sich daran erinnerte, dass Küpper auf eine mögliche Bekanntschaft mit Eggerath nicht gerne angesprochen werden wollte. Da war etwas im Busch mit den beiden, grübelte er vor sich hin.

Aber was und warum?

Gisela wollte ihm diese Überlegung nicht abnehmen. „Du reimst dir etwas zusammen, das einfach nicht zusammen passt", meinte sie bloß und reichte ihm das Telefon.

„Versuchs doch mal mit Küpper", schlug sie vor. „Bitte ihn auf dem AB um einen Rückruf."

Doch darauf wartete Bahn vergeblich. Weit nach Mitternacht ging er nach nerviger Warterei zu Bett, ohne seinen Freund gefragt haben zu können.

24. Bahn schmollte. Er fühlte sich zu Unrecht missverstanden, nachdem auch Waldhausen seiner Schlussfolgerung nicht unbedingt zustimmte.

Zugleich sah sich der Lokalchef aber außer Stande, eine plausible Antwort auf Bahns Frage nach einem Grund des von Waldhausen für Küpper gemieteten Wohnmobils zu geben. Er könne keinen kausalen Zusammenhang zwischen Eggeraths Verschwinden und Küppers Fortfahren mit dem Fahrzeug sehen, sagte er und forderte Bahn durch einen deutlichen Wink auf, sein Büro zu verlassen, er wollte sich seiner üblichen Redakteurstätigkeit widmen.

Auch ohne diesen Hinweis hätte Bahn den Raum verlassen. Er hatte das Klingeln seines Telefons auf seinem Schreibtisch gehört.

„Wer ist's?", rief er durch den Flur und bekam eine Antwort, die typisch war.

„Ich habe den Namen nicht verstanden", entgegnete die Sekretärin schnippisch. „Der hat so genuschelt."

„Blöde Kuh", brummte Bahn vor sich hin, während er das Gespräch entgegennahm. Der Tag fing alles andere als gut an.

„Reg dich ab, Helmut", hörte er Küpper gelassen sagen. Der Kommissar hatte die ungehörige Bemerkung offensichtlich mitbekommen.

„Was willst du von mir?", fragte er.

Bahn lachte irritiert auf. „Was ich von dir will, fragst du mich? Ich möchte endlich wissen, was du für ein merkwürdiges Spiel spielst." Er hantierte unruhig mit einem Kugelschreiber und wartete auf die Antwort.

Küpper ließ sich sehr viel Zeit. „Da gibt es nicht viel zu sagen", entgegnete er schließlich. „Ich mache meinen Job und bin mitten in den intensiven Vorbereitungen, um endlich loszulegen."

„Red nicht so einen Stuss", schnaubte Bahn, „so reden nur Politiker, die nichts zu den Bürgern zu sagen haben."

„Ich habe dir auch nichts zu sagen", erwiderte Küpper beschwichtigend. „Noch einmal: Was willst du?"

„Ich will wissen, warum du das Wohnmobil brauchst. Wohin bist du damit gefahren?"

„Das Wohnmobil steht auf dem Annakirmesplatz. Du kannst es dort abholen lassen, ich brauche es nicht mehr. Die Schlüssel liegen in deinem Briefkasten", antwortete der Kommissar zu Bahns Verblüffung.

Bahn entschloss sich zu einer Attacke: „Hast du damit etwa Eggerath im Krankenhaus abgeholt und weggebracht?"

Küppers Antwort kam ohne Verzögerung und brachte Bahns Gedankenmodell ins Wanken: „Nein."

Und er kam Bahn mit der nächsten Frage zuvor. „Was ist mit Eggerath?"

Damit hatte Küpper endgültig die Kontrolle über das Gespräch bekommen. Er ließ sich das aktuelle Geschehen von Bahn berichten.

„Dumm gelaufen", kommentierte der Kommissar anschließend nachdenklich. Er wechselte das Thema und kam auf den Mord an Cornelia Bergstein zu sprechen.

„Gibt's da was Neues?"

Bahn verneinte. „Keiner weiß, wie es weitergehen soll. Deine Kollegen drehen sich im Kreis." Er erkannte auf der Anzeige seines Telefons, dass die Sekretärin ein weiteres Gespräch für ihn in die Warteschleife gelegt hat.

Das Interesse an der Unterhaltung mit Küpper schrumpfte schnell. Der Kommissar wollte ihm nichts sagen, er hatte nichts zu sagen. Mit der Bitte, er möge ihn am Abend anrufen, beendete er das müßige und für ihn enttäuschende Gespräch.

Rasch schaltete er die andere Leitung frei und meldete sich.

„Endlich habe ich dich, mein Freund", säuselte die vertraute Stimme von Jansen. „Ich hoffe, du hast noch etwas Zeit und Platz in deiner Zeitung für morgen."

„Was ist los?", herrschte Bahn seinen Informanten an, der sofort in einen sachlichen Tonfall verfiel.

„Toter im Burgauer Wald in der Nähe der Tierheims. Sieht nicht nach Freitod aus."

Jansen kicherte. „Wenn du dich beeilst, bist du doch noch vor dem Leichenwagen am Fundort. Und vergiss mein Honorar nicht."

Er hielt Bahn zurück, der das Gespräch beenden wollte: „Übrigens habe ich recht gehabt. Unsere schöne Cornelia war doch im Milieu tätig."

Bahns Interesse an dieser Mitteilung war zum jetzigen Zeitpunkt nur gering. Sie brachte ihn im Mordfall nicht weiter, außerdem hatte er das nächste Verbrechen vor sich. Er wollte los und legte grußlos den Hörer auf.

Waldhausens Angebot, ihn nach Burgau zu begleiten, wollte Bahn zunächst ausschlagen, dann willigte er doch ein. Zu zweit konnten sie vielleicht mehr Informationen sammeln. Außerdem stand der Wagen des Lokalchefs gleich ums Eck, während seiner einige Straßen weiter geparkt war.

„Auf denn!", rief er unternehmungslustig und griff gleichzeitig zu Kamera und Lederjacke. „Lange keinen Mord mehr im Städtchen gehabt."

Im Vergleich zum Mord an Cornelia Bergstein waren die Absperrungen bei diesem Todesfall geradezu unbedeutend. Nachdem sie Waldhausens Wagen auf dem Parkplatz am Tierheim angestellt hatten, waren die beiden Freunde auf dem breiten

Weg am Wald entlang gegangen, bis sich ihnen ein älterer Schutzpolizist in den Weg stellte.

Er grinste, als er die beiden Tageblatt-Redakteure erkannte. „Habt ihr nichts zu tun", sagte er zu Bahn, während er ihm die Hand reichte, „oder warum seid ihr gleich zu zweit angetanzt?"

Bahn war erleichtert, endlich wieder einmal auf ein bekanntes Gesicht in Polizeiuniform gestoßen zu sein. „Hier solls 'nen Toten geben, habe ich gehört. Stimmt das?"

„Meinst du etwa, ich stehe hier mitten im Busch, um die Jagdscheine nicht vorhandener Jäger zu überprüfen?", entgegnete der Polizist spöttisch und Bahn wusste Bescheid. Der erfahrene Mann hatte die ausgegebene Nachrichtensperre umgangen.

„Dann komme ich also nicht zum Fundort der Leiche?"

Der Polizist grinste ihn wieder an. „Ich kann nicht gleichzeitig zwei Leute festhalten. Und mein Funkgerät hat den Geist aufgegeben." Er sah Waldhausen an und gab ihm mit einem Kopfnicken zu verstehen, er solle gehen. „Du musst leider bei mir bleiben, Helmut."

Der Lokalchef ließ sich nicht zweimal bitten. Er hatte verstanden, packte sich Bahns Fotoapparat und ging schnell weiter.

„Der bekommt sowieso nichts zu sehen", bemerkte der Polizist lässig und zündete sich eine Zigarette an. „Heute Morgen hat ein Waldarbeiter zufälligerweise neben einem kleinen Wirtschaftsweg einen

Toten gefunden." Er inhalierte den Rauch, ehe er mit seiner Schilderung fortfuhr. „So viel, wie ich mitbekommen habe, handelt es sich um einen Mann Ende 20, der wohl noch nicht allzu lange da oben im Wald liegt. Keiner aus Düren, aus der Kölner Ecke." Wieder kam er Bahn zuvor, der eine Frage stellen wollte.

„Ob Gewaltdelikt, Selbstmord oder Erfrieren, weil das Männlein sich im Suff zum Schlafen gelegt hat, kann ich dir nicht sagen."

Wieso hatte Jansen davon gesprochen, dass es sich wahrscheinlich nicht um einen Freitod handelte?, fragte sich Bahn nachdenklich. Entweder wusste Jansen mehr als der auskunftsfreudige Polizist oder die Plaudertasche hatte, vielleicht unwissentlich, nicht alles ausgeplaudert.

„Kann mir nicht vorstellen, dass hier ein Volltrunkener aus der Provinz mitten in der Nacht durch den Burgauer Wald torkelt und sich zum ewigen Schlaf auf den eiskalten Boden legt", dachte er laut, „da hat doch garantiert jemand nachgeholfen."

„Kann sein", bestätigte der Polizist bereitwillig, „wie ich über Funk mitbekommen habe, gibt es wohl eine Schlageinwirkung. Vielleicht hat ihm jemand einen blutigen Scheitel gezogen."

Er zog Bahn beiseite, weil ein Streifenwagen in schneller Fahrt an ihnen vorbeipreschte. „Da kommt noch ein Arzt. Sie wollen die Leiche am Fundort intensiv untersuchen, bevor sie zur Obduktion gebracht wird." Das spreche gegen einen Unglücksfall. Er warf den Zigarettenstummel zu Boden und trat ihn aus.

„Verdammt kalt in Deutschland", meinte er und rieb sich fröstelnd die Hände, „wird langsam Zeit, dass der Winter endlich vorbei ist."

Angeblich, so sagte der Polizist nach einigen Minuten, soll es am späten Abend zwei Schüsse im Wald gegeben haben. Ein Bewohner des Tierheims wolle den Knall gehört haben. Aber es gebe keine weiteren Hinweise auf derartige Schüsse. Er stöhnte auf.

„Ich befürchte, der Schmitz treibt uns heute noch durch den Wald, um die Patronenhülsen zu finden, und ich weiß aus meiner Erfahrung, dass wir nichts finden werden." Das sei in den meisten Fällen so.

Die beiden Männer froren lange vor sich hin, bis Waldhausen endlich aus dem Wald zurückkam.

„Riecht nach Verbrechen", sagte der Lokalchef trocken. Erstaunlicherweise hatte er sich unbehelligt dem unwirtlichen, kalten Einsatzort nähern können. Man hatte ihm nur zu verstehen gegeben, er möge sich im Hintergrund halten. Gleichzeitig hatte ihn ein Uniformierter verlegen gebeten, er möge für die Polizei Bilder vom Fundort der Leiche und der Umgebung machen. Sein Kollege habe keine funktionstüchtige Kamera dabei.

„So wäscht halt eine Hand die andere", meinte Waldhausen vergnügt. Er würde am Nachmittag die Abzüge zur Polizeiinspektion bringen und im Gegenzug Informationen bekommen.

„Was willst du denn noch wissen?", fragte Bahn auf den Rückweg zum Wagen. „Wir haben doch alles. Ich habe jedenfalls viel erfahren."

„Auch den Namen des Opfers? Und den Namen des Mannes, der ihm das Geld aus der Brieftasche genommen hat?", hielt Waldhausen dagegen.

„Also Raubmord?"

„Kann sein", bestätigte der Lokalchef, „kann aber auch sein, dass der Raub passierte, nachdem der Mann schon tot war." Er biss sich auf die Lippen und wartete gespannt, ob Bahn seinen Fehler erkannt hatte.

Aber Bahn hatte darüber hinweg gehört. Woher sollte er als Nichtjurist auch wissen, dass man einen Toten nicht berauben kann?

Sie fuhren gut gelaunt zur Redaktion zurück. Von den Kollegen der anderen Zeitungen hatte sich keiner im Burgauer Wald blicken lassen. Mit etwas Glück würden sie als einziges Blatt über diesen Toten berichten können, sofern die Polizei heute noch keine Pressemeldung absetzte.

Auf jeden Fall hatten sie als einzige Zeitung in Düren Bilder vom Polizeieinsatz.

Es war für Bahn selbstverständlich, dass er Waldhausen zur Polizeiinspektion begleitete. Zufrieden hatten sie festgestellt, dass im Polizeibericht nichts über den Zwischenfall gemeldet wurde, was entweder bedeuten konnte, dass es sich um einen nicht zu erwähnenden Selbstmord gehandelt hatte, oder dass die Ermittlungen noch nicht zu nennenswerten Ergebnissen geführt hatten.

„Nichts von beiden trifft zu", entgegnete der Polizist in der Wache, dem Waldhausen die Abzüge in die Hand gedrückt hatte. „Unsere Chefs haben noch einige Probleme, wie sie den Todesfall erklären können, ohne die Polizei in Misskredit zu bringen."

„Wieso?" Zeitgleich stellten Bahn und Waldhausen die Frage.

Der Polizist gab ihnen durch ein Handzeichen zu verstehen, dass sie ihm folgen sollten. Er führte sie in ein kleines Besprechungszimmer und schloss hinter ihnen die Tür.

„Muss nicht jeder mitbekommen, dass wir miteinander plaudern", erklärte er. „Die Geheimniskrämer da oben können mich mal." Er bot seinen Gästen einen Platz an einem Tisch an und schenkte ihnen Kaffee aus einer Thermoskanne ein. Umständlich rührte er in seiner Tasse, ehe er endlich mit seinem Bericht begann.

„Es hat den Anschein, als sei der Tote erfroren. Wie die Obduktion ergeben hat, ist er zwar mit einer Stange oder einem ähnlichen Gegenstand geschlagen worden, aber diese Schläge waren nicht ursächlich für den Tod. Wahrscheinlich ist er bewusstlos zu Boden gesunken und nicht mehr wachgeworden."

Der Polizist schlürfte angeekelt an der braunen Brühe, die den Namen Kaffee nicht verdiente und die auch für Bahn trotz einer intensiven Verdünnung mit Süßstoff nicht genießbar war.

„Also war's kein Mord?", fragte der Journalist.

„Sieht so aus", stimmte ihm der Polizist zu, „ist wohl eher eine Körperverletzung mit Todesfolge oder etwas in der Art. Aber tot ist tot."

„Und dann soll der Mann beraubt worden sein?", hakte Bahn nach. „Ich habe gehört, jemand habe sich an seinem Portemonnaie zu schaffen gemacht."

Ohne Zögern bestätigte der Polizist. „Der Unbekannte, der das Opfer zu Boden geschlagen und bewusstlos liegengelassen hat, hat wahrscheinlich das Geld des Opfers gestohlen. Vielleicht war das das Motiv."

„Und was ist mit den zwei Schüssen?"

„Es gibt keine Hinweise darauf, bloß eine nicht nachprüfbare Aussage. Der Mann wird wohl den Knall eines Auspuffs gehört haben. Es gibt keinen zweiten Zeugen für diese Behauptung. Wir haben jedenfalls nichts und niemanden gefunden."

Waldhausen räusperte sich. „Vielleicht können Sie mir freundlicherweise auch eine Frage beantworten", bat er höflich. „Was hat die Polizei damit zu tun? Wieso könnte sie in Misskredit kommen?"

„Tja", stöhnte der Polizeibeamte, „das ist in der Tat das große Problem. Wir haben nämlich auf der Geldbörse des Opfers Fingerabdrücke gefunden."

„Die zu einem Kollegen passen", fuhr Bahn aufgeregt dazwischen. Da bahnte sich ja wirklich eine tolle Exklusiv-Geschichte an.

„Nicht direkt ein Kollege", entgegnete der Polizist bedächtig, „ich würde eher sagen, ein ehemaliger Kollege, denn ich glaube nicht, dass der Junge noch einmal Polizeidienst schieben wird."

Waldhausen stutzte. „Dieser Kollege hat sicherlich einen Namen?"

Der Beamte nickte. „Sein Name ist Wolfgang Eggerath. Er ist flüchtig, wahrscheinlich hat er das Geld für seine Flucht gebraucht."

Ehe Bahn diese freigiebige Information verdaut hatte, kam schon die nächste Frage und die nächste Überraschung.

„Der Tote hat bestimmt auch einen Namen?", wollte sein Freund Waldhausen wissen.

„Selbstverständlich", antwortete der Polizist bereitwillig. „Der Tote heißt Werner Bergstein, geborener Schweißfuß."

25. „Kannst du mir vielleicht verraten, warum Eggerath Bergstein zusammenschlägt und mit dessen Geld abhaut?", fragte Bahn seinen Lokalchef konsterniert.

Sie saßen in dessen Büro und überlegten, was sie über den dramatischen Zwischenfall im Burgauer Wald schreiben konnten.

„Kann ich nicht", antwortete Waldhausen. „Kannst du mir denn verraten, wie ein mit einem Sportanzug bekleideter Alkoholiker mit Gipsbein, der auf

Krücken geht, einen gesunden Mann ausschalten kann, warum er das tut und wohin er anschließend flüchtet? Er lächelte grimmig vor sich hin. „Da kann unsere Kripo einmal zeigen, ob sie überhaupt etwas kann."

Der Lokalchef reckte sich in seinem Sessel und gähnte ungeniert. „So, und jetzt schreiben wir die Geschichte von dem armen Witwer Werner Bergstein, der seiner Liebsten Cornelia in die Ewigkeit gefolgt ist."

Bahn wollte dabei nicht stören und zog sich in sein Zimmer zurück. Waldhausen würde ihn schon rufen, wenn er seine Hilfe brauchte.

Gespannt war Bahn auf Müllers Reaktion, als er die Rufnummer des Versicherungsmannes anwählte.

Müller hörte sich den ausführlichen Bericht geduldig an.

„Dann hat sich das Thema Lebensversicherung ja erledigt", kommentierte er anschließend teilnahmslos. „Wird meine Gesellschaft freuen und sich positiv auf dein Honorar auswirken."

Das Geld bekäme Bahn in einem einfachen Briefumschlag ohne Anschreiben und ohne Absender nach Hause gesandt. Es sei besser, wenn sie den Kontakt für die nächste Zeit abbrächen, schlug Müller weiter vor. „Ich kenne dich nicht mehr und habe dich seit Jahren nicht gesehen, gehört oder gesprochen. Mach's gut, mein Freund."

Die geschäftsmäßige Abwicklung der Angelegenheit durch Müller verwunderte Bahn. Für Müller

waren der Mord und die zu zahlende Lebensversicherung die Abwicklung eines Schadensfalles gewesen, den er zu bearbeiten hatte, mehr nicht. Dieser Fall war erledigt und wurde abgehakt, der
nächste stand an, unabhängig von Namen, Personen oder Schicksalen.

Jansen kam ihm mit seinem Telefonat zuvor. Was
im Busch losgewesen sei, wollte er neugierig wissen und Bahn schilderte ihm ausführlich das dubi-
ose Geschehen.
„Ein Gutes hat Bergsteins Tod, du kannst deine Suche nach Informationen über Cornelia Bergstein
sofort einstellen", bemerkte der Journalist salopp.
Das Honorar werde selbstverständlich, wie ver-
sprochen, reichlich fließen, fügte er schnell hinzu.
Er habe es nicht anders erwartet, entgegnete der
Informant. „Wenn du nichts dagegen hast, halte ich
trotzdem meine Ohren weiter offen."
Das würde Jansen ohnehin tun, sagte sich Bahn.
„Mich interessiert aber im Moment mehr, wo sich
unser Freund Eggerath herumtreibt. Der ist spurlos
vom Erdboden verschwunden."
„Dann taucht er irgendwann auch wieder einmal
auf." Jansen kicherte. „Spätestens, wenn er wieder
eine Schnapsinfusion braucht."

Nachdenklich lehnte sich Bahn zurück, nachdem er
den Telefonhörer aufgelegt hatte.
Was war das bloß für eine vertrackte Geschichte
mit einem ungeklärten Mord und einem Witwer,

der als Folge einer Auseinandersetzung mit einem schwer verletzten Polizist gestorben war? Was hatte ein Alki mit dem Spitznamen Pistolen-Wolle mit einem biederen Ehemann zu tun, der den Namen seiner Frau angenommen hatte?, fragte er sich.

Als er das Gespräch mit dem Polizisten noch einmal aus dem Gedächtnis hervorkramte, erinnerte er sich an den Lärm, den ein Anwohner gehört haben wollte und den die Polizei als das Knallen eines Auspuffs erklärt hatte. Für Bahn bekam das Knallen eine andere Bedeutung. Wahrscheinlich waren es doch zwei Schüsse gewesen, das würde zu Eggerath passen. Aber woher hatte er eine Pistole und warum hatte die Polizei keine Projektile gefunden? Bahn machte sich Notizen und grübelte dann über die kleinen Zettel, die er vor sich auf der Schreibtischplatte ausgebreitet hatte.

Beiläufig nahm er das klingelnde Telefon wahr, unkonzentriert nahm er das Gespräch an und meldete sich. Augenblicke später war er voll bei der Sache. Kommissar Küpper sprach am anderen Ende der Leitung, wie Bahn an der Stimme erkannte.

„Was ist los bei euch?", fragte sein väterlicher Freund ohne Begrüßung.

Erneut schilderte der Journalist das Geschehen und die für Küpper unbekannte Entwicklung.

„Es wird Zeit, dass du zurückkommst und den Fall übernimmst", stöhnte er. „Ohne dich läuft nichts, rein gar nichts in Düren."

Das stimme gewiss nicht, widersprach ihm Küpper. „Du hast nur das Pech, dass du nicht mehr alle Informationen aus der Mordkommission bekommst. Bestimmt ist Schmitz schon viel weiter als du denkst, er sagt es dir nur nicht."

Diese Ansicht trug nicht gerade zur Verbesserung des Stimmungstiefs von Bahn bei.

„Warum sitze ich denn hier herum und kümmere mich um die bescheuerte Geschichte?", knurrte er. „Ich habe Besseres zu tun."

„Stimmt genau, Helmut", fiel ihm Küpper energisch ins Wort, „kümmere dich um deine Frau und pass auf, dass euch nichts passiert."

Die Strenge, mit der der Kommissar auf ihn einredete, erschreckte Bahn. Küpper schien besorgt. Gab's dafür einen Grund?

Küpper lachte bitter auf. „Hast du vergessen, wo es überall schon gebrannt hat und wem die Brandanschläge galten? Gisela, Eggerath und dir." Er pustete laut durch. „Solange wir nicht wissen, was warum passiert ist, solange müsst ihr vorsichtig sein. Hast du das kapiert?"

Selbstverständlich, brummte Bahn, aber er sah nicht die Dramatik, die Küpper ihm einreden wollte.

„Typisch", schimpfte der Kommissar, „das ist typisch für dich. Wie heißt es so schön? Et wit wol jot jon, et is immer jot jejange. Aber einmal geht es nicht mehr gut, mein Freund. Pass auf dich und deine Frau auf!"

„Und was ist mit Eggerath?"

„Dem kannst du bestimmt nicht helfen", antwortete Küpper nüchtern, „der ist für sich selbst verantwortlich."

Der Kommissar hatte ihn verunsichert. Bahn hatte es eilig, nach Hause zu kommen. Waldhausens Bericht über den toten Schweißfuß hatte er nur überflogen. Auf der Fahrt nach Hause wusste er nicht einmal mehr die Überschrift.

Er war froh, als er Giselas Polo in der Einfahrt geparkt sah. Bahn umarmte sie mit einer Heftigkeit, die ihr den Atem nahm, und berichtete aufgeregt vom Telefonat mit Küpper.

Gisela nahm Küppers Besorgnis überraschend gelassen zur Kenntnis. Sie war gefasster als Bahn, der nach seinem Bericht unruhig durch das Wohnzimmer lief. Sie könnten für ein paar Tage wegfahren, schlug sie vor, aber sie wusste, dass Bahn widersprechen würde.

Es war nicht seine Art davonzulaufen, wenn er sich in eine vertrackte Geschichte verbissen hatte. Selbst, wenn er Angst haben sollte, würde er in Düren bleiben und versuchen, die Hintergründe des Geschehens aufzuklären.

„Ich glaube, der Schlüssel liegt bei Eggerath", fasste Bahn als Ergebnis seiner Überlegungen zusammen, nachdem er sich wieder neben Gisela gesetzt hatte.

„Wir müssen ihn finden. Was meinst du? Wo ist Eggerath?"

Gisela schlang ihre Arme um Bahns Hals und lächelte ihn selbstsicher an. „Mein Liebster, wir werden es herausfinden. Aber du stellst die falsche Frage."

26. Nach einer unruhigen Nacht, in der er wieder einmal nur schlecht geschlafen hatte, machte Bahn sich frühzeitig auf den Weg in die Redaktion.

Ob er mitkomme, wollte Gisela wenig später wissen, als sie ihn in der Redaktion anrief.

„Wohin?", fragte er erstaunt und Giselas Antwort verwunderte ihn noch mehr.

„Eggerath suchen", erwiderte sie froh gelaunt. „Also, was ist?"

Das bringe doch nichts, widersprach Bahn. Die Polizei habe versucht, das abendliche Geschehen im Burgauer Wald zu rekonstruieren und wisse jetzt, wie Eggerath sich abgesetzt habe: Der Alki musste sich auf seinen Krücken bis zur einer Telefonzelle in der Nähe von Schloss Burgau geschleppt haben. Von dort hatte er ein Taxi bestellt, mit dem er zum Bahnhof nach Düren gefahren sei. Dort hatte sich seine Spur verloren. Weder konnte sich ein Busfahrer an ihn erinnern, noch habe jemand beobachtet, ob Eggerath in einen Zug gestiegen sei. In der Innenstadt war er auch nicht gesichtet worden.

„Er ist untergetaucht", sagte Bahn seiner Frau. „Und ausgerechnet du willst ihn finden?"

„Warum nicht?", entgegnete sie unbeirrt. „Ich komme vorbei und wir sprechen in Ruhe bei einer Tasse Kaffee weiter", schlug sie vor. „Einverstanden?"

Eine Unterhaltung mit Gisela war allemal anregender als das öde Herumsitzen in der Redaktion, sagte sich Bahn. Es gab nichts für ihn zu tun.

Waldhausen hatte das Kommando übernommen und bastelte an der nächsten Ausgabe. Der Lokalchef hatte schon zügig vorgearbeitet und würde sich schon melden, wenn er seine Mitarbeit benötigte.

Da konnte er getrost für einige Zeit verschwinden, rechtfertigte sich Bahn vor sich selbst, während er noch einmal über die Zettel mit den Notizen über die Geschehnisse der letzten Wochen blickte. Und dann fiel ihm auf, was Gisela gemeint hatte, als sie ihm gesagt hatte, er habe die falsche Frage gestellt. Jetzt erkannte er schlagartig, welche Frage er stellen musste.

Mit der richtigen Frage gab es auch eine mögliche Antwort. Bahn war gespannt, ob er seine Überlegung zutraf.

Er sei halt doch kein kleiner Dummkopf, neckte ihn Gisela, als sie ihn abholte und Bahn sie auf dem Weg durchs Treppenhaus über seine Annahme ins Bild setzte. Ob er immer noch Kaffee trinken wolle oder ob sie sofort losfahren sollten?, fragte sie freundlich und nahm Bahn die Entscheidung ab, indem sie ihren Autoschlüssel aus der Jackentasche zog und in Richtung Parkplatz ging.

Schweigend fuhren sie durch die Stadt. Sie brauchten sich nichts zu sagen, sie konzentrierten sich auf ihren Besuch, von dem sie nicht wussten, ob es für sie besser war, wenn sie sich täuschten, ober ob es für sie besser war, wenn ihre Schlussfolgerung zutraf.

„Ohne Fragen keine Antworten", hatte Gisela beim Einsteigen nur lapidar bemerkt, „aber ohne Antworten bleibt nur die Ungewissheit. Mit der will ich nicht leben." Wenn sie sich wegen der Anschläge und Drohungen sorgte, so verstand sie es geschickt, diese Sorge durch Gelassenheit zu überspielen.

Mit großer Ruhe suchte sie am Bahnhof in Langerwehe einen Parkplatz und ging dann zielstrebig auf die Praxis von Kuhlmann zu.

Bahn blieb nichts übrig, als hinter seiner davoneilenden Frau herzulaufen.

Gisela wusste allzu gut, was sie wollte. Mit einem schnellen Blick hatte sie erkannt, dass kein Patient in der Praxis wartete. Entschlossen wandte sie sich der Arzthelferin zu und verlangte, Kuhlmann zu sprechen.

Den zaghaften Versuch des Mädchens, Kuhlmann als unabkömmlich zu entschuldigen, ließ sie nicht gelten.

„Wir wünschen, den Doktor zu sprechen, und zwar sofort", forderte sie unmissverständlich, „bevor wir nicht mit ihm geredet haben, gehen wir nicht." Demonstrativ setzte sie sich auf einen Stuhl, der neben der Empfangstheke stand.

Resignierend machte sich die eingeschüchterte Arzthelferin an der Haussprechanlage zu schaffen und meldete Kuhlmann den unangemeldeten Besuch.

Der Mediziner ließ nicht lange warten. Seine skeptische Miene hellte sich auf, als er Bahn erkannte.

Sonderlich wirkungsvoll war dessen Hungerstreik augenscheinlich nicht gewesen, urteilte der Journalist.

Kuhlmann trug immer noch genügend Fettreserven mit sich, die er auch nicht durch seinen weiten, weißen Medizinerkittel verdecken konnte. Seine Hände hatte er tief in die Taschen vergraben, als er Gisela und Bahn mit einem knappen Kopfnicken begrüßte und freundlich fragte, was er für sie tun könne.

„Was ist mit Wolfgang Eggerath?", platzte Gisela heraus.

Kuhlmann runzelte die Stirn und betrachtete zunächst sie und dann Bahn.

„Ich weiß nicht, was Sie von mir wissen wollen", antwortete er gedehnt.

„Wir wollen wissen, ob sich Eggerath bei Ihnen gemeldet hat", sagte der Journalist barsch. „Es spricht alles dafür, dass er mit Ihnen Kontakt aufgenommen hat, nachdem er das Krankenhaus verlassen und den Abend im Burgauer Wald verbracht hatte."

Er dachte noch einmal an Giselas Bemerkung vom Vorabend und an die Frage, die er stellen musste: Wer kann Eggerath jetzt noch helfen?, hatte er zu fragen.

Und da fiel die Antwort nicht schwer. Es kamen nicht viele Menschen in Frage. Küpper vielleicht, vornehmlich aber Kuhlmann, sein Hausarzt. Nur Kuhlmann konnte Eggerath in dessen Zustand mit Tabletten, Spritzen oder eventuell sogar Verbänden helfen.

Sie wussten nicht, in welchem Zustand sich Eggerath nach der Auseinandersetzung mit Schweißfuß und dem anstrengenden Fußmarsch nach Niederau befunden hatte, aber sie vermuteten, dass er jemanden aufsuchen musste, der ihm in seiner Situation Hilfe geben konnte.

„Also, was ist mit Eggerath?", fragte der Journalist mit lauter Stimme.

Kuhlmann lächelte ihn hochnäsig an. „Selbst wenn ich es wissen sollte, wo mein Patient sich befindet, würde ich es Ihnen nicht sagen. Es gibt immerhin noch eine ärztliche Schweigepflicht."

„Sie wissen es doch", mischte sich Gisela energisch ein. „Eggerath hat es Kommissar Küpper gesagt, dass Sie sich um ihn kümmern und der Kommissar hat es mir gesagt."

Bahn zuckte zusammen. Wieso hatte Küpper mit Gisela gesprochen und nicht mit ihm?, fragte er sie mit einem langen, erstaunten Blick.

Aber seine Frau reagierte nicht. Sie beobachtete Kuhlmann und forderte ihn streng zu einer Antwort auf.

„Es geht ihm den Umständen entsprechend gut", antwortete der Arzt endlich langsam.

„Und wo ist er? Wir müssen mit ihm sprechen", sagte Gisela eindringlich. „Es geht um seine und es geht um unsere Sicherheit."

Der Arzt breitete die Arme aus und schüttelte den Kopf. „Das werde ich Ihnen nicht sagen." Er ging zum Ausgang und öffnete die Tür. „Das war's. Ich wünsche Ihnen eine gute Heimfahrt."

Bahn konnte über diesen Versuch, sie aus der Praxis rauszuschmeißen, nur milde lächeln. Langsam ging er auf Kuhlmann zu. „Was macht eigentlich Ihr Hungerstreik, Herr Doktor?"

Der Arzt grinste. „Den habe ich vorübergehend unterbrechen müssen. Allein im Interesse und zum Wohle meiner Patienten."

Frech grinste Bahn zurück. „Oder haben Sie aufgehört, weil Sie keinen Erfolg hatten? Es wird unsere Leser garantiert interessieren, zu erfahren, dass Sie die Aktion nur gestartet haben, um neue Patienten zu gewinnen und dadurch ihre finanzielle Schieflage zu überwinden. Eine attraktive, teure Geliebte, eine im Stich gelassene Familie und eine zu große Praxis können auch den tüchtigsten Arzt gewaltig ins Minus bringen."

Bahn sah Kuhlmann böse an. „Wenn ich das schreibe, sind Sie ruiniert. Sie können es verhindern. Also, was ist mit Eggerath?"

288

Kuhlmann versuchte, Bahns Blick standzuhalten. Aber es gelang ihm nicht. Er schlug die Augen nieder und ging zurück in den Raum.

„Kommen Sie", forderte er Bahn und Gisela auf und ließ sich von der Helferin einen Schlüssel geben. Er öffnete die Tür zu dem Privatraum und ließ die beiden eintreten.

„Tut mir leid, Herr Eggerath, aber ich habe hier Besucher, die Sie unbedingt sprechen müssen", sagte er leise.

In einem Krankenbett liegend, blickte Eggerath überrascht Gisela und Bahn an und legte umständlich den Konsalik-Roman beiseite. Er verkniff sich die Frage, wie sie ihn gefunden hätten.

„Was wollen Sie?", fragte er mit ruhiger Stimme.

„Wissen, was passiert ist", antwortete Bahn. Er wusste nicht, ob er triumphieren oder ob er wütend sein sollte. „Warum haben Sie das Krankenhaus verlassen? Warum haben Sie Schweißfuß alias Bergstein getötet? Was haben Sie mit diesem Menschen zu tun?"

Es gab Fragen über Fragen und es würden immer mehr werden, wenn Eggerath endlich anfing, zu reden.

Aber er zögerte.

Gisela hatte Mühe, sich zu beherrschen. „Wir haben Ihnen geholfen, wie wir konnten, Herr Eggerath", sagte sie betont ruhig. „Ohne uns wären Sie längst tot. Ich glaube, es ist jetzt an der Zeit, dass Sie uns helfen." ‚Sonst sind wir vielleicht bald alle tot', wollte sie noch hinzufügen, doch dann verkniff sie sich diesen Satz.

Eggerath legte sich langsam ins Kissen zurück und starrte nachdenklich zur Decke. Er atmete schwer. Es war unverkennbar, dass er mit sich rang.

„Ich glaube nicht, dass es im Interesse von Kommissar Küpper ist, wenn wir alle draufgehen, Herr Eggerath", sagte Bahn langsam. Schaden konnte die Bemerkung nicht. Entweder standen die beiden Polizisten in Verbindung und hatten miteinander zu tun oder die Frage war überflüssig. Aber vielleicht half sie, Eggerath zum Reden zu bewegen.

Eggerath richtete sich wieder auf. Er sah entschlossen auf und hatte wieder den klaren Blick, den Gisela schon einmal bei ihm beobachtet hatte.

„Also gut. Wenn Sie wollen, erzähle ich Ihnen meine Geschichte. Aber die Konsequenzen Ihres Wissens müssen Sie selbst tragen. Dafür können Sie mich nicht verantwortlich machen."

Bahn verstand nicht, was Eggerath meinte. Aber er schwieg, um dessen Bereitschaft nicht zu beeinträchtigen. Das Wissen war der erste Schritt, die Konsequenzen der zweite.

Auch Gisela sagte kein Wort, sie hatte sich in einen Sessel in einer Ecke des Zimmers gesetzt.

„Am besten fange ich im Krankenhaus an", schlug Eggerath vor. Er schluckte und griff zu einem Wasserglas auf dem Tisch neben dem Bett.

Bahn wollte widersprechen, er hätte lieber einen anderen Beginn gehabt.

Aber Gisela packte ihn am Arm und hielt ihn mit einem mahnenden Blick zurück.

Umständlich stellte Eggerath das Glas zurück auf die Ablage. Seine Hände zitterten. Dennoch hatte er nichts mehr von der Wehleidigkeit und dem Zaudern, das Bahn bei ihm kennengelernt hatte. Eggerath verbreitete den Eindruck, er sei jemand, der genau wusste, was er getan hatte und was er noch zu tun hatte.

„Ich bin im Krankenhaus von einer Schwester oder so an der Rezeption über das Telefon auf einen Besucher hingewiesen worden", berichtete er, „Er würde in der Cafeteria auf mich warten. Einen Namen nannte die Schwester nicht. Ich habe mir den Sportanzug überzogen und bin runter. Meinen Zimmergenossen habe ich gesagt, ich hätte mich im Raucherzimmer verabredet."

Warum er die Patienten belogen hätte, hätte Bahn interessiert, aber er schwieg, weil seine Zwischenfrage wahrscheinlich von der Hauptsache nur abgelenkt hätte.

„Vor der Cafeteria warteten Schweißfuß und ein mir nicht bekannter Mann auf mich."

Wieder lag Bahn eine Frage auf den Lippen, aber wieder hielt er sich zurück.

„Die beiden haben mir unmissverständlich klar gemacht, dass ich ihnen zum Parkplatz folgen musste." Eggerath rang sich ein gequältes Grinsen ab.

„Wenn Ihnen jemand eine Pistole in die Rippen drückt, sind Sie wahrscheinlich auch gehorsam und machen, was man Ihnen befiehlt." Im Schlepptau der beiden Männer humpelte Eggerath auf seinen Gehhilfen zu einem Van, in dem sie auf den Abstellplatz am Burgauer Wald fuhren.

„Man hat überhaupt nicht mit mir gesprochen", fuhr Eggerath fort. „Am Wald musste ich aussteigen. Der fremde Kerl drückte Schweißfuß eine Pistole in die Hand und hat ihn aufgefordert, mich abzuknallen. Schweißfuß hat mich auf dem Hauptweg und dann auf einen Verbindungsweg in den Wald getrieben. Er hat die ganze Zeit nichts gesagt, obwohl ich ihn mehrmals angesprochen habe. Auf einem Seitenweg bergauf ist Schweißfuß ausgerutscht. Ich habe nicht lange gezögert und ihm mehrmals die Krücke über den Schädel und den Leib gezogen, bis er sich nicht mehr wehrte." Eggerath schüttelte den Kopf, als könne er selbst nicht fassen, was passiert war. „Anschließend habe ich ihm die Pistole und das Geld aus dem Portemonnaie abgenommen und bin zurück. Der Kerl in dem Kombi muss mich wohl gesehen haben. Er wollte abhauen, ich habe zwei Mal hinter dem Wagen hergeschossen und auch getroffen. Die Kugeln werden wohl in der Karosserie hängen." Eggerath zuckte bedauernd die Schultern. „Leider konnte das Schwein flüchten."

Er grinste wieder. „Nur so nebenbei, das Auto hatte ein Bergheimer Kennzeichen."

Mit letzter Kraft schleppte sich Eggerath nach seiner Schilderung zur Hauptstraße und fand dort einen der letzten Münzfernsprecher.

„Der Rest ist Ihnen bekannt", meinte er. „Ich habe ein Taxi angerufen und bin zum Dürener Bahnhof gefahren. Dort habe ich meinen Hausarzt angerufen, der mich abholte und jetzt versucht, mich hier auf die Beine zu bringen." Eggerath griff wieder nach dem Wasserglas und trank langsam.

„Jetzt wollen Sie natürlich wissen, woher ich Schweißfuß kenne."

Bahn nickte, derweil Gisela Eggerath mit offenem Mund sprachlos anstaunte.

Kuhlmann blieb immer noch regungslos in seinem Sessel sitzen, als interessiere ihn die dramatische Geschichte überhaupt nicht.

„Am besten fange ich damit an, Ihnen zu erklären, wer Schweißfuß überhaupt ist und welche Rolle er spielt. Im Prinzip ist er die kleinste Leuchte, ein Handlanger, ein Mitläufer." Eggerath betrachtete Bahn und Gisela.

„Ich gehe davon aus, dass Sie sich im Rotlichtmilieu im Kölner Raum nicht sonderlich gut auskennen?"

„Gut ist gut", knurrte Bahn ironisch, „überhaupt nicht, würde ich sagen."

„Also, gut", befand Eggerath. „In Kurzform: Es gibt drei Zuhälterringe in Euskirchen, Bergheim und Kerpen, die miteinander arbeiten und in diversen Nachtclubs tätig sind. Man hat sich das Gebiet eingeteilt und tauscht die Mädchen aus." Er grinste böse.

„Die Kunden wollen eben immer Frischfleisch. Die Mädchen, die in Kerpen wohnen, schaffen in Euskirchen und Bergheim, die aus Euskirchen in Kerpen und Bergheim und die aus Bergheim in Kerpen und Euskirchen an. In ihren Wohnorten gehen sie ihren unscheinbaren Berufen nach, sind Verkäuferinnen, Friseusen oder Fabrikarbeiterinnen. Eines dieser Mädchen war die ermordete Cornelia Bergstein. Sie hatte das Pech, bei einem Verkehrsunfall verletzt zu werden und war fürs Anschaffen nicht mehr zu gebrauchen. Zugleich befürchteten die Bosse, sie könnte zur Gefahr werden und die Methoden und Gepflogenheiten ausplaudern."

Die nächste Frage kam in Bahn auf, aber er musste schweigen, weil Eggerath schnell fortfuhr.

„Cornelia musste, wie es im Sprachgebrauch heißt, entsorgt werden und dabei nach Möglichkeit auch noch einen Gewinn abwerfen. So kam man auf die Idee, sich über eine Lebensversicherung noch einen Profit zu verschaffen."

Eggerath machte eine Pause und sah Gisela an, die Schwierigkeiten hatte, ihm zu folgen.

„Jetzt tritt Schweißfuß auf den Plan", berichtete er. „Schweißfuß ist als Handlanger in den Nachtclubs tätig. Er repariert und renoviert die Räume, ist quasi ein Faktotum, den einer der Zuhälter irgendwann einmal irgendwo aufgegabelt und eingespannt hat. Schweißfuß ist der geborene Pechvogel. Alles, was er beruflich angepackt hat, ist in die Binsen gegangen. Schule mit Mühe beendet, Lehre abgebrochen, einige Arbeitsstellen verloren, genau der richtige Mann für alle Fälle. Der Mann wurde auf Cornelia angesetzt mit der Maßgabe, sie zu heiraten und die Lebensversicherung zu organisieren. Die Versicherungssumme wurde dann in einer Höhe festgelegt, die allen einen Gewinn brachte, den drei Zuhältern, dem Auftragsmörder und Schweißfuß. Der Plan funktionierte fast perfekt." Eggeraths Blick wurde streng. „Aber nur fast."

„Woher wissen Sie das alles?", fragte Gisela atemlos dazwischen.

„Weil ich schon seit Jahren hinter diesen Arschlöchern her bin", antwortete Eggerath offen. „Meine Suspendierung ist nur Tarnung. Ich arbeite seit meiner vermeintlichen Beurlaubung im Milieu. Ich hatte zu Cornelia einen guten Kontakt aufgebaut." Er lächelte melancholisch.

„Wahrscheinlich haben die Zuhälter das spitz gekriegt", fluchte er.

„Von Ihrer eigentlichen Tätigkeit wissen aber nur wenige", sagte Bahn vorsichtig. „Wer weiß Bescheid? Küpper? Schmitz? Frings?" Er nannte die Namen, die ihm spontan einfielen.

„Küpper und Frings schon", bestätigte Eggerath. „Schmitz gehört nicht zu der Soko."

„Sonderkommission", flüsterte Bahn Gisela zu, die ihn fragend angesehen hatte.

Er wandte sich an Eggerath. „Was war die Aufgabe der Soko?"

„Den Zuhälterring aufspüren und in die Szene eindringen", antwortete der Polizist mit erstaunlicher Bereitwilligkeit. Seine Augen flackerten kurz auf und Bahn hatte das Gefühl, als würde Eggerath nicht alles sagen und nur so viel preisgeben, wie er wollte.

„Mehr nicht?", hakte Bahn nach.

Eggerath lächelte müde. „Reicht Ihnen das nicht?" Genugtuung empfinde er nur, dass die Sache mit der Lebensversicherung nicht geklappt hatte und die Schweine kein Geld erhielten. Hingegen sei es ärgerlich, dass er den Mord und die Hintergründe noch nicht beweisen könnte.

„Wir suchen den Wagen mit den beiden Einschüssen", fuhr er fort.

„Wer ist wir?", fragte Bahn schnell dazwischen.

Eggeraths Antwort konnte ihn nicht überraschen: „Küpper und Frings."

„Was haben die denn mit Ganoven aus dem Kölner Raum zu tun? Die sind doch gar nicht zuständig", gab Gisela zu bedenken.

Aber wieder hatte Eggerath eine Erklärung. „Die Staatsanwaltschaft Köln hat in Absprache mit der Staatsanwaltschaft Aachen mit Absicht einen Kommissar aus dem Aachener Bereich mit der Soko beauftragt. Das vereinfacht die Arbeit." Er hustete kurz. „Da kommen nur zwei in Frage. Küpper und ein Kollege aus Aachen. Küpper hat dann das Rennen gemacht. „Eggerath schmunzelte kurz. „War eine gute Wahl. Den kennen die Kölner nicht. Wer weiß schon, ob nicht eine Plaudertasche bei der Kölner Polizei herumläuft?"

Bahn gefiel die Argumentation nicht. Doch er behielt seine Bedenken für sich, sie waren ohnehin rein theoretischer Natur.

„Seit wann gibt es die Soko?", fragte er.

„Seit einigen Jahren." Eggerath wollte sich nicht festlegen. „Küpper ist irgendwann einmal auf mich zugekommen, als ich meine, sagen wir einmal, zwischenmenschlichen Probleme in Alsdorf hatte. Sie wissen, was ich meine?"

Bahn nickte, obwohl er Eggerath nicht recht glaubte. Es gab einige Ungereimtheiten in den Ausführungen des Mannes. „Was tun Sie jetzt?"

„Ich kuriere mich aus. Hoffe, dass wir den Wagen finden und dass wir den Kerlen auf die Schliche kommen, die mich ins Jenseits befördern wollen."

Wieder stieg das Unbehagen in Bahn auf. Man hatte es nicht nur auf Eggerath abgesehen.

Auch Gisela und er selbst waren Zielobjekte von Anschlägen gewesen. Aber das schien Eggerath nicht zu kümmern.

„Wo haben Sie die Pistole gelassen?", fragte Gisela bekümmert.

Eggerath grinste sie an. „Weggeworfen. Was denken Sie denn? Die findet garantiert niemand."

Die nächste Ungereimtheit, dachte sich Bahn. Aber er gab es auf, Eggerath darauf hinzuweisen. Der Mann würde nicht mehr sagen, als er wollte.

„Komm, wir gehen", schlug er Gisela gereizt vor. „Hier kommen wir nicht weiter."

Er möge Küpper viele Grüße bestellten, grunzte er Eggerath zu und wünschte ihm gute Besserung. Kuhlmann beachtete er nicht einmal.

Im leeren Treppenhaus vor der Arztpraxis hielt Gisela ihren Ehemann am Ärmel fest. „Glaubst du, was Eggerath gesagt hat?", flüsterte sie.

„Ich glaube ihm schon", antwortete Bahn laut. „Aber ich glaube, er hat uns nicht alles gesagt."

Er wusste nicht, ob er sich mehr über Eggerath oder über Küpper ärgern sollte. Der Kommissar hatte ihn jahrelang an der Nase herumgeführt und ihm trotz ihrer Freundschaft nichts von diesem Sondereinsatz gesagt. Er fühlte sich in nicht erklärbarer Weise missbraucht und hintergangen.

„Was hat Küpper dir über Eggerath gesagt?", fragte er Gisela argwöhnisch.

Sie sah ihn mit großen Augen schelmisch an. „Wer hat dir denn gesagt, dass ich überhaupt mit Küpper gesprochen habe? Das war doch ein Bluff."

Gisela nahm Bahn an die Hand. „Das war genau so eine Täuschung wie deine Behauptung, du würdest eine Geschichte über Kuhlmann schreiben. Das stimmt ja auch nicht."

Sie traten auf die Straße und gingen auf den Polo zu, vor denen ihnen ein Mann den Weg versperrte. Er machte sich keine Mühe, die Pistole zu verstecken, die er in der rechten Hand hielt.

„Mitkommen!", befahl er herrisch und wies mit der Pistole auf den dunklen Kombi mit laufendem Motor, der neben Giselas Wagen stand.

27. Ehe sich Gisela und Bahn besinnen konnten, saßen sie schon auf der Rückbank des Wagens. Die Hände waren ihnen mit Handschellen gefesselt worden. Mit ängstlichen Blicken beobachteten sie, wie der Fahrer den Kombi aus Langerwehe hinaus in Richtung Schevenhütte steuerte.

Gisela hatte sich an Bahns Schulter gelehnt und bemühte sich, ihre Tränen zu unterdrücken.

„Was wollen Sie von uns?", schniefte sie.

Aber die beiden Männer auf den Vordersitzen blieben stumm. Der Fahrer schaute nur kurz einmal regungslos durch den Rückspiegel auf sie.

Am Wehebach fuhren sie schnell an Wenau vorbei durch das menschenleere Tal. Sie waren allein auf der Landstraße, von der gelegentlich Seitenwege in den Wald führten. Überraschend bremste der Fahrer ab und bog nach links ab auf den Weg, der wenige Meter weiter auf einem Parkplatz endete. Bei guter Witterung trafen sich hier die Wanderer zu ihren Touren durch den Wald. Bei diesem ungemütlichen Winterwetter war der Platz leer.

Hier würde niemand nach ihnen suchen.

„Aussteigen!", kommandierte der Fahrer mit tiefer Stimme, nachdem er den Wagen abgestellt hatte.

Mühsam kletterte Gisela ins Freie und folgte Bahn, der mit zusammengekniffenen Lippen dem Befehl gefolgt war und zu einer schmutzigen, nassschwarzen Holzbank gegangen war. Sie zitterte vor Angst ebenso wie vor der Kälte, die langsam vom Boden in die Beine kroch.

„Was wollt ihr?", fragte Bahn wütend.

„Schnauze!", keifte der Fahrer zurück. „Wir stellen Fragen, nicht ihr. Verstanden?"

Bahn nickte und sah den beiden Männern gefasst ins Gesicht. Er hatte sie noch nie gesehen.

Sie waren ihm fremd und kamen, wenn er aus dem Euskirchener Kennzeichen des Kombis seine Schlüsse ziehen konnte, wahrscheinlich aus diesem Bereich.

Der kleinere den beiden Männer, der sie mit der Pistole bedroht hatte, holte aus seiner Parkatasche ein Funksprechgerät. Er drückte die Taste und meldete sich mit der knappen Mitteilung: „Objekte sichergestellt, wir warten auf Anweisungen. Ende."

Die Reaktion blieb nicht lange aus.

„Wartet auf mich", schnarrte es aus dem Gerät.

Die beiden ließen Gisela und Bahn zittern und frieren.

„Was wolltet ihr bei Kuhlmann?", fragte nach langen Minuten endlich der Fahrer.

Bahn stutzte und zögerte, bevor er sich zu einer Antwort durchringen konnte. ‚Woher wusste der Kerl, dass sie mit Kuhlmann gesprochen hatten?' fragte er sich verwundert. ‚Was wussten sie noch mehr?'

„Wir haben uns erkundigt, was sein Hungerstreik macht", antwortete Bahn in der Hoffnung, die beiden Männer würden ihm die Lüge abnehmen.

Aber er erntete nur ein schallendes Gelächter.

„Unser rasender Reporter will uns Märchen erzählen", höhnte der Fahrer. Er sah Bahn streng an, dann wandte er sich schnell Gisela zu und zerrte brutal an ihren langen Haaren, dass sie vor Schmerz aufschrie.

„Verarsch mich nicht", warnte er Bahn, „noch eine Lüge und deiner Maus geht's noch schlechter." Er betrachtete Gisela und lächelte grimmig. „Würde sich gut als Haremsdame machen, deine blonde Schönheit." Er stieß Gisela auf die Bank zurück und packte mit beiden Händen an Bahns Ohren.

„Na, was ist? Mach voran, sonst reiß ich dir die Hörlappen ab." Er ließ Bahn los und holte sich aus einer Zigarettenschachtel einen Glimmstengel.

„Was wolltet ihr bei Kuhlmann?", fragte er ein zweites Mal und zündete sich die Zigarette an. Er nahm sie mit spitzen Fingern und näherte sich mit der glühenden Spitze Giselas Stirn. „Tut verdammt weh, so ein Brandmal", zischte er, „und macht das Gesicht nicht schöner. Er genoss sichtlich die Angst, die sich in Giselas Augen spiegelte.

„Wir wollten mit Eggerath reden", antwortete Bahn endlich, und zufrieden ließ der Mann von Gisela ab.

„Weiter", forderte er Bahn auf.

Ausführlich und manchmal auch wiederholend berichtete Bahn von dem Gespräch. Er ließ Eggeraths Rolle bei der Ermittlung gegen den Zuhälterring ebenso wenig aus wie die Funktion von Schweißfuß und das Schicksal von Cornelia Bergstein. Wenn die Kerle zum Kreis der Zuhälter gehörten, wusste sie ohnehin Bescheid, dachte er sich. Wenn sie es nicht wussten, hatte er vielleicht noch eine Chance. Er musste reden, unentwegt reden, Zeit gewinnen, so wie im letzten Jahr im Hürtgenwald, als er den Tod vor Augen hatte und er durch den Zeitgewinn sein Leben retten konnte. Bahn sprach über Eggerath und dessen Alkoholsucht, über Kuhlmann und dessen vorgetäuschten Hungerstreik und über die vergeblichen Bemühungen von Schmitz, den Mord an der Prostituierten aufzuklären. Und er sprach über die Pleite, die nach Eggeraths Ansicht die Zuhälter erlitten hatten, weil mit dem Tod von Schweißfuß die Lebensversicherung zu dessen Gunsten nicht zur Auszahlung kam. Er sprach über Giselas Versuche, herauszubekommen, ob der Unfall zwischen Anne und Eggerath sich tatsächlich so abgespielt hatte, wie es die Polizei berichtete, und er sprach über seine Recherche, die Drohungen und die Anschläge. Bahn wusste selbst nicht mehr, was er alles sagte, er redete unentwegt weiter.

So lange er redete, lebte er.

Plötzlich hob der Fahrer die Hand und befahl Bahn mit einer Geste, zu schweigen. Er betrachtete seinen Begleiter.

„Interessant, oder?"

Der Kleinere zuckte mit den Schultern. „Wenn's weiter nichts ist", entgegnete er übertrieben lässig. „Damit kann ich gut leben." Er trat auf Bahn zu.

„Mehr hast du uns nicht zu sagen?", fragte er mit schneidender Stimme.

Bahn schluckte und schüttelte verneinend den Kopf.

Der Mann packte an den Kragen von Bahns Leder-jacke und zog den Journalisten an sich heran, bis ihre Gesichter nur noch Zentimeter voneinander entfernt waren und Bahn den unappetitlichen Mundgeruch in seiner Nase spürte. „Und sonst hat Eggerath dir nichts gesagt?"

„Nein", krächzte der Journalist. Er verstand nichts.

Der Stoß, den ihm der Mann verpasste, über-raschte ihn. Er stolperte rückwärts und fiel schmerzhaft auf den Hinterkopf. Sofort war der Mann über ihn und kniete sich auf seine Brust.

„Was hat Eggerath noch gesagt?"

Bahns Stimme versagte. Er schüttelte heftig den Kopf und spürte den stechenden Pulsschlag in den Adern.

Das Schnarren des Funksprechgeräts schreckte ihn auf.

„Wo und wie weit seid ihr?", hörte Bahn fragen. Er hatte sich zurückgelegt und die Augen geschlossen. Er glaubte, so die Schmerzen leichter ertragen zu können

Der Fahrer richtete sich auf und betätigte die Sprechtaste. „Wir sind, wie angeordnet, auf dem Parkplatz im Wald", antwortete der Fahrer. „Die Schäfchen sind im Trockenen. Sie wissen nichts."

„Verstanden", schnarrte es zurück. „Bis gleich."

Zufrieden steckte der Mann das Gerät zurück in den Parka und zündete sich eine Zigarette an.

„Dann wollen wir einmal auf unseren Chef warten."

„Auf den werden Sie noch lange warten müssen", sagte eine laute, herrische Stimme, die Bahn so bekannt vorkam, plötzlich in die Stille hinein.

„Waffen weg und Hände hoch", bellte Küpper energisch.

Schneller, als es Bahn verarbeiten konnte, waren die beiden Männer überwältigt und abgeführt worden. Ein Dutzend Polizisten hatte routiniert und kompromisslos zugegriffen.

Bahn brauchte Hilfe, um auf die Beine zu kommen. In seinem Kopf drehte sich das Karussell, als er Gisela in den Arm nahm, die vor Erschöpfung weinte. Langsam führte er sie zu einem weißen Opel, dem Dienstwagen von Küpper, und setzte sich mit ihr auf die Rückbank. Dankbar nahm er die Becher mit dem heißen Tee entgegen, die ihm ein junger Schutzpolizist reichte. Küppers Vorschlag, in die Polizeiinspektion zu fahren, nahm er beiläufig zur Kenntnis. Es war ihm egal, wohin sein Freund Gisela und ihn brachte.

Hauptsache, der Spuk war vorbei.

28. In Küppers Büro setzten sich Gisela und Bahn in die Besucherecke.

Auf dem Tisch stand Gebäck und eine Kaffeekanne, aus der der Kommissar einschänkte. Bahn wunderte sich, dass der Kripobeamte allein war und sich nicht einmal Wenzel blicken ließ.

„Wir sind unter uns", sagte Küpper freundlich lächelnd, wodurch sich sein stets betrübter Blick, der ihm den Spitznamen Bernhardiner eingebracht hatte, aber nur wenig veränderte. Er hatte, wie schon so oft, geahnt, was Bahn dachte.

Nicht mehr lange, und der drahtige Mann mit dem kurz geschnittenen, grauen Haar hatte die Sechzig erreicht. Der Bernhardiner war nicht zuletzt wegen seines Auftretens eine Respektsperson. Wenn er in seiner beharrlichen Ermittlungsarbeit hinter einem Verbrecher her war, ließ man ihn besser gewähren als ihn zu disziplinieren. Dann konnte er knurren und böse werden, ebenso wie ein Bernhardiner, dem jemand in die Quere kam.

„Warum?", fragte der Journalist verwundert und schlürfte an dem heißen Getränk. Er musste die Tasse mit beiden Händen halten, weil er immer noch zitterte.

Gisela hatte sich in einen Sessel gekuschelt und in eine Decke eingehüllt. Auch in dem gut gewärmten Raum fror sie immer noch.

Küpper, der gut und gerne Bahns Vater sein konnte, sah seinen jungen Freund lange an.

„Weil wir endlich Erfolg hatten und ihr wesentlich dazu beigetragen habt, habt ihr ein Recht darauf, als Erste alles zu erfahren", sagte er bedächtig. Er erhob sich ächzend aus seinem Sessel und ging durch den Raum, wie so oft, wenn er Bahn etwas erklären wollte.

„Es ist uns endlich nach Jahren, dank eurer absichtlichen oder unbeabsichtigten Hilfe gelungen, nicht nur einen Zuhälterring zu sprengen, sondern auch noch kriminelle Machenschaften bei meiner eigenen Behörde, der Kriminalpolizei, aufzudecken." Der Kommissar erkannte, dass Bahn und Gisela seine Einleitung nicht verstanden hatten.

„Nun, denn", fuhr Küpper fort, „schon seit Jahren mehren sich die Indizien und haben wir den Verdacht, dass Kollegen der Kripo mit einem Zuhälterring zusammenarbeiten. Da werden Zuhälter gewarnt, wenn Razzien anstehen, da sind plötzlich Nachtclubs bei Kontrollen rein, in denen Tage zuvor noch Glücksspiel betrieben oder Rauschgift verkauft wurde. Mit anderen Worten: Polizisten und Zuhälter haben gemeinsame Sache gemacht. Und das schon seit Jahren."

„Und du . . .", wollte Bahn dazwischen gehen.

Aber der Bernhardiner ließ ihn nicht aussprechen.

„Ich habe von Staatsanwalt Frings schon vor Jahren den Auftrag bekommen, die Geschichte aufzuklären", fuhr der Kommissar fort. Er lächelte entschuldigend. „Dank Eggerath konnte ich Einblicke erhalten und mich der Klärung immer mehr annähern." Küpper legte Gisela beruhigend die Hand auf die Schulter. „Dann kam Eggeraths Unfall und eine emsige Frau Bahn, die nicht glauben konnte, dass der Unfall zu Recht ihrer Freundin angelastet wurde. Als Eggerath nach dem Unfall von der Bildfläche verschwand, war mir klar, dass man ihm entweder auf die Schliche gekommen war oder etwas ausgeheckt wurde. Ihr wisst, was passierte? Selbstverständlich", gab Küpper sich selbst die Antwort. „Die schöne Cornelia wurde ermordet. Frings und ich, wir entschlossen uns spontan, mich aus dem Dienst in Düren abzuziehen und im Hintergrund ermitteln zu lassen. Schmitz übernahm meine Arbeit und machte sie so gut wie möglich." Küpper sah kurz hinaus aus dem Fenster in die heranschleichende Dunkelheit. „Eggerath hat euch gesagt, was mit Cornelia war. Aber Eggerath hat euch nicht alles gesagt." Der Kommissar drehte sich um und setzte sich wieder zu Gisela und Bahn. „Er hat euch nicht gesagt, dass der Mord an Cornelia nicht von ihrem Mann oder den Zuhältern, sondern von einem Polizisten ausgeheckt wurde. Der Mann, der im Laufe der letzten Jahre zum Chef einer kriminellen Vereinigung aufgestiegen ist. Der Mann, der alle Fäden in der Hand hielt und über alle Aktionen der Polizei Bescheid wusste."

Bahn spürte das Kribbeln, das vom Rücken in den Nacken zog. Das war das untrügliche Zeichen, dass er ganz nahe an der Lösung war.

Er hatte eine Vermutung, eine unglaubliche Vermutung, die aber wahrscheinlich zutraf.

„Der Mann ist mein Kollege Schmitz." Nüchtern teilte Küpper die Tatsache mit, als sei es das Normalste der Welt. „Schmitz hat schon vor Jahren dafür gesorgt, dass Eggerath, der wegen seines energischen Einschreitens im Milieu ihm vielleicht gefährlich werden konnte, ausgesondert wurde. Schmitz hat arrangiert, dass Eggerath nach Eschweiler ins Krankenhaus kam, weit genug entfernt, um nicht unmittelbar beim Mord an Cornelia dabei zu sein. Er konnte aber nicht damit rechnen, dass sich ein engagierte Journalist und eine noch eifrigere Journalistengattin auf den Weg machten, Eggerath ausfindig zu machen und wegen des Unfalls zur Rechenschaft zu ziehen." Küpper winkte ab. „Ich will dahingestellt lassen, ob er bei dem Unfall betrunken war oder nicht. Schmitz hat jedenfalls alles unternommen, um Eggerath in ein schlechtes Licht zu stellen. Und er hat alles versucht, um ein Ehepaar namens Bahn auszuschalten. Der Anschlag in der Redaktion war ebenso fingiert und von seinen Helfern ausgeführt, wie die harmlosen Anschläge bei euch zu Hause. Aber sie waren eine willkommene Gelegenheit, um euch Polizeischutz zu gewähren, was wiederum bedeutete, dass er euch jederzeit unter Kontrolle hatte." Küpper hob beschwichtigend die Hand, als Bahn dazwischenreden wollte. „Ich weiß, was du sagen willst, und du hast Recht. Schmitz hat tatsächlich einige Kollegen mit ins Boot ziehen können." Er schüttelte verständnislos den Kopf. „Ein paar Nächte im Puff und schon weiß so mancher Mann nicht mehr, was Gesetz und Ordnung sind." Der Kommissar erhob sich wieder und ging erneut durch das Zimmer. Die Anspannung war ihm anzusehen, es fiel ihm schwer, schlecht über seine Kollegen reden zu müssen. „Eggerath hat mich in der letzten Zeit mit sehr vielen Informationen versorgt, die ich zum Teil über Wenzel weitergab und die so auf Umwegen zu Schmitz gelangten. Schmitz musste befürchten, dass sein Spiel aufflog. Deshalb wollte er Eggerath aus dem Weg räumen, und er befürchtete, dass Eggerath sein Wissen auch an euch weitergab. Somit seid ihr ebenfalls eine Gefahr für ihn geworden. Deshalb die Anschläge und Angriffe." Der Kommissar atmete tief durch. „Heute war es dann fast soweit, heute hätten sie euch fast erwischt." Er grinste verlegen.

„Schmitz hat natürlich über seine Leute mitbekommen, dass ihr zu Eggerath wolltet. Den Rest habt ihr mitgemacht. Nach dem Besuch bei Kuhlmann haben sie euch aufgegabelt."

„Woher weißt du das?", fragte Bahn. Endlich hatte er den Bernhardiner unterbrechen können. Er brauchte wahrscheinlich noch lange und mehrere Wiederholungen, bis er alles verstand.

„Von Eggerath", antwortete Küpper.

„Und woher weiß Eggerath das?"

„Von Schmitz. Er ist nach euch zu Kuhlmann."

„Und habt ihr ihn?"

Der Kommissar schüttelte den Kopf. „Pistolen-Wolle hat ganze Arbeit geleistet. Er hat Schmitz erschossen. In Notwehr, wie er sagt. Und ich glaube ihm." Küpper lächelte schwach. „Schmitz hätte allenfalls beim Russischen Roulette eine Chance gegen Eggerath gehabt. Aber nicht bei diesem Duell. Das war ein Dürener Roulette, bei dem Schmitz verlieren musste. Eggerath hat mich angerufen und mir die Pistole gegeben. Schmitz hatte seine Dienstwaffe noch in der Hand." Der Bernhardiner sah Bahn betrübt an. „Über das Funksprechgerät

haben wir euch dann ausfindig gemacht und be-
freien können."

„Was sollte denn deine Nummer mit dem Wohnmobil?", fragte Bahn.

„Ich wollte tatsächlich darin Eggerath unterbrin-
gen", bekannte Küpper, „aber nachdem er aus dem
Krankenhaus verschwunden war, brauchte ich den
Wagen nicht mehr."

Sie schwiegen sich lange an.

„Was wird jetzt aus Eggerath?", wollte Gisela
schließlich beunruhigt wissen.

„Lassen wir ihm seine Ruhe. Sein Roulette ist auch
bald vorbei. Die Kugel rollt schon. Rien ne va plus.
Und er wird verlieren", antwortete Küpper. Er
winkte erschöpft ab. „Wolle hat nicht mehr lange.
Die Leber."

Kurt Lehmkuhl, 1952 in der Nähe von Aachen geboren, war nach seinem Jurastudium in Bonn jahrzehntelang Redakteur im Zeitungsverlag Aachen. Er ist als Journalist, Schriftsteller und Dozent für Kreatives Schreiben tätig. Neben zahlreichen Romanen hat er auch etliche Kurzgeschichten veröffentlicht und zeichnet als Herausgeber für fünf Anthologien und ein Hörbuch verantwortlich. Seine aktuellen Romane erscheinen im Gmeiner-Verlag.

Die Kriminalromane von Kurt Lehmkuhl im Gmeiner-Verlag:

Raffgier, 2008, 3. Auflage 2013, ISBN 978-3-89977-751-2.
Nürburghölle, 2009, 2. Auflage 2014, ISBN 978-3-89977-1017-8.
Dreiländermord, 2010, 5. Auflage 2019, ISBN 978-3-8392-1095-6.
Kardinalspoker, 2012, ISBN 978-3-8392-1223-5.
Printenprinz, 2013, 3. Auflage 2020, ISBN 978-3-8392-1432-9.
Fundsachen 2015, ISBN 978-3-8392-1677-4.
Kohlegier, 2016, 3. Auflage 2020, ISBN 978-3-8392-1825-9.
Weißgott, 2017, ISBN 978-3-8392-2139-6.
Marionettenspiel, 1. und 2. Auflage 2018, ISBN 978-3-8392-2231-7.
Öcher Bend-Blues, 2020, ISBN 978-3-8392-2586-8.

Ebenso erscheint im Gmeiner-Verlag:

Mörderisches Aachen, Krimineller Freizeitführer, 2017, ISBN 978-3-8392-2138-9.

Als E-Books bietet der Gmeiner-Verlag folgende Romane an:
Raffgier, ISBN 978-3-89977-751-2.
Nürburghölle, ISBN 978-3-89977-1017-8.
Dreiländermord, ISBN 978-3-8392-1095-6.
Kardinalspoker, ISBN 978-3-8392-1223-5.

Begraben in Garzweiler II, ISBN 978-3-7349-9222-3.

Printenprinz, ISBN 978-3-8392-1432-9.

Tore, Tote, Tivoli, ISBN 978-3-7349-9240-7.

Fundsachen, ISBN 978-3-8392-1677-4.

Mörderische Kaiser-Route, ISBN 978-3-7349-9376-3.

Ein Sarg für Lennet Kann, ISBN 978-3-7349-9358-9.

Blut klebt am Karlspreis, ISBN 978-3-7349-9346-6.

Kohlegier, ISBN 978-3-8392-1825-9.

Tödliche Recherche, ISBN 978-3-7349-9394-7.

Tödliche Annakirmes, ISBN 978-3-7349-9396-1.

Spritzen für die Ewigkeit, ISBN 978-3-7349-9231-5.

Vertrauen bis in den Tod, ISBN 978-3-7349-9233-9.

Die Aachen-Mallorca-Connection, ISBN 978-3-7349-9239-1.

Aachener Grenzgänger, ISBN 978-3-7349-9430-2.

Ein CHIO ohne Rasputin, ISBN 978-3-7349-9434-0.

Mallorquinische Träume, ISBN 978-3-7349-9442-5.

Tödliches Roulette, ISBN 978-3-7349-9440-1.

Kofferjäger, ISBN 978-3-7349-9446-3.

Mörderisches Aachen, ISBN 978-3839221389.

Weißgott, ISBN 978-3839221396.

Marionettenspiel, ISBN 978-3-8392-2231-7.

Öcher Bend-Blues, 2020, ISBN 978-3-8392-2586-8.

Als Originalausgaben:

Kofferjäger, 2018, ISBN 978-3-7528-9746-3.

Garudas Grüße, 2019, ISBN 978-3-7481-9123-0,
auch als E-Book erhältlich.

Neuauflagen von Kriminalroman:

Begraben in Garzweiler II, 2018, ISBN 978-3-7528-
2469-8 (Hardcover) und 978-3-7494-4609-4 (Pa-
perback).
Kofferjäger, 2018, ISBN 978-3-7528-9746-3.
Tödliche Recherche, 2020, ISBN 978-3-7504-0691-
9.
Tödliche Annakirmes, 2020, ISBN 978-3-7519-
0656-2.
Tödliches Vertrauen, 2020, ISBN 978-3-7519-0791-
0.
Tödliche Spritzen, 2020, ISBN 978-3-7519-6926-0.
Tödliches Roulette, 2020, ISBN 978-3-7526-8683-
8.
Tödliche Mallorca-Träume, 2020, ISBN 978-3-
7526-8686-9.

Nach den Reisen sind bisher als Buch und E-Book
erschienen:

Meine Welt: Mein Vietnam, Reiseerzählungen,
2015, ISBN 978-373-865-241-3.
Meine Welt: Mein Kirgistan, Reiseerzählungen,
2016, ISBN 978-373-864-208-7.
Meine Welt: Mein Kuba, Reiseerzählungen, 2016,
ISBN 978-373-865-241-3.

Meine Welt: Mein Costa Rica, Reiseerzählungen, 2019, 978-3-7504-1399-3.

Des Weiteren sind erhältlich die Anthologien:

Tödlicher Selfkant (als Herausgeber und Autor), 3. Auflage 2013, ISBN 978-3-981-29262-6.
Kunterbunter Selfkant (als Herausgeber und Autor), 2017, ISBN 978-3-981-29266-4.
Nachbarn unter sich/Buren oder elkaar (gemeinsam mit Helmut Wichlatz als Herausgeber und Autor), 2013, ISBN 978-3-981-29263-3.
Mittsommernachtstexte (gemeinsam mit Helmut Wichlatz als Herausgeber und Autor), 2015 ISBN 978-3-7386-5012-9.

Als Hörbuch liegt vor:

Das Beste aus dem Selfkant (gemeinsam mit René Wagner als Herausgeber und Autor), 2015, ISBN 978-3-981-29265-6.

Eine Geschichtensammlung trägt den Titel:

Der Manöverschaden und andere unglaubliche Katastrophen, 2018, ISBN 978-3-932483-71-4. Als E-Book erhältlich unter ISBN 978-3-7528-9722-7.